KB180623

백철 문학 연구

저자소개

김현정

충남 금산생
대전대학교 국어국문학과 및 동 대학원 졸업(문학박사)
현재 대전대학교 강의전담교수

• 논 저
「윤곤강의 비평과 탈식민성」
「오장환 시에 나타난 고향의 중층적 의미」
『라깡과 문학』(공저)
『대전·충청지역의 고향시』(공저)
『윤곤강전집』1,2(공저)
『한국현대문학의 고향담론과 탈식민성』

백철 문학 연구

초판 인쇄 2005년 10월 25일
초판 발행 2005년 10월 30일

저 자 김현정
펴낸이 이대현
편 집 이은희 · 변나영
펴낸곳 도서출판 **역락**

서울 성동구 성수2가 3동 301-80 (주)지시코 별관 3층
전화 3409-2058, 3409-2060 / FAX 3409-2059
홈페이지 http://www.youkrack.com
이메일 youkrack@hanmail.net
등록 1999년 4월 19일 제303-2002-000014호
ISBN 89-5556-443-0-93810
정가 12,000원

* 잘못된 책은 교환해 드립니다.

백철 문학 연구

김현정

도서출판 역락

머리말

식민지시대 문학을 접하면서 가지게 된 의문 중의 하나는 당시 문인의 내면과 기호화된 글이 동일한 것일까, 아니면 다른 것일까 하는 것이었다. 동일한 것으로 본다면 당시 발표된 글들이 모든 것들의 잣대가 될 것이고, 다른 것으로 본다면 당시 발표된 것들 외에 다른 면들이 개입될수 있을 것이다. 이전까지 단순하고 명쾌한 논리를 좇던 나는 전자의 논리를 아무 의심없이 따랐고, 그로 인해 식민지시대 문인들의 공과(功過)의 선을 나름대로 분명하게 그을 수 있었다. 이러한 시각에 의해 일제의 막바지에 친일작품을 남긴 문인은 이전의 공로와는 상관없이 부정적으로 평가될 수 밖에 없었고, 그에 따라 식민지시대의 문학유산도 빈곤해지게 되었다. 그러나 필자는 식민지시대의 방대한 문학자료들을 확인하는 과정에서 무언가 빠뜨리고 있다는 느낌을 지울 수 없었다. 많은 친일한 문인들이 왜 그 이전에는 문학장의 한복판에 서서 식민지현실을 비판하고 부정하는 글들을 보여주다가 친일문학을 하게 되었는가 하는 점과 그들의 대부분이 친일문학작품을 쓰기 전까지는 친일의 흔적을 발견하기 쉽지 않았다는 점이 뇌리를 떠나지 않았던 것이다. 여기에 단순히 일제의 군국주의가 노골화되고 악랄해진 숨막힌 현실의 논리만이 존재하지 않을 것이라는 생각이 지워지지 않았다. 이는 당시 문인의 내면과 외면이 다를 수도 있는 것을 제공하기에 이른다. 따라서 필자는 이전의 단순하고 명쾌한 논리를 좇던 것에서 탈피하여, 기호화된 글들을 부정하지 않으면서 그 글 이면에 내포한 의미들과 무의식적 징후들을 함께 독해해야 숨겨진 암호를 올바르게 해독할 수 있다는 생각으로 나아간 것이다.

이러한 관점에 의해 필자는 나프(NAPF)와 카프(KAPF)에 가담하여 식민지현실의 모순을 비판적으로 형상화한, 그리고 전향, 친일문학의 길로 나아간 백철의 문학에 대해 연구하게 되었는데, 그 결과물이 바로 이

책이다.

이 책의 구성은 2부로 나누어져 있다.

1부는 박사학위논문으로 백철의 휴머니즘 문학을 집중, 연구한 것이다. 일본의 나프시절부터 친일하기 이전까지의 백철의 휴머니즘 문학에 대해 면밀하게 검토하였다. 여기에서는 백철의 휴머니즘 문학의 성격을 규명하기 위해 정신분석학적 방법을 원용하여 그 방법론적 개념인 '무의식'을 '주체'와의 상호연관 속에서 살펴보았다. 그리고 그의 휴머니즘 문학의 형성 배경이 천도교사상과 민족주의, 그리고 마르크스주의와 소외의식임도 밝혔다. 이를 바탕으로 백철의 문학작품에 투영되어 있는 휴머니즘 정신과 창작방법의 변모과정을, 그리고 여기에서 그가 추구한 '인간형'에 대해 탐구하였다. 동경 유학시절 그의 문학작품에 드러나는 휴머니티가 어떻게 휴머니즘 문학의 전사(前史)로 자리잡고, 유물변증법적 창작방법이 내세우는 '산 인간'을 작품 속에 어떻게 투영시키는지를, 그리고 사회주의 리얼리즘이라는 창작방법을 수용하여 내놓은 '인간묘사론'에 대해서도 구체적으로 보았다. 그리고 전향 이후 휴머니즘 문학의 전개양상과 서구의 파행적인 근대에 대한 비판과 부정을 통해 제기한 동양적 휴머니즘에 대해 검토해 보았다. 많은 선행 연구자들이 백철이 '비애의 성사(城舍)'라는 글을 발표한 뒤 그를 전향자로 규정하고 있는 부분에 대해 재고해 보았고, 아울러 그가 서구의 휴머니즘을 동양정신과 어떻게 결부시켜 휴머니즘 문학을 표방하고 있는지도 살펴보았다. 끝으로 백철의 휴머니즘 문학이 문학사적 측면에서 어떠한 의의와 한계를 지니고 있는지를 짚어보았다.

2부에서는 백철의 문학에 나타난 주체의 욕망의 변모과정과 백철의 초기 문학에 나타난 휴머니즘에 대한 연구성과물을 엮어보았다. 즉, 백철의 휴머니즘론의 주체는 사회주의 리얼리즘 추구로서의 주체에서 고뇌하는 주체로, 그리고 풍류를 추구하는 주체로 변모되어갔음을 보았고, 백철의 초기 문학의 휴머니즘 양상은 비판적 현실주의의 인간형을 추구하던 것에서 볼셰비키화의 인간형을 지향하는 것으로 나아간 것도 살펴보았다.

이 책에 수록된 내용들은 학위논문을 중심으로 엮은 것이기 때문에 그 이후 나온 백철에 관한 연구논문이 본문에서 제외되었다. 이 부분은 〈백철 연구 목록〉을 부록으로 마련하여 최근까지 나온 논문목록을 수록하는 것으로 대신하고자 한다. 학위를 받은 이후 백철 문학을 공시적·통시적으로 아우르는 총체적인 연구를 계획하였으나 필자의 게으른 탓으로 실행에 옮기지 못하고 학위논문과 그에 관련된 논문만을 싣기로 한다. 이 책은 백철 문학에 대한 첫 연구서라는 점에서 설레기도 하지만 두려움도 만만치 않다. 아무쪼록 이 책이 백철을 연구하는 이들에게 조그마한 도움이라도 되었으면 하는 바람이다.

이 책이 나오기까지 여러 분의 도움이 있었다. 학위논문을 심사해 주시고 지도해 주신 지도교수인 한상수 선생님을 비롯하여 민찬, 송기한 선생님, 그리고 송백헌, 김영택 선생님께 진심으로 감사의 인사를 드린다. 그리고 아둔한 저를 학문의 길로 이끌어 주신 고 정의홍 선생님과 많은 조언과 격려를 아끼지 않으신 여러 선생님께도 고마운 마음을 전한다. 또한 필자가 공부에 전념할 수 있도록 애써주고 힘이 되어 준 아내와 시진, 경록에게도 고마운 마음과 미안한 마음을 전하고 싶다. 오래 전부터 만나온 인연으로 여러모로 부족한 책을 펴내 준 역락출판사 이대현 사장님과 편집부 직원들께도 깊은 감사를 드린다.

2005년 가을
김현정

■ ■ ■ 목차

제 2 부

제 1 부

제1장 서론

1. 연구목적

한국근대문예비평사를 통해 볼 때 백철(白鐵 : 1908~1985)은 동시
대의 임화, 최재서, 김환태, 김문집, 이원조, 김기진, 박영희 등에 비해
업적을 제대로 평가받지 못한 비평가라 할 수 있다. 즉, 1930년대 비평
에서 그가 차지했던 비중을 생각해 볼 때 상대적으로 연구 성과물이 많지
않다는 것이다. 이 같은 현상은 그가 친일문학 활동을 했다는 오점이 지
배적으로 작용했기 때문으로 여겨진다.1) 그러나 그가 동경 유학시절 문
학작품을 통해 일제에 대한 비판의식과 식민지 치하에서 핍박받는 민족
에 대한 사랑 등을 보여주었고, 그 후에도 비판적 리얼리즘의 경향을 띤
휴머니즘 문학을 지속적으로 보여준 사실, 특히 1930년대 중반 이후에
는 서구의 파행적인 근대라 할 수 있는 나찌즘을 비판하기 위한 방편으로
서구의 휴머니즘과 동양정신을 결부시켜 새로운 휴머니즘을 모색하려는
태도 등을 보여주었다는 사실은 그에 대한 평가를 재고하게 한다. 그리고
그의 휴머니즘 문학이 당시의 식민지 현실이라는 외적 조건과 문단 상황

---

1) 이 외에 백철이 1980년대 초반까지 생존해 있었던 점, 많은 문학적 변신을 꾀했다는 점,
실천비평보다는 메타비평에 주력한 점 등도 그 이유로 들 수 있다.

에 따라 다양한 변모과정을 보여주었음에도 불구하고 그 기저층에 자리잡은 휴머니즘의 본질은 크게 변하지 않았는데, 이 점도 주목을 요하는 부분이다. 따라서 1930년대 한국문학비평사의 올바른 정리를 위해서는 백철에 대한 연구가 다각적이고 심층적으로 이루어질 필요가 있다.

1930년대는 한국 민족운동사에서 가장 불행한 시기로 언급된다. 그것은 이 시기에 들어와서 일제가 만주사변을 시발로 하여 조선에 대한 병참기지화 정책 및 황민화 정책을 본격적으로 실시하는 등 군국주의적 본질을 노골화했기 때문이다. 그에 따라 기존의 문화정책이 폐기되면서 모든 합법적 운동은 금지되었고 일제에 대한 저항운동은 철저한 탄압국면으로 접어들기 시작했다. 이러한 탄압은 그 이전부터 카프(KAPF)문학운동에 파급되어 1931년과 1934년 두 차례 검거선풍이 일어나게 되었고 급기야는 1935년에 카프의 해산을 가져오게 된다.

이러한 혹독한 식민지적 상황을 직·간접적으로 체험한 문인들은 상대적으로 문학적 입지가 협소해져 자신의 욕구를 분출시키는 데 일정 정도 한계를 지니고 있었다. 그리고 이 같은 제반 조건들은 문인들의 자아 분열을 가져다 주는 계기가 되는데, 그것은 당시 작품들에 다양한 모습으로 반영되기에 이른다. 백철 역시 자아분열에 의해 의식층 기저에 자리잡은 무의식적 욕망2)을 굴절시켜 다양한 양태로 표출시켰던 것이다.

본고에서 주목하고자 하는 것은 나프(NAPF)의 회원이자 카프맹원이었던 백철이 휴머니즘 문학을 통해 비평세계를 왜 계속적으로 변화시켰는가 하는 점에 있다. 이에 대한 실마리를 일제 강점기라는 시대상황과

---

2) 이는 라깡이 "무의식은 언어처럼 구조화되어 있다"(에끄리)라고 말한 것과 연관지어 살펴볼 수 있는 것으로 백철 또한 자신의 무의식적 욕망을 텍스트 속에 투영시켰을 것으로 추측할 수 있다. 이 무의식적 욕망은 의식의 고리가 헐거워질 때 더 분출하려는 속성을 지니고 있다. 아니카 르메르는 무의식에 대한 정의를 "'나' 자신의 분열의 역사 속에서 '나'가 취했던 모습이다. 무의식은 내 자신의 메시지를 거꾸로 다시 내게로 보내는 나 자신의 타자이다."(A. Lemaire, 『자크 라깡』, 이미선 역, 문예출판사, 1994, 192쪽)라고 정의내리고 있다.

표면에 드러나지 않은 무의식적 주체의 욕망과의 상관관계를 통해 찾을 수 있을 것이다. 또한 이는 당시 문학의 장(場)3)들과의 역학관계 속에서 자신의 입장을 견지하고자 한 그의 태도에서도 발견할 수 있을 것이다.4) 여기에서는 이 같은 문제의식을 가지고 백철의 휴머니즘 문학을 규명하고자 한다.

동경 유학시절부터 마르크스주의의 유토피아를 추구한 백철은 서구의 파행적인 근대의 산물이라 할 수 있는 나찌즘과 파시즘에 대한 비판양상을 휴머니즘 문학을 논하는 과정에서 종종 보여주게 된다. 서구의 근대성에 대한 그의 비판은 식민지 조선에 근대를 이식시킨 일제의 근대성에 대한 비판이라 할 수 있다. 이러한 근대성에 대한 비판과 부정을 통해 그는 동양적 휴머니즘을 결합시키고자 한 것이다.

따라서 본고는 백철의 휴머니즘 문학의 변모과정 뿐만 아니라 그의 문학에 투영된 무의식적 욕망의 표출 양상을 체계적으로 분석하여 한국근대문학사에서 그가 차지하는 위상을 올바르게 재정립하고자 한다.

2. 연구사 검토와 문제제기

백철의 휴머니즘 문학 연구에 대한 기초 작업은 1960년대 중반에 김

---

3) 장(場, champ)은 피에르 부르디외의 용어인데, 그는 장을 "게임이 일어나는 공간, 동일한 이해관계를 위해 경쟁하는 개인들이나 단체들 간의 객관적 관계의 장소"(Pierre Bourdieu, 「장(場)들의 몇 가지 특성」, 『혼돈을 일으키는 과학』, 문경자 역, 솔, 1994, 127쪽)로 설명한다. 또한 장은 공시적으로 파악할 때 입장들(또는 지위들)의 구조화된 공간으로 드러난다.

4) 이러한 시각은 자아는 단순히 하나의 원초적인 자아로 이루어진 것이 아니라, 여러 타자들의 복합적인 목소리에 의해 하나의 자아로 형성된다는 입장에 기대고 있다. 즉 이는 순수한 주체란 존재하지 않으며 타자와의 만남·융화·투쟁을 통해 비로소 한 주체가 존재한다는 논리를 지니고 있다.(권성우, 「1920~1930년대 문학비평에 나타난 他者性 硏究」, 서울대 박사학위논문, 1994, 11쪽 참조)

윤식에 의해 이루어졌다. 그는 백철론을 쓰기 위해서는 전향축의 구명 문제와 국책문학에 대한 문제의 극복이 필요하며,5) 이는 실증적 방법에 치중하는 태도와 가치를 중시 여기는 태도 두 가지에 의해 가능하다고 보았다.6) 이와 같은 백철 연구를 위한 서설을 바탕으로 그는 『한국근대문예비평사』에서 백철에 대해 논의한다.7) 여기에서 그는 인간탐구론, 휴머니즘론, 사실수리론 등으로 항목을 나누어 백철의 휴머니즘론을 1930년대 초반에 발표된 '인간묘사론'과의 연장선상에서 진술하였다. 이러한 논의는 한국근대비평사에서 백철의 문학적 성과를 일정 정도 자리매김하고 있다는 점, 백철의 휴머니즘론에 대한 연구의 기틀을 마련하고 있다는 점에 의의가 있다.

1980년대에 접어들면서 이와 같은 연구를 바탕으로 권영민은 김윤식이 제기한 백철의 '인간묘사론'을 전형기의 휴머니즘론과의 연장선상에서 파악하지 않고 전향 이전과 이후로 나누어 논의하였다.8) 그는 백철의 '인간묘사론'을 프로문학의 기계적 고정화에 대한 반성과 함께 문학의 본질적인 것에 대한 재인식에서 비롯된 것으로, 유물변증법적 리얼리즘과 사회주의 리얼리즘을 결합시킨 독특한 창작방법론에 의해 산출된 것으로 보아 긍정적으로 본 반면, 전향 이후의 휴머니즘론은 부정적으로 평가하고 있다. 이어 그는 백철의 휴머니즘론의 한계로 그 실천적인 문학 활동에서 별다른 성과를 거두지 못했다는 점, 이후 '시대적 우연'을 받아들임으로써 휴머니즘에 대한 인식의 불투명성을 드러냈다는 점, '인간성'의 개

---

5) 이는 백철 연구의 핵심이 휴머니즘론에 있음을 시사한다. 왜냐하면 백철의 전향과 친일문학행위가 인간성에 대한 옹호의 문제와 밀접하게 결부되기 때문이다.
6) 김윤식, 「백철 연구를 위한 하나의 각서-1930년대를 중심으로」, 『청파문학』 제7집, 숙명여대 국어국문학과, 1967.
7) 김윤식, 『한국근대문예비평사연구』, 일지사, 1976.
8) 권영민, 「백철과 인간탐구로서의 문학-1930년대 휴머니즘 문학론 비판」, 『소설문학』, 1983. 8~10.
_____ 「카프시대의 창작방법론과 사회주의 리얼리즘의 인식-백철의 경우를 중심으로」, 『한국 민족문학론 연구』, 민음사, 1988.

넘만을 강조했을 뿐이지 구체적인 역사와 시대 정신이 결여되었다는 점
등을 지적하였다.9) 그러나 이러한 평가에도 불구하고 그의 논의는 전향
이후의 휴머니즘론을 친일문학행위로 나아가는 휴머니즘으로 규정하여
이 시기 백철의 휴머니즘론에 나타난 긍정적인 요소(식민지 현실에 대한
비판의식을 견지한 고뇌의 주체 표출이라든지 서구의 휴머니즘을 동양의
풍류성과 결합시킨 점)마저 부정적으로 평가한 점이 없지 않다.

한편 1930년대 백철의 비평론을 카프의 해산 이전과 이후로 나누어
그의 휴머니즘론을 고구한 이는 박용찬이다.10) 그는 백철의 휴머니즘
문학론이 비록 추상적이고 막연한 부분이 있을지라도 위기의 정세 앞에
처한 작가의 자세 문제를 논의한 점과 1930년대 후반 폭넓은 리얼리즘
논의를 마련했다는 점, 그리고 파시즘이 횡행하는 암흑의 시대에 인간성
옹호를 문제 삼았다는 점 등을 간과할 수 없다고 진술하여 긍정적인 시각
을 보여주고 있다. 그러나 이 논문은 1930년대 백철의 비평론을 전반적
으로 다루는 과정에서 휴머니즘을 설정하여 논의하였기 때문에 백철의
휴머니즘에 대한 본격적인 연구라 하기는 어렵다.

1980년대 중반 백철이 작고한 이후11) 그의 휴머니즘에 대한 논의는
새로운 전기를 마련하게 된다. 오세영은 백철의 인간탐구론에서 비롯된
1930년대 휴머니즘 문학론이 프롤레타리아 문학 비평의 퇴조기에 내외
적인 문단 여건과 또 시대적 추세에 따라 대두된 것으로 보고 이 휴머니

---

9) 권영민, 「1930년대 한국 문단의 휴머니즘 문학론 : 백철의 경우를 중심으로」, 『예술문화
   연구』 창간호, 서울대 예술문화연구소, 1991.(이 글은 이전에 발표한 「백철과 인간탐구
   로서의 문학―1930년대 휴머니즘 문학론 비판」의 내용과 크게 다르지 않다.)
10) 박용찬, 「1930년대 백철문학론 연구」, 경북대 석사학위논문, 1984. 이 외에 김기한의
   「백철의 30년대 비평 연구」, 건국대 석사학위논문, 1988 등이 있다.
11) 백철의 추모기획에 맞추어 쓰여진 글은 김재홍의 「백철의 생애와 문학」(『문학사상』,
   1985년 11월)과 김종대의 「1930년대 휴머니즘논쟁에 대한 일고찰」(『어문논집』 제19
   집, 중앙대 국어국문학과, 1985), 그리고 이명재, 「백철문학연구서설」(『어문논집』 제
   19집, 중앙대 국어국문학과, 1985) 등이 있다. 그러나 이들의 논의는 추모기획에 의한
   글이기에 백철의 휴머니즘론에 대한 심도있는 논문으로 보기 어렵다.

즘 문학론에 대해 의의와 한계를 밝히고 있다.12) 이 글에서 그는 프롤레
타리아 문학의 정치주의, 도구주의, 획일주의를 극복하고 문학의 자율성
과 예술성을 회복시키는 데 일조한 점, 서구와 다른 동양적 인간형을 탐
색한 점, 1930년대 '생명파' 형성에 많은 영향을 끼친 점 등의 의의를 밝
히는 동시에 관념론에 머무른 점, 서구의 행동적 휴머니즘을 제대로 극복
하지 못한 점, 휴머니즘론자 일부는 친일문학으로 변질되어 간 점 등의
한계를 지적하였다. 이 연구는 휴머니즘론과 생명파와의 관계를 논의한
점에서 새로운 시각을 마련하였다고 할 수 있다. 그러나 그가 백철의 휴
머니즘론의 변모과정을 마르크스주의에서 점점 일탈해가는 사상적 과정
의 문학적 반영으로 본 점(프로문학 재건론 → 프로문학 비판론 → 프로
문학 포기론 → 국민문학론)13)은 재고의 여지가 있다. 왜냐하면 백철은
전향 이후에도 카프문학을 비판하면서도 마르크스주의를 견지한 채 카프
시절에 익힌 식민지 현실에 대한 비판의식을 새로운 휴머니즘을 통해 지
속적으로 보여주고 있기 때문이다.

　1990년대 초반에 1930년대 휴머니즘 논쟁에 대한 관심이 높아지면서
백철의 휴머니즘에 대한 논의는 다양하게 진술된다.

　먼저, 1930년대 후반 휴머니즘 논쟁에 대한 검토를 통해 백철의 휴머
니즘을 규정하려는 시도가 이루어졌는데, 이들의 논의는 거의 대동소이
하다.14) 하정일은 1930년대 휴머니즘 논의에 대해 민족문학의 논리에

---

12) 오세영, 「한국 현대 문학과 휴머니즘」, 서울대 인문과학연구소 편, 『휴머니즘 연구』, 서
　　울대 출판부, 1988.
　　＿＿＿, 「30년대 휴머니즘 비평과 '생명파'」, 『20세기 한국시 연구』, 새문사, 1989.
13) 이러한 측면은 백철이 1935년 12월에 「悲哀의 城舍」를 발표한 이후 "마르크시즘 문학론
　　을 완전히 포기했다"(위의 글, 172쪽)고 진술하고 있는 데서 구체적으로 확인할 수 있다.
14) 하정일, 「30년대 후반 휴머니즘논쟁과 민족문학의 구도」, 이선영 편, 『30년대 민족문학
　　의 인식』, 한길사, 1990.
　　김현주, 「1930년대 후반 휴머니즘논쟁 연구-구카프계를 중심으로-」, 연세대 석사학
　　위논문, 1990.
　　김영민, 「파시즘에 대한 저항과 휴머니즘 논쟁」, 『한국문학비평논쟁사』, 한길사, 1992.
　　김수정, 「1930년대 휴머니즘론 연구-백철·임화를 중심으로-」, 고려대 석사학위논

기본 틀을 두고 중간파의 문단 주도를 위한 의도가 깔린 논쟁으로 규정하면서 백철의 휴머니즘론을 안함광과 임화와의 관련 속에서 조명하였다. 백철의 휴머니즘론을 비평사적 측면에서 조명한 김영민은 그의 휴머니즘의 여정을 현실묘사에서 복고주의로 그리고 현실안주로 돌아온 것으로 보았다. 전자의 글이 1930년대 휴머니즘 논의를 민족문학의 논리에 맞추어 재해석하려 한 것이라면, 후자의 글은 실증주의적인 분석방법을 통해 휴머니즘 논쟁의 의의를 찾으려 한 것이라 할 수 있다. 그러나 이들의 논의는 서구의 '반파시즘 인민전선'과 '국제작가대회'라는 당시 상황 논리에 귀결시킨 나머지 백철의 휴머니즘론의 본질적 측면을 간과한 부분이 없지 않다.

이 시기에 백철의 삶과 문학 전체를 대상으로 다룬 임종수의 논문과 백철의 전반적인 비평을 대상으로 한 홍성암의 논문은 백철의 문학을 통시적으로 다루고 있다는 측면에서 주목할 만하다.15) 그러나 이들 연구는 백철의 비평문을 실증주의적 방법으로 충실히 독해하는 수준을 넘어서지 못하고 있다. 즉 백철의 휴머니즘론에 대한 비평양상에 대해 논의하는 데 중점을 둔 나머지 그의 휴머니즘론이 왜 변모할 수밖에 없었는가에 대한 심층적인 분석이 면밀히 검토되지 않은 면이 있다.

이러한 논의와 시각을 달리한 것으로 김주일의 논문을 들 수 있다.16) 그는 "백철의 휴머니즘에 대한 기존의 논의가 문단의 주류만을 추종했다라든지, '자유주의적 인텔리성' 내지는 '멘세비크적' 측면 등 표면적인 변화에 천착하여 그의 문학활동을 객관적으로 조명하지 못했다"라는 점을 제기하고 있다. 그리하여 그는 이론 전개의 변화적 측면보다는 그 변화를 가능케 한 논리적 필연성 내지 그 일관성을 부각시킴으로써 백철 휴머니

문, 1993.
15) 임종수, 「백철 연구」, 충남대 박사학위논문, 1990.
　　홍성암, 「백철 비평 연구」, 『동대논총』 제25집, 동덕여대, 1995.
16) 김주일, 「백철 문학론 연구」, 『목원어문학』 제12집, 목원대 국어교육과, 1992.

즘문학론의 전체상을 조명하겠다고 그 목적을 밝히고 있다. 이러한 시각은 본고에서 논의하고자 하는 바와 많은 유사점이 내포되어 있다.17)

지금까지 논의된 백철의 휴머니즘 문학에 대한 연구의 문제점을 정리해 보면 다음과 같다.

첫째, 백철의 휴머니즘론에 대한 논의가 휴머니즘의 표면적 변화과정에만 중점을 두어 진행되었다는 점이다. 그리하여 그의 휴머니즘을 "대세의 유리한 측면만을 받아들이며 종합하려 한"데서 나온 것이라고 평가18)하는가 하면, 자유주의 이데올로기에 기초한 휴머니즘이라는 평가19)가 내려지기도 했다. 본고에서는 그의 휴머니즘론에 나타난 변화를 가능케한 논리적 필연성 내지 그의 무의식적 욕망을 부각시킴으로써 백철의 휴머니즘문학의 전체상을 일관되게 연속선상에서 조명하고자 한다.

둘째, 그의 휴머니즘 문학에 대한 논의가 1933년 '인간묘사론'에서부터 이루어지고 있다는 점이다.20) 이로 말미암아 백철이 왜 '인간묘사론'을 주장하게 되었는지, 그리고 이 '인간묘사론'과 이전의 백철의 문학론과 어떻게 연계되고 있는지에 대한 전제가 간과되는 결과를 낳기도 했다. 따라서 본고에서는 이러한 점을 고려하여 그의 휴머니즘 문학의 전사(前史)라 할 수 있는 동경유학 시절로 논의의 기점을 소급하고자 한다. 이 시기 그의 작품 속에 휴머니즘 문학의 기초가 되는 마르크스주의적 휴머니즘 요소가 투영되고 있기 때문이다.

셋째, 기존의 연구가 전향 이후 친일문학행위에 중심을 두고 휴머니즘

---

17) 이와 같은 문제의식으로 백철의 휴머니즘론에 나타난 주체의 변모과정에 대해 이미 분석한 바 있다.(졸고, 「백철의 휴머니즘론에 나타난 주체의 욕망과 변모과정 연구」, 『한국언어문학』 제43집, 한국언어문학회, 1999)
18) 김윤식, 앞의 책, 218~219쪽 참조.
19) 하정일, 김현주, 김영민의 앞의 글 참조.
20) 또한 30년대 중반 서구의 '반파시즘 인민전선'과 '문화옹호국제작가대회'에서 제기된 휴머니즘을 조선에 수용하여 벌어진 휴머니즘 논쟁에서부터 논의의 기점을 잡아 진술하는 경우도 있다. 그러나 이 경우도 백철의 휴머니즘론의 시발점을 거의 '인간묘사론'에서 찾고 있다.

의 변모과정을 파악하고 있다는 점이다. 즉 많은 연구자들이 인간탐구론(프로문학 재건론) → 휴머니즘론(프로문학 비판론) → 풍류인간론(프로문학 포기론) → 국민문학론의 도식으로 접근하여 휴머니즘의 변모과정을 백철이 마르크스주의에서 점점 일탈해 가는 문학적 과정으로 보고 있다는 점이다.21) 그러나 본고에서는 이러한 관점에서 빗겨서서 그가 카프에서 전향했으나 마르크스주의를 계속 견지한 것에 주목하고자 한다. 왜냐하면 전향 이후 발표된 그의 휴머니즘론은 카프문학을 비판하면서도 마르크스주의적 관점을 지속적으로 보여주었기 때문이다.

넷째, 기존의 연구자들은 1930년대 후반 백철이 제기한 동양적 휴머니즘에 대해 친일문학으로 나아가는 전단계로 바라보았다는 점이다.22) 여기에서는 동양의 풍류성을 중시하는 휴머니즘에 대해 긍정적인 시각으로 조명하고자 한다. 그것은 그가 서구의 나찌즘과 파시즘 같은 파행적인 근대의 산물로 인해 인간성이 말살되는 상황을 목도한 데서 나온 것으로 이해되기 때문이다. 그리고 본고에서는 백철의 1930년대 휴머니즘 문학에 한정시켜 고찰하고자 한다. 그 이유는 이 시기 그의 휴머니즘 문학이 주류를 이루어 다양한 변모과정을 보여주었다는 점과 이를 통해 본고에서 주목하고자 하는, 그가 왜 비평세계를 변모시켰는가 하는 부분을 해명할 수 있을 것이라는 점, 당시 문단 내에서 주도권을 쟁취하기 위한 권력욕망이 드러난다는 점, 그리고 그의 창작물이 이 시기에 발표되어 휴머니즘의 이론과 실천과의 관계를 조명할 수 있다는 점 때문이다.

---

21) 이러한 관점에 의해 쓰여진 것이 권영과 오세영의 글이다.
22) 권영민, 「1930년대 한국 문단의 휴머니즘 문학론 : 백철의 경우를 중심으로」, 앞의 글, 119~120쪽 참조.
오세영, 「30년대 휴머니즘 비평과 '생명파'」, 앞의 글, 172~173쪽 참조.

3. 연구방법

본고에서는 백철의 휴머니즘 문학의 성격을 규명하기 위해 정신분석학적 방법을 원용하고자 한다. 여기에서 중요한 방법론적 개념은 '무의식'이다.

먼저 무의식은 '주체' 개념과의 상호관련 속에서 해명될 수 있다. 주체 개념은 1980년대 이후 하버마스와 해체주의자들 사이의 논쟁으로 본격화된 포스트모던 논의가 '주체의 죽음'을 언급하면서 이성적 주체관, 이 주체관과 대립되면서 주체의 인식에 의해 파악될 수 있는 객관적 실재, 그리고 진보적인 역사의식으로 특징지어지는 근대성(modernity)에 대한 근본 비판이었다는 점23)에서 그 개념의 중요성이 다시 한번 증명된 바 있다. 이때 비판의 요점은 이성 중심주의라는 근대적 주체 개념에 의한 담론(discourse) 체계가 보편적인 것이 아니라 동일한 주체 속의 다른 담론 체계를 비정상적인 것 또는 열등한 것으로 억압하는 하나의 특수한 담론 체계에 불과하다는 것을 해명하는 데 있었다.24) 그러나 주체가 단일한 자아로 이루어져 있지 않다는 것에 대한 규명작업은 해체주의자들에 의해 처음으로 시도된 것은 아니었다.

주체가 단일한 자아로 이루어지지 않았다는 것을 처음 주장한 사람은 정신분석학자 프로이트(Sigmund Freud)이다. 그의 생각은 인간의 정신이 의식으로만 환원되지는 않는다는 것이었다. 그래서 그는 의식되지는 않지만 의식에 결정적인 영향을 미치는 영역이 존재한다는 것을, 그리고 그것이 곧 무의식이라는 것을 발견하게 된다. 무의식 내에는 성적 에너지에서 기인하는 힘으로서 의식과 사고에 영향력을 미치는 이드(Id)와, 그것이 의식의 표면으로 떠오르는 것을 억압하는 힘인 초자아(Super ego)가 있다는 것이다. 그리고 이러한 갈등과 대립을 조정하는

---

23) 윤평중, 『포스트 모더니즘의 철학과 포스트 마르크스주의』, 서광사, 1992, 53쪽.
24) 김외곤, 「김남천 문학에 나타난 주체 개념의 변모과정 연구」, 서울대 박사학위논문, 1995, 11쪽.

것이 자아(Ego)라고 그는 진술한다. 초자아, 자아, 이드라는 세 개의 주체가 분열되어 있다는 획기적인 발견에도 불구하고 그는 초자아와 이드로부터 제출되는 요구를 자아 중심으로 균형있게 통합하여야만 한다고 보았기 때문에 자아 중심적 세계에서 크게 벗어나지 못하였다.

초기 프로이트의 이론과 구조주의 언어학을 접목하여 새롭게 주체의 분열을 주장한 이는 라깡(Jacques Lacan)이다. 그는 1956년에 '프로이트로의 회귀'를 구호로 하여 정신분석학적 이론과 실천을 심리학적으로 적용한다. 여기에서 '프로이트로의 회귀'라는 말은 엄밀히 말해 프로이트가 이드라는 성적 충동에 일차성을 부여했던 후기의 프로이트가 아니라 의식과 다른 차원에서 무의식의 존재와 작용을 밝혀낸 초기의 프로이트를 의미한다. 즉 '이드/초자아/자아'라는 후기 프로이트의 범주가 아니라 '의식/무의식'이라는 초기의 범주를 받아들이며, 후자의 범주가 프로이트 사상의 진정한 정신을 담고 있다고 보는 것이다.25) 이를 통해 나온 "무의식은 언어처럼 구조화되어 있다"라는 라깡의 명제에서 우리는 프로이트와 언어학이 결합되고 있음을 볼 수 있다. 여기에서 라깡은 데카르트 이후 이성 중심적 사유방식으로 인해 감추어진 무의식적인 측면을 드러내고자 했다.

라깡은 이러한 무의식적 측면을 설명하기 위해 '거울단계'(mirror image)를 제시한다. 아이는 자신의 몸을 가눌 수는 없지만 거울에 비친 자신의 이미지를 총체적이고 완전한 것으로 가정한다. 이 형태는 정신분석용어로 '이상적 자아(idéal-ego)'라 불리는데, 이는 타자에 의해 보여짐을 모르는 객관화되기 이전의 '나'에 해당된다.26)

---

25) 이는 프로이트의 정신을 살려 그의 텍스트를 새롭게 읽어 프로이트적 정신에 따라 해석된 프로이트를 다시 프로이트에게 되돌려 주자는 것이다. 이를 위해 라깡은 프로이트로서는 참조할 수 없었던 소쉬르와 구조언어학의 성과를 바탕으로 프로이트적 의미를 프로이트에게 되찾아 주려고 한다. 이로써 라깡은 정신분석학과 구조언어학을 접합하는 '라깡적 영역'을 확보하게 된다.(이진경, 「라깡 : 도둑맞은 편지, 도둑맞은 무의식」, 한국산업사회연구회, 『탈현대사상의 궤적』, 새길, 1995, 242~243쪽)

자아와 타자를 구분하지 못하는 거울단계가 끝난 후 아이는 언어의 세
계이고 질서의 세계인 '상징계(the Symbolic)'로 진입하는데, 이때 거울
단계는 사라지거나 프로이트의 경우처럼 억압되는 것이 아니라 상징계와
변증법적으로 연결된다. 이 단계에서 '나'는 바라보는 주체와 보여지는 주
체가 있음을 발견하게 된다.27) 이는 바라보기만 하는 '나'가 아니라 보여
짐을 당하는 '나'도 있다는 주체의 객관화이다. 이때 주체의 분열이 발생
한다. 여기에서 분열이란 정신에서 가장 깊숙한 부분인 에고와 의식적인
담론, 행동, 문화의 주체로 나뉘는 것을 의미한다. 라깡에 의하면 이 분
열에 의해 주체의 내부에 숨겨진 구조인 무의식이 만들어진다. 주체는 발
화하는 '나'와 현존과 부재가 교차되는 발화에 의해 재현되는 심리적 실재
사이에서 분열된다는 것이다.28)

　라깡은 정신분석학의 개념이 분열된 주체를 끊임없이 전제하는 것은
주체의 통합불가능성 때문29)이라고 한다. 이는 곧 모든 것을 동일화30)
하려는 근대 이성의 현실에 포괄되지 않는 어떤 힘의 영역을 주체가 지니

---

26) J. Lacan, 『욕망이론』, 권택영 편역, 문예출판사, 1994, 15쪽 참조.
27) 김형효는 이를 '발화(l'énoncitation)의 주체'와 '발화된 것(l'énoncé)의 주체'로 명명하
　　고, 이 둘 사이에 '균열'이 일어난다고 보았다. 이 균열은 '발화의 주체'와 '발화된 것의 주
　　체' 사이에서 발생하는 기표의 모든 간섭에서 생기고, 그런 균열에서 '도덕법'이 가능하다
　　고 했다. 또한 '발화'의 주체는 스스로의 '상상적 관계'에서 오는 것이고, '발화된 것'의 주
　　체는 타인이 붙여준 '상징적 관계'에서 오는 것으로 보았다. 라깡은 인륜도덕의 기본이
　　이 틈에서 비롯된다고 본 것이다.(김형효, 『구조주의의 사유체계와 사상』, 인간사랑,
　　1989, 245쪽)
28) A. Lemaire, 114~120쪽 참조.
　　주체는 발화하는 '나'와 발화되어지는 '나' 사이에 기표가 삽입됨으로써 분열된다. 여기서
　　발화되어지는 '나'는 이 논문에서 주목하는 '무의식적 주체'와 동일한 의미를 지닌다.
29) 라깡은 분열된 주체는 결코 통합될 수 없고 다만 봉합될 뿐이라고 하였다.
30) 라깡은 동일화에 대해 "주체가 어떤 이미지를 가정함으로써 주체 안에 발생하는 변화"라
　　고 정의를 내리면서 두 가지 차원으로 보았다.(J. Lacan, *Ecrit : Selection*, tr by A.
　　Sheridan, W. W. Norton, 1977, 2쪽) 즉 '이상적인 자아'의 이미지와 자신이 동일하
　　다고 간주하는 '상상적 동일시'('일차적 동일시')와 타자라는 상징적인 것을 통해 형성되
　　는 '자아의 이상(ego-idéal)'에 자신을 동일시하는 '상징적 동일시'('이차적 동일시')로 말
　　이다.(이진경, 「자크 라깡 : 무의식의 이중구조와 구체화」, 이진경·신현준 외, 『철학의
　　탈주』, 새길, 1995, 34~35쪽 참조)

고 있음을 의미한다. 환언하면 주체의 드러나지 않는 어느 한 부분은 항상 현실과 거리를 두고 있다고 할 수 있다.31) 이와 같이 주체에게 동일화될 것을 요구하는 현실과 거리를 두면서 그 현실에 끊임없이 타자의 흔적을 남겨놓은 것을 프레드릭 제임슨은 '정치적 무의식'이라고 부른다.32) 이 정치적 무의식이란 동일화하는 이성에 의해 억압되고 배제되어 있던 것을 의식(텍스트)의 표면 위로 끌어올리는 기능을 의미한다. 그것은 식민지 현실에 의해 억압된 역사를 복원시키는 어떤 힘으로 작용한다.

이와 같은 연구방법을 통해 다른 문인들보다도 우유부단하고 자유분방한 백철이 휴머니즘 문학을 통해 자신의 무의식적 주체의 욕망을 어떻게 투영시키고 있는가를 살펴보고자 한다.

먼저 제2장에서는 백철의 휴머니즘 문학의 형성배경을 그의 전기와 당시 문단상황, 그리고 사상사적 맥락을 통해 검토하기로 한다. 아울러 백철의 휴머니즘의 근원적인 사상은 무엇이고, 그의 휴머니즘은 다른 휴머니스트들과 어떠한 차이점을 지니는 지도 규명할 것이다.

제3장에서는 백철의 문학작품에 투영되어 있는 휴머니즘 정신과 창작방법의 변모과정을 살펴보고, 여기에서 그가 추구한 '인간형'에 대해 탐구하고자 한다. 동경 유학시절 그의 문학작품에 드러나는 휴머니티가 어떻게 휴머니즘 문학의 전사(前史)로 자리잡고, 유물변증법적 창작방법이 내세우는 '산 인간'을 작품 속에 어떻게 투영시키는지를 검토하고자 한다. 아울러 사회주의 리얼리즘이라는 창작방법을 수용하여 내놓은 '인간묘사론'에 대해서도 살펴보고자 한다.

제4장에서는 전향 이후 휴머니즘 문학의 전개양상과 서구의 파행적인 근대에 대한 비판과 부정을 통해 제기한 동양적 휴머니즘에 대해 검토하고자 한다. 많은 선행 연구자들이 백철이 '비애의 성사(城舍)'라는 글을

---

31) 박수연, 「김수영 시 연구」, 충남대 박사학위논문, 1999, 24쪽.
32) F. Jameson, *The Political Unconscious : Narrative as a Specially Symbolic Act*, Ithaca University Press, 1981, 20쪽 참조.

발표한 뒤 그를 전향자로 규정하고 있는 부분에 대해 재고해 보고, 아울러 그가 서구의 휴머니즘을 동양정신과 어떻게 결부시켜 휴머니즘 문학을 표방하고 있는지를 고찰하고자 한다.

제5장에서는 백철의 휴머니즘 문학이 문학사적 측면에서 어떠한 의의와 한계를 지니고 있는지를 밝히고자 한다.

제2장 백철 휴머니즘 문학의 형성 배경

　주지하다시피 식민지 시대는 민족사적으로 질곡과 좌절이 난무한 시기였다. 한일합방으로 인하여 일제 강점 하에 놓여 있던 시기에 태어난 백철은 민족은 있으되 조국은 없는 기형적인 현실에 직면해야만 했다. 이러한 현실 속에서 유년기를 보낸 백철은 일제에 대한 적개심과 민족에 대한 사랑을 동시에 느끼게 된다. 그리고 동경 유학시절에는 이를 실천하기 위한 방편으로 마르크스주의를 선택하여 급진적인 문학을 표출하기 시작한다. 이 장에서는 백철의 문학적 세계관 형성의 두 축이라 할 수 있는 천도교사상1)과 마르크스주의에 대해 살펴보고자 한다. 일제강점기 하에서 백철이 천도교사상을 어떻게 수용하여 민족의식을 형성・고취시켰고, 마르크스주의를 어떻게 수용・발전시키는지를 구체적으로 검토하기로 한다.

---

1) 천도교는 조선 후기 사회의 문란과 서구 세력의 침투에 따른 농민층의 몰락이라는 상황에서 나온 종교이다. 따라서 천도교는 현실부정적 성격과 함께 민족적 입장을 지닐 수밖에 없었다. 그 교리는 동양의 전통적인 경천사상(敬天思想)에 바탕을 두고 있으면서도, 유・불・선의 요소를 모두 포함하고 있는 것 외에 『정감록(鄭鑑錄)』적 비기도참(秘記圖讖)사상, 민간신앙 등 당시 민중들의 생활감정을 그대로 반영하고 있다.(한국사특강편찬위원회, 『한국사특강』, 서울대출판부, 1990, 220쪽) 이를 볼 때 천도교와 민족주의와는 밀접한 관련을 맺고 있다고 할 수 있다.

1. 천도교사상과 민족의식

전통적인 천도교 집안에서 태어난 백철은 유년시절부터 독실한 천도교
신자인 어머니와 형 백세명의 영향을 받으며 성장한다. 어머니는 천도교
교조 최제우(崔濟愚)의 출가 수도기로 되어 있는 『용담유사(龍潭遺詞)』
를 가르쳐 주었고2), 언문쓰기, 읽기도 알려 주어 『설인귀전(薛仁貴傳)』3),
『장풍운전(張風雲傳)』, 『구운몽(九雲夢)』, 『사씨남정기(謝氏南征記)』, 『조
웅전(趙雄傳)』 등을 독파할 수 있는 힘을 길러 주었으며, 시를 읊어주기
도 하였다. 이와 같은 어머니의 경건한 신앙심과 애송시(愛誦詩)는 그에
게 풍부한 문학적 자양분을 마련해 준다. 그리고 어머니가 3·1운동에
적극적으로 가담한 형 세명 때문에 일본 헌병에게 만신창이가 되도록 몰
매를 맞게 되는데, 이 광경을 목도한 그는 일제에 대한 적개심과 신학문
에 대한 필요성을 절실하게 깨닫는다.4)

이러한 어머니의 영향과 더불어 형의 영향 또한 적지 않은데, 당시 백
세명5)은 천도교사상으로 무장한 철저한 민족주의자였음을 그의 자서전

---

2) 백철, 『진리와 현실』(상), 박영사, 1975, 18쪽. 이 자서전은 백철의 문학세계를 파악할
   수 있는 중요한 단서이다. 특히 그의 전기적 배경과 문학세계의 변모과정을 살피는 데에
   말이다. 그러나 여기에서 간과하지 말아야 할 것은 그의 비평세계의 변화가 있었던 1920
   년대 후반에서 해방 이전까지의 비평에 관한 그의 진술을 액면 그대로 신뢰하기 어렵다는
   점이다. 왜냐하면 그가 과거를 회고하여 자서전을 집필하는 과정에서 집필할 때의 심정이
   무의식적으로 투영되었을 것이기 때문이다. 특히 그의 일본 동경 문단 시절(마르크스주의
   에 관심), 카프문학 활동 시기, 친일문학 시기에 해당되는 진술은 더욱 그러한 혐의가 짙
   다. 따라서 필자는 이러한 점을 고려하여 자서전의 진술 내용을 인용하고자 한다.
3) 그의 자서전에는 '설귀인전'으로 나와 있으나(19쪽) 이는 '설인귀전'을 오기한 것으로 보인
   다. 그의 다른 저서(『백철문학전집』, 『인간탐구의 문학』)에는 '설인귀전'으로 정확하게 표
   기되어 있다.
4) 백철, 위의 책, 29~30쪽. 이러한 결심은 훗날 그가 일제에 대한 저항의식을 담은 글을
   발표하는 계기가 된다.
5) 그가 펴낸 책은 평론집 1권과 천도교의 교리를 설명한 종교서적 4권으로, 이를 통해 그의
   민족주의 사상과 종교지도자의 면모를 알 수 있다.(『동학사상과 천도교』, 동학사, 1956 ;
   『동학경전해의』, 일신사, 1963 ; 『동학경전해의』, 일신사, 1964 ; 『하나로 가는 길』, 일
   신사, 1968 ; 『천도교경전해의』, 천도교 중앙총부, 1969)

에서 엿볼 수 있다.

世明 형님은 내 인생에 대하여 첫 번째 선도자였으며 그 뿐 아니라 그 지
방에서 문명의 앞장을 선 지도자였다. 1919년 3·1운동이 전국적으로 일
어나고 그 커다란 물결이 뒤늦게나마 우리 마을 亭山洞에까지 밀려왔던 때
이다. …… 우선 태극기를 그려야 했는데 누구 하나 그것을 그리는 방법을
모르고 있었다. 그때 사형인 세명이 중앙에 나가 앉아서 실끈을 가지고서
한끝을 광목천의 중앙에 대고 다른 끈을 두루 그어서 원을 그리던 생각이
지금도 선하다. …… 그러나 얼마 안가서 이 일이 화근이 되어 형님은 일본
헌병 당국이 노리는 이 지방 제 1급의 일제반역의 대상이 되었다.6)

이 일로 인해 백세명은 2년간 집에 돌아오지 못한 채 만주지역에서 망
명생활을 해야만 했다. 이후 백세명은 백철을 탑골 공원으로 데려와 이
공원 앞에서 벌어졌던 3·1 독립운동 선언의 이야기를 들려주기도 했
고,7) 천도교의 계몽기관인 농민사의 지방간부로서 활동하면서 비현(枇
峴) 부근에 농민학교를 세워 농민지도자를 양성하는 데에 힘쓰기도 하였
다.8) 이와 같은 백세명의 성실한 종교생활과 철저한 민족주의자의 모습
은 백철이 민족주의 사상을 섭렵하는 데 결정적인 영향을 준다.

백철이 천도교의 영향을 받아 직접적으로 천도교 활동을 하기 시작한
것은 동경 유학시절부터이다. 당시 그는 천도교 동경지부의 활동에서 리
더십을 지닌 유학생 이응진(李應辰), 김형준(金亨俊)9), 김정주(金廷柱)
등과 어울렸으며 청년부 문학예술분야의 책임자 역할을 담당하였다.10)
그리고 천도교측에서 만든 '자강회(自彊會)'11)에서 주는 장학금을 이현

---

6) 백철, 앞의 책, 28~29쪽.
7) 백철, 위의 책, 42쪽.
8) 위의 책, 83쪽.
9) 김형준은 당시 문학평론가로 활동한 김오성(金午星)과 동일 인물이다. 그는 일본대학 철
   학과에 적을 두고 마르크스주의 이론을 습득, 예리한 이론을 전개하여 천도교의 '인내천
   (人乃天)' 주의를 마르크스주의로 해석, 수정을 꾀하였다.(위의 책, 167쪽)
10) 위의 책, 167~168쪽.

구(李軒求)와 함께 받기도 하였다. 1930년 4월 5일 천도교의 일대 교조의 기념일인 천일 기념 때 그는 그 행사를 위해 연극을 상연할12) 정도로 천도교와의 관계를 지속시킨다. 그리고 1931년 그가 귀국하여 형의 도움으로 천도교의 기관지를 발행하는 개벽사(開闢社)에 입사한 것을 통해서도 그와 천도교의 긴밀한 관계를 엿볼 수 있다.

이러한 천도교의 활동은 동경 유학시절 그의 문학활동에 많은 영향을 준다. 즉 그는 천도교의 골자인 '인내천(人乃天)' 사상을 기저로 하여 식민지 조선인의 고통과 애환을, 그리고 민중들의 비참한 생활상을 작품 속에 투영시킨다. 이러한 측면은 다음과 같은 작품에서 엿볼 수 있다. 즉, 일본으로 흘러 들어온 조선인 노동자들의 고초를 그린 「그들 또한……」("몇 번이고 베어도 묵묵히 자라나는 잡초처럼 / 어떠한 방법을 써서라도 / 현해탄을 넘고 있다. / 그것이 지금에는 / 가는 곳곳의 길가에 보이는 잡초처럼 / 일본의 어느 시골에서도 여기저기 / 때묻은 흰옷(강조 : 인용자)이 눈에 띈다.")13)과 소지주의 딸과 소작인 딸이 동등한 인격체임을 보여주고 있는 「누이여」("너는 너와 너의 벗들만이 깨끗한 인종이라고 정하고 있구나. / …… / 돼지 새끼들 같은 그녀들을 너 이상의 아름다운 인간으로 만들기 위해 / 이 일을 하는 것이다. / 더 이상 너로부터 천대와 멸시를 받지 않게 하기 위하여")14) 등에서 드러난다. 이처럼 그는 천도교사상과 민족의식을 바탕으로 한 삶과 문학을 표출하게 된다.

---

11) '자강회'는 천도교측의 인사인 민석현(閔奭鉉)이 만든 조직으로, 동경에서 고학하고 있는 학생들을 회원으로 삼아 장학금을 주는 곳이다.(위의 책, 168~169쪽)
12) 위의 책, 168쪽. 그때 발표된 「홍수 뒤의 마을」은 수재 입은 농촌의 재기하는 풍경을 계급의식을 밑받침 해 만든 작품이다.
13) 「그들 또한……」(「彼等だって……」), 『地上樂園』 5권 1호, 1930. 1.
14) 「누이여」(「妹よ」), 『地上樂園』 4권 12호, 1929. 12.

2. 마르크스주의와 소외의식

백철은 1908년 평안북도 의주군 월화면(月華面) 정산동(亭山洞) 샛골에서 소지주인 백무근(白茂根)의 넷째 아들로 태어난다.15) 재취(再娶)로 들어온 어머니 조씨는 7남매(5남 2녀)16)를 두었는데, 이 중 5남매는 죽고 실제 남은 이는 형 세명과 자신뿐이었다.

어려서 막내 누이동생 귀례의 죽는 장면을 목도한 그는 인간의 초라함, 무력함을 느끼게 되고,17) 13세 되던 해 아버지와 우애가 남달랐던 큰아버지의 하관식을 보고 사람은 저렇게 가버리는구나 하는 공허한 체념을 하게 된다.18) 그리고 동경 유학생활이 시작되던 해 여름에 세걸이와 누이동생이 폐병으로 죽었다는 소식을 접했을 때 허망함을 느끼기도 한다.19) 이렇듯 죽음 앞에 무력한 인간을 보며 백철은 '인생무상'과 허무함에 빠져들게 된다. 일련의 가족의 비극사는 그에게 커다란 정신적 충격을 가져다주게 된다. 게다가 같은 고보(高普) 출신이자 동경고사(東京高師) 선배인 이석숭의 죽음은 그를 더욱 고독감에 사로잡히게 만든다.20) 그는 그의 심약하고 모질지 못한 성격21) 때문에 더 큰 정신적 충격을 받게 된다.

동경고사(東京高師) 시절22) 그에게 또 하나의 어려움으로 다가온 것

---

15) 그러나 그의 호적에는 平安北道 義州郡 枇峴面 弘希里 2번지에서 1908년 3월 18일에 출생했다고 되어 있다. 여기에 대해서는 백철 자신도 언급한 바 없다.

16) 백철, 앞의 책, 80쪽. 임종수의 「백철 연구」(충남대 박사학위논문, 1990, 10쪽)와 홍성암의 「백철 비평 연구」(『동대논총』, 1995, 61쪽)에는 9남매로 되어 있는데, 이는 백철의 『文學自敍傳』(後篇)(박영사, 1975, 445쪽)을 참조하여 진술한 듯 하다. 그러나 본고에서는 가족에 대해 좀더 상술하고 있는 자서전(상권)에 근거하여 7남매로 진술하고자 한다.

17) 백철, 위의 책, 80쪽.

18) 위의 책, 50쪽.

19) 위의 책, 131쪽.

20) 위의 책, 130쪽.

21) 임종수, 앞의 글, 9~10쪽 참조. 그는 백철 선생과 사제지간이었다고 밝히고 있다.

은 식민지 조선인으로서 느끼는 소외의식이었다. 이러한 사실은 "그들(일본 학생)이 속으로는 朝鮮 사람으로서의 나를 차별대우하는 것 같은 느낌이 들었다"[23)]라고 술회한 데서 확인할 수 있다.

　그는 식민지 조선인으로서의 외로움과 소외의식을 치유하기 위해 어떤 돌파구를 마련해야만 했다. 그래서 당시 일본의 지식층과 젊은 학생에게 풍미한 마르크스주의에 서서히 관심을 갖기 시작한다.[24)]

　　나의 高師 3학년, 그러니까 1929년 경부터 나는 어느새 마르크시즘의 근처를 드나들고 있은 것이다. 교내에서 열리는 R·S라는 데도 가 앉아보고 『資本論』 같은 것도 뒤져 보고, 그들의 사회활동에도 관심을 가져보고, 그쪽에서 동정하는 좌익파의 級友들과도 접근하는 일이 많게 되었다. 조선 사람과 같이 특수한 환경에서 자라난 사람들로서 먼저 그들에게 호감을 갖게 되는 것은 그들의 인간적 태도였다. 그들에겐 민족적인 차별의식이 전혀 없고 동등한 동지의 입장으로서 대해 오는 그 태도에 친근미가 느꼈다.[25)]

　위에서 보듯 그는 마르크스주의와 일본 좌익학생들에게 호감을 갖는

22) 동경고사(東京高師)의 기록부에 따르면 백철은 관비유학생이 아니고 사비유학생으로 적혀 있는데, 이 사실은 그가 일제 때 함흥영생중학교원(1935)을 잠시 역임한 일 외에는 교단에 서지 않고 계속 저널리즘에 종사한 것과 무관하지 않다. 동경고사는 이름 그대로 교원양성의 전문기관이며, 조선에서 이곳에 관비생으로 입학하는 학생은 한 학년에 한두 명밖에 없었다. 그만큼 엄격한 제한이 있었지만 사비생의 경우는 달랐다. 또 이 사실은 그가 재학 중 NAPF에 참가하여 시인으로 활동한 것도 결코 무관하지 않다. (김윤식, 『임화연구』, 문학사상사, 1989, 369쪽)

23) 백철, 앞의 책, 118~119쪽.

24) 당시의 상황은 그가 "당시 세계적으로 마르크시즘의 노동·정치운동이 가두를 휩쓸고 있던 시기로, 그처럼 얌전한 일본의 모범생의 학교인 高師의 캠퍼스에도 그 세력은 크게 침입되어 부르조아 학업을 멸시하고 『마르크스·레닌 전집』, 『인터내셔널』, 『戰旗』 등의 붉은 잡지를 옆에 끼고 다니는 것이 대유행이었다."고 한 데서 확인할 수 있다.(백철, 「학창시절의 추억」, 『백철문학전집』 3, 신구문화사, 1968, 465쪽) 그리고 당시 조선에서도 민족주의 전선과 좌익계열이 통일전선을 이루어 신간회(新幹會)를 만들었는가 하면, 문학측에서는 카프가 소위 목적의식론을 주장하는 등 마르크시즘 경향이 강하였다.

25) 백철, 『진리와 현실』(상), 앞의 책, 141쪽.

데, 그것은 그들이 '민족적인 차별의식'을 배제하고 동지로서의 인간애를 보여주었기 때문이었다. 그는 일련의 가족의 비극에서 온 허무함, 좌절감, 우울함과 식민지인으로서의 소외의식을 극복하기 위해 마르크스주의를 수용한 것으로 판단된다.26) 그러나 백철이 직접적으로 마르크스주의에 심취하게 된 것은 고사(高師) 영문과 선배인 한식(韓植)의 영향 때문이었다. 당시 그는 쉬르파의 모더니스트 시인으로서, 난해한 쉬르 시풍으로 좌익적인 이데올로기를 담아냈다. 그는 예리한 이론을 갖고 토론에 참가하여 그의 전위적인 재능을 보여주었다.27)

여기에서 마르크스주의는 휴머니즘, 즉 일종의 '근본적' 휴머니즘이라 할 수 있다.28) 이러한 근거는 마르크스가 "근본적이라는 것은 사물을 뿌리까지 파악하는 것이다. 그러나 인간에 있어서 뿌리는 인간 그 자체다…… 따라서 인간이 타락하고 노예화되고 내팽개쳐지고 비열한 존재로서 남게 되는 모든 상황을 타파해야 한다는 지상명령으로서 귀결된다."29)라고 언급한 데서 찾을 수 있다. 이 점이 바로 마르크스주의의 출발점이라 할 수 있다.30)

마르크스주의의 인간주의를 통해 백철은 식민지 현실에서의 탄압 받는 인간상을 형상화하려 했던 것으로 보인다. 그는 '자기의식'이나 '영혼'과

---

26) 당시 그가 마르크스주의를 확고한 철학적 이론적 근거를 가지고 수용한 것이 아니라는 점, 소지주의 아들이고 기질 자체가 낭만적인 리버럴리스트였다는 점 등은 이후 그의 문학세계를 끊임없이 변모시킨 동인(動因)으로 작용한다.

27) 백철, 위의 책, 143쪽. 그는 1935년부터 우리 문단에서 비평가로 활동한 바 있다.

28) A. Schaff, 『마르크스주의와 개인』, 김영숙 역, 중원문화, 1984, 188쪽.

29) K. Marx, *Introduction to Contribution to the Critique of Hegel's Philosophy of Right*, in Bottomore, ed., *Karl Marx : Early Writings*, reprinted by permission of C.A. Watts & Co., Ltd., London, 1963, 52쪽 and McGraw-Hill, Inc., New York, 1965〔MEGA 1/Ⅰ/1, 614~615쪽〕.

30) 마르크스는 부르조아 경제학자들이 사물들 간의 관계(한 상품과 다른 상품의 교환)로 본 것이 사람들 간의 관계(강조 : 인용자)임을 밝혔다.(K. Marx, F. Engels, 『공산당선언』, 남상일 역, 백산서당, 1989, 23쪽) 이는 인간적 본질이 각 개인이 내재한 추상물이 아니라 현실적인 사회적 관계의 총체임을 의미한다. 여기에서도 마르크스주의의 인간관을 엿볼 수 있다.

같은 이상주의적 관념론이 아니라 현실적이고 구체적 개인(물론 그의 사회적 관계의 관점에서 구체적인)에 의해 식민지 현실의 모순을 타개하고자 했던 것이다.

이를 토대로 볼 때 마르크스주의적 휴머니즘은 현실적 개인과 현실 사회로부터 출발하고, 그것의 이념은 객관적 현실을 반영하는 과정에 있어서 인간이 그의 세계를 창조하고 그의 발전에 간접적으로 영향을 끼친다는 가정에 기초를 두고 있다.31) 이 휴머니즘은 "인간의 생명, 인간의 가치, 인간의 창조력을 귀중하게 하려면 비인간적인 것, 반인간적인 것으로 전락시키는 파시즘이나 인간소외 같은 문제를 해결"32)해야 하는 것으로 규정지을 수 있다. 따라서 이 휴머니즘은 철저하게 자율적이고 투쟁적인 휴머니즘이라 할 수 있다.

지금까지 백철의 휴머니즘 문학의 형성 요인을 살펴본 결과 그의 휴머니즘은 동경 유학시절 찾아온 가족사의 비극에서 오는 허무감, 고독감, 소외감의 바탕 위에 마르크스주의를 수용한 마르크스주의적 휴머니즘이라고 할 수 있다. 그의 마르크스주의적 휴머니즘은 천도교의 영향으로 형성된 민족의식이 기저층에 내재한 독특한 휴머니즘이라 할 수 있다.

여기에서 간과하지 말아야 할 것은 당시는 마르크스주의가 유행하던 시기로, 그 세계관에 의하면 종교는 아편일 뿐 아니라 계급혁명의 운동을 마비시키는 유해 유독한 마약과 같은 것으로 취급되었다는 사실이다. 이러한 점을 볼 때 백철이 일본에서 소위 프롤레타리아 문학운동에 관계하면서도 그와 배치되는 천도교 활동을 적극적으로 해왔다는 사실33)은 쉽게 납득이 가지 않는다. 그러나 이러한 사실은 백철 자신에게 그다지 큰 문제가 되지 않는다. 왜냐하면 유년시절부터 천도교의 영향을 받고 성장

---

31) A. Schaff, 앞의 책, 190쪽.
32) 務台理作, 『현대의 휴머니즘』, 풀빛편집부 역, 풀빛, 1982, 14쪽.
33) 진영백, 「백철 초기비평의 연구」, 『우암어문논집』 제9호, 부산외대 국어국문학과, 1999, 99쪽.

한 백철에게 천도교는 단순히 마르크스주의에서 배격하는 종교의 한 형태가 아닌 민족의식을 고취시키기 위한 하나의 사상으로 다가왔기 때문이다. 이는 그가 "당시 공산주의 운동이니 프롤레타리아 문학 운동이니 하는 것까지도 그 내용을 잘 분석해 보면 민족주의적인 항거의 한 수단에 지나지 않다"[34]라고 술회한 데서 확인할 수 있다. 그리하여 천도교 사상과 마르크스주의가 조우했을 때 상쇄관계가 아닌 길항관계로 나타난 것이다.[35] 그리고 다음의 내용은 이를 뒷받침하고 있다.

> 식민지 체제 아래서 피지배 민족이 겪는 고통을 체험하고 있었던 백철의 입장에서 그가 이상적으로 추구하고 있는 것이 바로 민족적 모순과 계급적 모순을 동시에 극복할 수 있는 혁명적 방법이었다는 점을 주목할 필요가 있다.[36]

당시 백철의 문학세계를 보여주는 단면으로, 그가 민족주의와 마르크스주의를 상보적으로 인식했음을 알 수 있다. 조선의 '독립'이 최우선의 과제였던 일제 강점기 하에서 백철은 일제의 군국주의 체제에 균열을 낼 수 있는 방법으로 '민족'과 '계급'적 모순을 극복할 수 있는 민족주의와 마르크스주의를 선택, 수용하여 문학에 적용시킨 것이라 할 수 있다. 요컨대 민족주의와 마르크스주의를 상보적으로 존재한 것이 백철의 휴머니즘 문학의 특징이라 할 수 있다.

---

34) 백철, 앞의 책, 224쪽.
　또한 이는 백철이 천도교에서 내는 개벽사에 근무하면서 『개벽』에 기사를 쓴 것을 임화가 비판하였을 때, 백철이 일본의 예를 들어 직장이나 저널리즘에 대하여 너무 결벽성을 가지는 것은 일종의 소아병적인 완고성이라고 응수한 데서도 알 수 있다.(위의 책, 270~271쪽 참조) 이를 통해 볼 때 백철은 민족주의와 마르크스주의에 대해 대척적인 관계보다는 상보적인 관계로 인식하였던 것으로 판단된다.
35) 이러한 이유 때문인지 30년대 그의 평문에서 민족주의 문학을 비판한 흔적은 거의 발견되지 않는다. 이는 그가 '일제'라는 거대한 타자에 대응하는 모든 세력들에 대해 포용하려는 입장을 지니고 있었음을 반영하는 것이라 할 수 있다.
36) 권영민, 「1930년대 일본 프로시단에서의 백철」, 『문학사상』, 1989. 9, 139쪽.

제3장 마르크스주의와 서구의 휴머니즘 문학

백철 문학의 특징은 '인간주의' 정신을 토대로 하고 있다는 점에 있다. 그렇기에 그의 문학에 등장하는 '인간'은 어느 환경에 지배되거나 외적 규범에 수동적으로 규제 당하는 인간 대신에, 자발적인 의지와 신념에 따라 능동적으로 실천해 가는 인간타입이 주를 이룬다.[1] 즉, 그가 동경하는 인간은 정체되고 고정된 인간이 아닌 능동적으로 만들어지는 인간이었던 것이다. 이는 주체를 정해진 것이 아니라 만들어가는 것이라는 세계관을 담보하고 있는 것이다. 따라서 그의 글에 묘사되는 인간유형이 지속적으로 변모과정을 보이는 것도 이 같은 문학적 세계관에서 비롯된 것이라 할 수 있다. 이렇듯 그의 문학 중심에는 '인간'이 자리잡고 있었고, 그의 문학적 지향점은 다름 아닌 '인간을 위한 문학'이었다.

동경 유학시절 그는 이와 같은 능동적인 인간형을 표출하기 위한 한 방편으로 당시 유행하던 마르크스주의를 신봉하게 되고, 이후 지속적으로 마르크스주의에 입각한 인간형을 표출하기 시작한다.

---

1) 김주일, 「백철문학론 연구」, 『목원어문학』 제12집, 목원대 국어교육과, 1993. 12, 130쪽.

1. 프롤레타리아문학의 창작방법과 '산 인간'

1) 프롤레타리아 리얼리즘의 '인간형'

백철이 일본 동경에서 본격적으로 문학활동을 시작한 시기는 1929년
이다. 이미 한 해 전에 '지상낙원(地上樂園)'에 가입한 그는 『지상낙원』
11월호부터 거의 매달 작품을 발표하여 다음 해 6월까지 시 9편과 평론
2편을 발표하는 등 왕성한 창작력을 보여준다. 이 시기 발표된 작품들의
경향은 대체로 마르크스주의적 휴머니즘의 면모를 띤다. 시적 형상화 측
면에서 볼 때 선전, 선동적인 구호로 일관되어 있지만 그 이면에는 식민
지 조선인의 설움과 애환이 진솔하게 담겨 있다.

먼저 우박으로 인해 농사를 망친 농민들의 애환을 형상화한 시 「우박
이 내리던 날」(「雹の降つた日」)(『地上樂園』 4권 11호, 1929. 11)을 살
펴보자. 여기에서 시인은 "가엾게도 그들이 자작농이나 소지주를 / 꿈꿔
온 작은 희망은 이젠 사라지고 / 말없이 쓰러져 있는 벼의 잔해를 바라보
고 있다 / "그들은 지금 무엇을 생각해야 할 것인가"라고 하여 농민들의
답답한 심정을 비교적 담담하게 표출하고 있다. 그는 자작농이나 소지주
를 꿈꾸어 온 농민들의 작은 희망이 일순간에 사라지는 광경을 목격하면
서도 과잉된 주관적인 목소리가 아닌 관찰자적 시점에 의한 객관적인 어
조로 전달하고 있다. 이러한 시적 기법은 일종의 시적 리얼리티를 확보하
기 위한 시인의 전략으로 볼 수 있다.[2] 그러나 이 시는 그 나름대로 민중
문학의 성격을 띠고 있지만 불가피한 자연재해로 인한 소작농민의 비극
적 현실에 초점을 맞춤으로서 소박한 문제제기 수준에 머물고 있다.

이어 발표된 시 「누이여」(「妹よ」)(『地上樂園』 4권 12호, 1929. 12)

---

2) 박경수, 「백철의 일본에서의 문학활동 연구」, 『실헌 이동영교수 정년퇴임기념논문집』, 부
산대출판부, 1998, 587쪽.

에서는 소작인의 딸을 증오하는 누이의 잘못된 인식을 지적하고 소지주
의 딸과 소작인의 딸이 똑같은 하나의 인격체임을 강조하여 마르크스주
의적 휴머니즘의 면모를 보여주고 있다.

> 그러나 누이여,
> 네게 그런 경멸의 마음을 갖게 할 정도로 그녀들을 천하게 만든 놈은 누
> 구인가.
> 돼지 새끼로까지 그녀들을 타락하게 만든 것은 어느 놈인가.
> 지금 여기에 앉아 있는 너 또한 그중 한 사람이 아니겠는가.
> (……)
> 그러니까 나는 지금,
> 돼지 새끼들 같은 그녀들을 너 이상의 아름다운 인간으로 만들기 위
> 해서
> 이 일을 하는 것이다.
> 더 이상 너로부터 천대와 멸시를 받지 않게 하기 위해서
> 누이여
>
> —「누이여」 부분

시적 화자는 소작인의 딸을 지칭하여 그들을 천하게 만들고 타락하게
만든 사람들이 다름 아닌 자신과 같은 소지주임을 폭로한다. 이는 소작인
의 불행이 결국 가진 자들의 횡포에 의해 자행된 것임을 명확하게 인식하
고 있음을 반영하는 것이다. 여기에서 우리는 소작인의 비참한 삶에 대한
화자의 따뜻한 시선에서 마르크스주의적 휴머니즘의 면모를 발견할 수
있다. 이를 통해 우리는 시인이 인간의 행복이 "인간을 행복하게 만든다
는 의미가 아니라 일반적인 불행의 원인을 제거한다는 의미"[3]를 인식하

---

3) A. Schaff, 『마르크스주의와 개인』, 김영숙 역, 중원문화, 1984, 202쪽.
   그는 모든 휴머니즘이 어떤 의미에서는 행복론이라고 한다. 왜냐하면 인간과 인간사에 대
   한 사상은 행복한 생활을 위한 조건을 논함에 있어서 결정을 이루어야 하기 때문이
   다.(198쪽)

고 있었음을 알 수 있다. 그리고 시인이 "인간을 최고의 선으로 여기고 현실적으로 인간 행복을 위해서 최선의 조건을 보장해 주는 데 그 목표를 두고"[4] 있었던 것도 인지할 수 있다. 이 시를 통해 나타난 휴머니즘에 대한 인식이 비록 미온적으로 형상화되었을지라도 그가 소작인의 불행 자체를 당시 일제 식민지 치하에 놓여 있던 조선 민족의 불행으로 인식한 점에서 휴머니즘적 실천의지를 엿볼 수 있다. 그는 지주 대 소작인과 일제 대 조선이 동일한 대결 구도에 놓인 것을 인식하였던 것이다.

이러한 휴머니즘 요소는 노동자로 전락하여 일본으로 흘러 들어오는 조선 노동자들의 고초를 표출한 시 「그들 또한……」(「彼等だって……」)(『地上樂園』5권 1호, 1930. 1)에서도 발견된다. 일제 식민지 공간에서 더 이상 살 수 없는 조선 민족들은 "몇 번이고 베어도 묵묵히 자라나는 잡초처럼 / 어떠한 방법을 써서라도 현해탄"을 넘어 일본으로 들어간다. 그러나 일제는 자국민들의 실업을 줄이기 위해 조선노동자들을 강제로 귀국시킨다. 이에 시인은 "두고 보라 / 그들의 분노와 복수에 타오르는 주먹이 / 너희들의 거만한 모습 앞에 들이닥칠 날이 올 것이다."라고 형상화하여 조선 민족의 강한 저항의지를 보여준다. 여기에서 백철이 추구하는 휴머니즘은 "사실에 기초를 둔 하나의 확신으로, 하나의 이론이 아니라 인간의 사회적 에너지를 동원한다는 견지에서 높은 가능성과 엄청난 현실적 중요성을 지닌 동적인 가정"[5]을 의미한다. 백철이 마르크스주의의 유토피아를 꿈꾼 것도 이런 맥락에서 이해해야 할 것이다.[6]

이후에 발표된 「추도」(「追悼」)(『地上樂園』5권 3호, 1930. 3)와 「스

---

4) A. Schaff, 위의 책, 188쪽.
5) 위의 책, 198쪽.
6) 이러한 그의 마르크스주의 유토피아의 추구는 김기림이 「朝鮮文學에의 反省-現代朝鮮文學의 한 課題」(『人文評論』, 1940. 10)에서 언급했듯이 "우리밖에 있는 '놀라운 새 世界', 즉 문명사회로 향하여 호기와 경이의 눈을 뜨"면서 생긴 것이라 할 수 있다. 그래서 정비석은 백철의 이 유토피아에 대해 "콤민이즘이라는 아름다운 꿈을 憧憬하는 情熱의 氾濫을 이겨날 수 없어 外部에 對하여 부르지즌 것"이라고 언급한 바 있다.(鄭飛石, 「作家가 본 評家-白鐵」, 『風林』第6輯, 1937. 5, 24쪽)

미다가와, 석양」(「隅田川, 夕陽」)(『地上樂園』5권 4호, 1930. 4) 등의 시에서는 노동자의 단합된 힘을 추구하는 모습이 휴머니즘을 통해 표출되고 있다.

이 시기 일본 좌익문단에는 藏原惟人을 중심으로 한 프롤레타리아 리얼리즘이 한창 논의되었는데, 그는 이에 대해 관심을 갖기 시작하였다. 이 이론의 핵심은 ① 프롤레타리아 '전위의 눈으로써' 세계를 볼 것, ② 엄정한 리얼리스트의 태도를 가지고 그것을 그려낼 것, ③ 집요한 현실 – 사실에서 출발할 것, ④ 사회적 관점에서 모든 것을 보고 표현 할 것, ⑤ 인간을 모든 복잡성과 함께 전체적으로 파악할 것7) 등이다. 그의 프롤레타리아 리얼리즘론은 프로 문학운동사상 획기적일 뿐만 아니라 리얼리즘 논의의 수준을 높여 주었던 것8)으로 평가받고 있다.9) 藏原惟人의 프롤레타리아 리얼리즘을 섭렵한 그는 이 이론에 입각하여 『지상낙원』에 평론을 발표한다. 프롤레타리아 시의 형식문제를 다룬 「프롤레타리아 시의 현실문제에 대하여」(「プロレタリア詩の現實問題について」)(『地上樂園』5권 5호, 1930. 5)에서 그는 프롤레타리아 시의 현실 문제를 제재의 탐구와 형식의 탐구로 나누어 프롤레타리아 시 운동의 침체상황에 대한 대안을 보여주고 있다. 그리고 「프롤레타리아 시론의 구체적 검토」(「プロレタリア詩論の具體的檢討」)(『地上樂園』5권 6호, 1930. 6)에서는 프롤레타리아 시 형식의 약점이 비대중성에 있다고 지적한다. 프롤레타리아 시형식의 민요채용설에 대해 시대의 생산형식에 규정되는 민요의 형식은 필연적으로 봉건시대의 생활양식을 반영하고 있는 것으로 보고 비

---

7) 藏原惟人의 「프롤레타리아 리얼리즘에의 길」(『戰旗』, 1928. 5)과 「재차 프롤레타리아 리얼리즘에 관하여」(≪東京新聞≫, 1929. 8. 11~14) 참조.
8) 김윤식, 『한국근대문학사상사』, 한길사, 1984, 219쪽.
9) 조선에서는 八峯이 1929년에 발표된 「辨證的 寫實主義 樣式問題에 對한 草稿」(≪東亞日報≫, 1929. 2. 25~3. 7)라는 글을 통해 "프롤레타리아 사실주의로의 전환의 필요"가 더욱 절실하다고 한 뒤 藏原惟人의 프롤레타리아 리얼리즘을 골격으로 하여 '변증적 사실주의'를 창작방법으로 제기하였다.

판을 가한다.10) 이 두 편의 글은 기본적으로 예술이 노동자 대중에게 어떻게 하면 효율적으로 접근할 수 있을까하는 기술적 차원의 볼셰비키적 대중화 논의와 프롤레타리아 작가의 볼셰비키화 수용양상에 대한 논의라 할 수 있다.11)

이처럼 프롤레타리아 문학에 대한 그의 적극적 의지는 결국 동인 대부분이 진부한 시풍을 가지고 한인적(閑人的)인 안이성을 노래하고 일본 재담이나 일삼는 '지상낙원'과 결별하게 만든다.12)

'지상낙원'과 결별한 뒤 그는 '전위시인(前衛詩人)'13)에 가담하여 시 2편과 평론 1편을 『전위시인』에 발표한다. 여기에서 주목할 부분은 그가 '지상낙원'을 탈퇴한 뒤에도 계속 그 동인지에 글을 발표했다는 사실이다.14) 이와 같은 사실은 그의 우유부단한 성격상 '전위시인'에 가담한 이

---

10) 백철이 민요를 단지 봉건 유제로만 파악한 것은 타당한 견해라 보기 어렵다. 왜냐하면 레닌의 유산 계승론을 따르면 민요가 적어도 지난 시대 학대받는 민중의 사상 감정을 담고 있는 것임을 제대로 이해하여 그것을 오늘날 대중의 정서에 맞게 적절히 선별해내어 계승해야 하는 것임에도 백철은 이 점을 몰각하고 있었기 때문이다.

11) 진영백, 「백철 초기비평의 연구―일본 프롤레타리아 문학론을 중심으로」, 『우암어문논집』 제9호, 부산외국어대 국어국문학과, 1992, 104쪽.

12) 그는 자서전에서 "내가 『地上樂園』에 동인으로 머문 것은 약 1년간. 차츰 이 地上樂園派에 대하여 싫증을 느끼게 되었다. 거기 모인 시인들은 대개가 농촌 자연을 따르는 自然派로서, 젊은 사람의 눈에는 그 詩風이 이미 낡아빠진 것을 감촉하게 되었을뿐더러 내가 개인적으로 더 취미가 閑人的인 안이성의 것으로 도무지 진지한 경건성을 느낄 수 없는 일이었다."(백철, 앞의 책, 141쪽)라고 기록하고 있다.

13) '전위시인'은 일본 프롤레타리아 시인인 森山啓, 川口明, 伊藤信吉, 石井秀, 中田忠太郎 등이 주축이 되어 구성한 시 동인으로, 1930년 3월부터 10월까지 '전위시인'이라는 제명으로 8권의 동인지를 간행한 바 있다.

14) 다음은 『지상낙원』과 『전위시인』에 발표된 작품목록이다.
〈『지상낙원』〉
시 : 「우박이 내리던 날」(4권 11호, 1929. 11), 「누이여」(4권 12호, 1929. 12), 「그들 또한……」(5권 1호, 1930. 1), 「추도(追悼)」, 5권 3호, 1930. 3), 「스미다가와, 석양」(5권 4호, 1930. 4), 「×당한 동무에게」(5권 5호, 1930. 5), 「갈매기떼」(5권 5호, 1930. 5), 「봄과 ×당한 동지」(5권 6호, 1930. 6), 「송림(松林)」(5권 6호, 1930. 6)
평론 : 「프롤레타리아 시의 현실문제에 관하여」(5권 5호, 1930. 5), 「프롤레타리아 시론의 구체적 검토」(5권 6호, 1930. 6)
〈『전위시인』〉
시 : 「나는 알았다, 삐라의 의미를」(2호, 1930. 4), 「9월 1일」(7호, 1930. 9)

후에도 '지상낙원'과 완전히 결별한 것은 아니라는 점을 반영해 주는 것이다. 즉 그가 마르크스주의에 관심을 갖기 시작하면서도 "지방문화의 향상에도 관심을 기울인" '지상낙원'의 시적 경향을 완전히 거부한 것이 아니었음을 보여주는 것이라 할 수 있다.

그가 이 동인지에 가장 먼저 발표한 작품은 「나는 알았다. 삐라의 의미를」(「俺ら分つたぞビラの意味が」)(『前衛詩人』, 1930. 4)으로, 조선인 노동자와 일본인 노동자의 단결된 모습을 형상화하고 있다.[15] 화자는 자신들을 착취하고 모욕하는 일제의 행위가 식민지 민족에 대한 차별의 문제에서 비롯된 것이 아니라 자본가 계급과 노동자 계급의 차별에 의한 것임을 인식하게 된다. 만국의 프롤레타리아는 동일한 이익, 동일한 적, 그리고 동일한 투쟁을 가지고, 대다수가 본성적으로 민족적 편견을 가지지 않음으로써 본성적으로 국제적이라는 마르크시즘과 맥을 같이 한다고 볼 수 있다.[16] 이 시의 "그대들의 적은 이국인이나 이민족이 아니다. / 그대들을 착취하고 괴롭히는 자본가 계급이다."라는 구절에서도 드러나듯 시적 화자는 인간적인 삶을 파괴하는 대상을 명확하게 인식하고 있다. 여기에서도 인간의 행복은 이러한 불행의 원인을 간파하여 극복해야만 얻을 수 있다는 그의 마르크스주의적 휴머니즘을 엿볼 수 있다.

이후 백철은 계급투쟁에 대한 국제적 연대의식을 '쉬프레히 콜'이란 극시 형태를 빌려 형상화하기 시작한다.[17] 이러한 형식을 빌려 쓴 작품이 「9월 1일」(「九月一日」)(『前衛詩人』, 1930. 9)인데, 이 기법은 일단의 사람들이 한 대사를 노래 부르는 것이 아니고, 억양과 곡조를 붙여 낭창

평론 : 「프롤레타리아 시인과 실천문제」(6호, 1930. 8)

15) 이 시에 대해 권영민은 백철의 이상주의적 계급의식이 투영된 것으로, 그리고 백철의 문학적 지향이 현실의 지배논리를 벗어난 이상주의에 머물러 있다고 비판하였다. (권영민, 「1930년대 일본 프로시단에서의 백철」, 『문학사상』, 1989. 9, 134쪽)

16) 박명용, 『한국 프롤레타리아문학 연구』, 글벗사, 1992, 123쪽.

17) 이에 대해서는 윤여탁, 「1930년대 서술시에 대한 연구-백철과 김용제를 중심으로」, 『국어국문학』 제101호, 국어국문학회, 1989, 178~179쪽과 박명용, 위의 책, 126~127쪽에서 논의된 바 있다.

하는 표현양식으로 세계 1차대전 후 독일에서 사회주의적, 공산주의적
청년운동과 결부되었다. 그리고 박력이 있고 어떤 종류의 모토나 슬로건
을 인상지우는 데 효과적이었기에 좌익운동이나 정치 연설이나 데모 등
에 많이 쓰여진 창작기법이다. 백철은 이 '쉬프레히 콜'이라는 대중합창시
의 형식을 도입하여 "일본인 노동자와 조선인 노동자들을 Ａ·Ｂ·Ｃ·Ｄ·
Ｅ의 주인공들로 한 민족을 초월한 계급적인 동지로서 협동전선을 부르짖
는 선동詩篇"[18]을 발표하였던 것이다. 이 시는 관동 대지진사건을 회상
하여 낭송시 형태로 쓴 작품으로 노동계급의 새로운 승리를 노래하고 있
다. 이 작품에서도 노동자계급의 국제적인 연대성의 확립과 그 단결을 주
장하고 있는 선동적인 성격이 투영되어 있다. 그리고 일제 강점기 하에서
조선 민족이 겪는 고통을 체험하고 있었던 그는 민족적 모순과 계급적 모
순을 동시에 극복할 수 있는 혁명적 방법을 실현하고자 했던 것이다.[19]

그는 「프롤레타리아 시인과 실천문제」(「プロレタリア詩人と實踐問題」)
(『前衛詩人』, 1930. 8)에서 시인은 노동자, 농민을 위한 작품을 써야 한
다는 기술적 창작의 당위성과 프롤레타리아 작가의 계급문제를 구체적으
로 진술하고 있다. 그리고 시인의 창작적 실천문제에 있어서도 프롤레타
리아의 현실의 요구에 적응할 수 있는 예술운동을 펼쳐야 하고, 또한 노
동자 농민이 공감할 수 있는 작품을 생산해야 한다고 주장하고 있다. 따
라서 '전위시인' 동인 활동 시기에 백철은 노동계급의 국제적 연대성 확립
과 예술운동의 볼셰비키화라는 시대적 요구에 부응하고 있었다고 할 수
있다.

'전위시인'이 해체된 후 나프의 산하에 있는 시분과 모임에서 1930년
9월에 '프롤레타리아 시인회'를 결성했는데, 이는 기존의 좌익 시단을 통
합한 조직이라 할 수 있다. 백철은 이 조직에 가담하면서부터 동경문단
내에서 널리 인정을 받게 되는데[20] 당시 나프의 강령은 다음과 같다.

---

18) 백철, 앞의 책, 144쪽.
19) 권영민, 「1930년대 일본프로시단에서의 백철」, 앞의 책, 139쪽.

① 전위활동을 이해시키고, 그것에 관심을 집중시키는 작품

② 사회민주주의의 본질을 폭로한 작품

③ 프로레타리아의 영웅주의를 정당하게 현실화시킨 작품

④ 조합 스트라이크를 묘사한 작품

⑤ 대공장 내의 반대파, 쇄신동맹조직을 묘사한 작품

⑥ 농민투쟁의 성과를 노동자의 투쟁과 결부시킨 작품

⑦ 농어민의 대대적 투쟁의 의의를 명확히 한 작품

⑧ 부르조아 정치, 경제과정의 현상을 마르크스주의적으로 파악, 그것을 프롤레타리아의 투쟁과 결부시킨 작품

⑨ 전쟁, 반파쇼, 반제국주의 투쟁을 내용으로 하는 작품

⑩ 식민지 프로레타리아와 국내 프로레타리아의 연대를 강화한 작품[21]

이와 같이 정치 우위의 볼셰비키적 강령을 통해 볼 때 정치적 측면의 내용은 강화된 반면 예술 미학적인 측면에서는 상대적으로 약화된 것을 알 수 있다.

그는 시 「다시 봉기하라」(「再び×起へ」)(『프롤레타리아詩』, 1931. 1)를 발표하여 일본 프로 시단에 주도적인 위치를 차지하고 '나프' 중앙위원회의 추천을 받아 정식으로 '나프'의 맹원이 된다.[22] 이 시는 일종의 서술시의 형식을 띤 작품으로 1930년 7월 조선 단천에서 일어났던 봉기사

---

20) 임화 또한 이 시기 백철에 대해 "그때 이 '그룹' 가운데서 지금은 囹圄의 몸이 된 金龍齊와 함께 가장 그 前途에 期待를 갖게 하든 ××[革命]的 民族詩人"의 한 사람으로 높이 평가하였다.(林和, 「同志 白鐵君을 論함─그의 詩作과 評論에 對하야─」, 《朝鮮日報》, 1933. 6. 14). 그러나 김윤식은, 백철은 철저하게 조직훈련을 받은 김용제에 비해 한갓 시인에 지나지 않았고, 과격한 시를 썼지만 조직훈련을 전혀 받지 않은 한갓 책상물림에 지나지 않는다고 평가하였다.(김윤식, 『임화연구』, 문학사상사, 1989, 371쪽)

21) 나프 작가동맹 중앙위원회, 「예술대중화에 관한 결의」, 『戰旗』, 1930. 7.

22) 백철은 이에 대해 "그 전 같으면 굉장한 명예같이 느껴졌을 텐데 그런 감격이 되지 않고 그저 심상하게 생각되었다. 그만치 프로文學運動에 대한 내 태도가 모호해 지기 시작한 것을 보인 것인지 모른다."라고 술회한 것을 보면 나프에 대한 생각이 점점 변하고 있었던 것 같다.(백철, 앞의 책, 185쪽) 그러나 한편으로 1931년 조선일보에 발표된 그의 「농민문학문제」라는 글에서, 나프 맹원들(藏原惟人, 中野重治 등)의 글을 인용하고 그들의 노선을 지지하는 것을 보면, 그는 나프 맹원인 것에 대해 나름대로 자부심을 느끼고 있었던 것으로 판단된다.

건을 소재로 하여 형상화하였다. 그는 이 시에서 "온돌방—그것은 죽음과 같은 냉장고다! / 그것은 이미 사람을 녹여주지 못한다—. / 이 매서운 추위를 막아줄 나무가 없다. / 우리들의 겨울을/언제나 아늑하게 해주던 땔감이 -. / 연기가 나지 않는 겨울의 마을 / 생활의 맥박이 끊겨가는 참담한 북조선의 마을 / 으슴프레한 방구석에 움츠리고 있는 / 누이여! 아버지여! 또한 어머니여, 어린 동생이여!"라고 하여 나무를 베지 못해 추위에 떠는 조선 단천 농민들의 참담한 풍경을 그리고 있다. 이러한 농민들의 참담한 광경을 통해 그는 식민지 모순을 폭로하고 있다.

　나프의 기관지에 발표된 「3월 1일을 위하여」(「三月一日のために」)(『프롤레타리아詩』 3호, 1931. 3)는 3·1운동을 기념하여 1929년에 발생한 원산 노동자 파업을 다루고 있는 작품이다. 원산 부두 노동자 총파업은 1928년 9월 영국인이 경영하고 있던 라이징 선(Rising Sun) 석유회사 문평유조소에서 일하는 일본인 현장감독의 난폭한 행동에서 비롯되었다. 조선인 노동자들은 걸핏하면 구타하는 감독에게 불만을 품어오다가 이달 초 또다시 구타사건이 일어나자 노동자들이 감독의 파면 등 5개 항을 요구조건으로 내걸고 파업에 들어갔다.[23] 이 파업은 경찰, 군대, 소방대원 등에 의해 겨우 수습되었지만 파업하는 과정에서 보여준 노동자들의 단합된 모습은 일제에 대한 민족적 저항이라는 측면에서 시사하는 바가 크다. 백철은 이처럼 일제에 항거한 역사적 사건을 차용하여 시로 형상화시키고 있는데, 이는 일제에 대한 저항정신을 되살리려는 의지의 표현이라 할 수 있다. 이 시에서는 "눈과 코가 얼어붙어 아파 저려오고 / 속옷도 없는 저고리에 아랫배가 차갑다."에서 처럼 원산부두에서 일하는 노동자들의 추위에 떠는 모습과 "그러나 내일의 봉화를 기다리는 우리들에게는 / 이천 명의 가슴과 가슴에 투쟁의 불길이 타오르니"에서처럼 노동자들의 가슴에 투쟁의 불길이 타오르는 모습을 대조적으로 보여주어

---

23) ≪東亞日報≫, 1928. 9. 19.

선동시로서의 구체성을 획득하고 있다.

또한 「국경을 넘어서」(「國境を越えて」)(『프롤레타리아詩』 제4호, 1931. 4)에서는 모스크바 코민테른의 지령을 받고 국경의 강을 건너는 힘찬 한 젊은이를 형상화하고 있다. '나'는 국경에서 수없이 죽어간 전우들의 원한을 생각하며 비장한 각오로 국경을 넘고 있는 화자이다. 이 '국경'은 "착취없는 로시아 같은 세상낙원"인 유토피아의 공간과 "×에 굶주린 지옥의 피안"인 조선의 현실의 공간을 양분하고 있는 매개물이다. 화자는 식민지 조선을 '착취없는 세상'으로 바꾸기 위해 위험을 무릅쓰고 국경을 넘고 있는 것이다. 이 화자는 인간이 인간답게 살 수 있는 지상낙원과 같은 세상을 만들기 위해 모든 전체적 불행의 원인을 일격에 없애버리는 것이 아니라 점진적으로 제거해야 함을 역설하고 있는데, 여기에서도 백철의 마르크스주의적 휴머니즘을 읽을 수 있다.

동경 유학시절의 문학활동에서 드러난 바와 같이 그는 당시 문단의 지배적인 사조인 마르크스주의를 통해 식민지 민족 모순과 계급적 모순을 동시에 극복하려 했던 것이다. 그가 이와 같은 사상을 휴머니즘과 결부시켜 문학적으로 형상화하려 한 점이 이 시기 그의 문학의 특징이라 할 수 있다. 그의 마르크스 휴머니즘에 입각한 문학관은 이후에도 끊임없이 지속된다.

2) 유물변증법적 창작방법으로서의 '인간형'

프롤레타리아 리얼리즘론은 프로문학의 무력화, 고정화, 도식주의화를 가져와 결국 유물변증법적 창작방법이 대두하게 된다. 이 이론은 소련에서 1929년 10월 볼셰비키화 결의와 함께 공식적으로 채택된 창작방법으로 1930년 11월 국제 혁명작가동맹 제 2회 대회(흔히 하르코프 회의라고 부른다)의 '국제 프롤레타리아 문학 및 당의 문학의 정치적, 예술적 제

문제에 관한 결의'에서 프로문학의 창작방법으로 규정된다.24)

당시 藏原惟人이 수용한 이 유물변증법적 창작방법의 내용은 다음과 같다.

① 프롤레타리아 리얼리즘이란 애매한 명칭 대신 좀더 뚜렷하고 명확한 명칭인 창작방법을 사용한다. 따라서 유물변증법적 창작방법은 프롤레타리아 리얼리즘의 부정이 아니라 그 발전·정확화이다.
② 주제와 방법은 밀접한 관련을 갖는다. 1930년 말부터 제기된 '주제의 다양화'론은 오류이고 '주제의 적극성'을 드러내야 한다.
③ 사물 및 사물과 사물의 관계에 대한 변증법적 유물론의 인식이 곧 창작방법이다.
④ '산 인간'론25)은 추상적 인간성을 제고한 것으로 계급적 인간이 강조되어야 한다.

이 유물변증법적 창작방법은 기존의 프롤레타리아 리얼리즘론을 좀더 발전시킨 이론이라 할 수 있다.

백철은 이러한 藏原惟人의 이론에 기대어 유물변증법적 창작방법을 제안하기 시작한다. 「유물변증법적 이해와 시의 창작」(「唯物辨證法的理解と詩の創作」)(『프롤레타리아詩』, 1931. 10)에서 그는 유물변증법적 창작방법의 핵심을 계급적 분석 위에서의 창작으로 이해하고 있다. 시적 주제의 당파성과 연관지어 제재의 계급성에 대해서 논의하면서 프롤레타리아 작가의 좌익적 편향과 우익적 편향을 동시에 비판하고 있다. 즉 도식

---

24) 藏原惟人, 『藝術論』, 金永錫·金萬·羅漢 譯, 開拓社, 1948, 246쪽. 그는 이 창작방법을 프롤레타리아 리얼리즘의 부정으로서가 아니라 오히려 그 발전적인 선상에서 보고 있다.
25) '산 인간'론이란 라프(RAPF) 이론가들의 견해에 따르면 세계를 객관적으로 정당하게 인식하려면 현상의 외면적인 형상을 사진 찍듯이 표피적으로 형상화해서는 안 되고 실제의 삶을 그 모든 복잡성 속에서 보여주어야 하는데, 이를 위해서 인간 개성의 내적인 발전에, 즉 그 마음 깊숙한 곳에서 행해지는 투쟁에 좀더 기울이라는 것이다. 요컨대 모든 모순이나 과거의 제 요소와 새로운 맹아, 의식적 및 무의식적 모멘트 등을 포함하는 복잡한 인간 심리를 분석하여 표현하는 데 중점을 두라는 것이다.(유문선, 「1930년대 초반 '유물변증법적 창작방법' 논의에 관하여」, 『관악어문연구』 제15집, 1990, 203쪽)

주의 혹은 기계주의를 일삼는 좌익적 편향과 제재의 이해방식에 오류가
있는 우익적 편향에 대해 일침을 가한 것이다. 이는 나프 맹원들이 중심
을 이루는 일본 프롤레타리아 시인의 기술적인 면에서의 대중화에 관한
논의와 잘못된 세계관에 의한 인식방법을 비판한 글이라 할 수 있다. 이
글의 논의 방향은 그가 귀국하여 쓴 「創作方法問題-階級的 分析과 詩의
創作問題」(≪朝鮮日報≫, 1932. 3. 9~10)에 나타난다.

　이 시기 국내 문단에서는 안함광이 농민문학론을 발표하여 화제가 되
었는데, 이 글을 접한 백철은 일본 나프에서 한창 논의되었던 농민문학론
을 도입하여 「農民文學問題」(≪朝鮮日報≫, 1931. 10. 1~20)26)를 발
표한다. 이 글은 후일 휴머니즘 논쟁 과정에서 대척적인 입장에 놓였던
안함광의 「農民文學問題에 對한 一考察」(≪朝鮮日報≫, 1931. 8. 12~
13)27)에 관한 오류를 지적하고 있는 평론이다. 여기에서 그는 농민문학
과 프로문학이 종국에 가서 일치해야겠지만, 현 시점에서는 빈농의 문학,
혁명적 농민의 이데올로기를 지향하는 문학이 필요하다고 진술하고 있
다. 이 논의를 전개시키기 위해 농민문학을 직접 프롤레타리아 문학으로
보아왔다는 일본의 농민문학의 성격을 규정하면서 藏原惟人, 立野信文,

26) 이 논문에 인용되는 백철의 글은 당시 지면에 발표된 것을 그대로 싣고자 한다. 왜냐하면
　　그가 1968년에 발간한 『백철문학전집』(신구문화사)은 누락된 사항이 많을 뿐만 아니라
　　수록된 내용 중에서도 부분적으로 삭제 내지는 수정되어 있는 경우가 많아 완벽한 것이
　　라고 보기 어렵기 때문이다.
27) 그는 이 글에서 "우리 農民文學은 그 實踐領域에 잇서서 分散된 農民들의 힘을 한곤데로
　　集中식힐 것, 그리고 이에 對한 푸로레타리아트의 헤게모니의 注入 및 그들에게 歷史的
　　系列에 있어서 현실을 理解식힘과 同時에 材料에 對한 廣汎한 取扱으로서 科學的인 그리
　　고도 確固한 現實的 知識을 獲得식히지 안흐면 아니될 것"이라고 진술한다.(8. 13)
　　이 시기 농민문학론에 관해서는 송백헌, 「한국농민문학연구」, 중앙대 석사학위논문,
　　1971 ; 김윤식, 「농민문학론」, 『한국근대문학사상사』, 한길사, 1984 ; 조남철, 「일제하
　　한국 농민소설 연구」, 연세대 박사학위논문, 1985 ; 권영민, 「식민지 시대의 농민운동
　　과 농민문학론」, 『한국 민족문학론 연구』, 민음사, 1988 ; 김종욱, 「1920~30년대 한
　　국 농민소설의 발전과정 연구」, 서울대 석사학위논문, 1990 ; 오세영, 「일제하 한국의
　　농민문학론과 농민시 연구」, 『성곡논집』 제22집, 성곡학술문화재단, 1991 ; 박명용, 앞
　　의 책 등 참조.

黑島傳治, 小林多喜二, 中野重治 등의 개념을 차용하고 있다. 이렇듯 그는 일본 농민문학론의 논리를 끌어들여 안함광의 기계주의적 농민문학론을 비판한 것이지만, 실상은 카프의 기계주의적 농민문학론을 비판한 것이라 할 수 있다.28) 특히 그가 농민문학의 제재가 다양하고 구체적이고 한국 농민의 역사적 조건을 고려해야 한다고 한 것이나 형식문제의 중요성을 강조한 것은 주목할만한 성과라 할 수 있는데, 이는 백철이 동경문단에 발표한 평론에서 지향한 형식문제의 연장선상에 놓인 것이라 할 수 있다.

　　프롤레타리아×의 正當한 貧農에 對한 見解와 政策은 決코 貧農階級에게 프로레타리아 이데오로기를 機械的으로 命令的으로 注入식히는 것이 아니고 一定한 具體的 實踐 內容에 貫徹된 프로레타리아의 感化力에 依하여 貧農에게 一定한 方向을 가르치며 一定한 '行動의 指南石'이 되는데서 貧農階級이 自發的으로 그 影響下에 드러오는 것을 意味하는 것이다.
　　(……)
　　참된 ××的 農民作家는 必要한 範圍 안에서 農村의 日常生活과 環境을 取扱하면서 自然的으로 農民을 固有하고 잇는 世界觀을 공교히 利用하는데서 作品을 通하야 農民의 感情과 意識을 正當한 方面으로 돌려가야 되며 또 가게 될 것이다.29)

여기에서는 어떠한 강요나 주입이 아니라 구체적인 실천 속에서 나오는 감화력에 의해 농민들의 행복이 이루어진다는 점을 강조하고 있다. 이는 그 동안 농민들에게 프롤레타리아 사상의 강요나 주입을 일삼았던 농민작가들에 대한 비판적 태도이기도 하다. 빈농민들의 애환과 고통을 빈농민들의 입장에서 작품화하는 것이 참된 혁명적 농민작가임을 주장한 것에서도 백철의 농민문학에 대한 견해를 읽을 수 있다. 이처럼 그가 주

---

28) 김윤식, 『임화연구』, 문학사상사, 1989, 373~376쪽.
29) 백철, 「農民文學問題」, 《朝鮮日報》, 1931. 10. 10~17.

장하게 된 것은 동경 문단 시절부터 몸에 익혀온 프롤레타리아에 대한 휴
머니티에서 찾을 수 있다. 주지하다시피 그는 나프의 맹원이면서도 나프
의 강령을 맹목적으로 추종하는 데에 머물지 않고 그 강령이 어떻게 하면
프롤레타리아와 밀접하게 만날 수 있을 것인지에 관심을 가지고 있었다.
당시 나프 맹원들과 교우하면서도 항상 식민지 조선에서 억압받고 핍박
당하는 민족을 염두에 두고 있었던 것이다. 이러한 점에서 백철은 일본인
나프 맹원들과는 변별점을 지니고 있었다.30) 백철의 프롤레타리아 계급
에 대한 철저한 인식과 태도에서 나오는 휴머니즘에 대한 귀착은 귀국 후
발표한 글의 곳곳에서 엿볼 수 있다.

이러한 마르크스주의적 휴매니티 양상은 창작방법론에 대해 언급한 그
의 「創作方法問題-階級的 分析과 詩의 創作 問題」(≪朝鮮日報≫, 1932.
3. 6~20)에서 두드러지기 시작한다. 藏原惟人의 「藝術的方法について
の感想」31)에 바탕을 둔32) 이 글은 그와 유사한 논리를 가지고 자신의
창작방법의 원칙으로서 '테마의 혁명성'을 대상에 대한 계급적 분석으로
부터 출발한다.

　　……正當한 創作的 方法에 依하야 明確한 푸로레타리아 作品이 始作된다
　는 말은 무엇보다도 그것이 的確한 具體的 階級分析을 通하야 製作되어야
　한다는 것을 意味하는 것이다. 외 그러냐 하면 우리들이 一定한 作品을 對

---

30) 나프 맹원에 가담한 또 한 사람의 유학생은 김용제(金龍齊)로 그도 백철과 동일한 인식
　　을 한 것으로 판단된다. 김용제에 관해서는 大村益夫, 「詩人金龍齊の軌跡」, 『三千里』,
　　1978. 봄 ; 박명용, 「일제말기 한국문학의 역사적 의미-김용제론」, 『인문과학논문집』
　　제12권 제1호, 대전대 인문과학연구소, 1993. 3 ; 윤여탁, 앞의 글 참조.
31) 藏原惟人, 『藏原惟人評論集』, 新日本出版社, 1968.
32) 백철에게 많은 문학적 영향을 준 藏原惟人의 비판은, 당시 일본의 프로문학에서 많이 보
　　여졌던 프롤레타리아 리얼리즘이나 대중화 논의를 기계적으로 도입한 일파에 대한 비판
　　과, '주제의 강화'라는 측면을 무시하고 오히려 개인의 감정을 무시한 계급적 인간만을 강
　　조하는 「애정의 문제」(片岡鐵兵) 등과 같은 일련의 작품 경향에 대한 비판이었다. 이는
　　藏原惟人이 1928년 제기한 프롤레타리아 리얼리즘을 극복하고 변증법적 유물론의 입장
　　에서의 리얼리즘을 강조하고 있는 것이다.(윤여탁, 앞의 글, 182쪽)

象하야 그것을 檢討하며 評價할 째에는 그 作品의 根底에 具體的 內容이 되어 있는 複雜한 事物 밋 그의 온갓 關係가 唯物辨證法的으로 把握되며 認識되어 잇다는 말은 그 作品의 主要한 테마가 正當 的確한 階級的 分析에 依한 프롤레타리아트의 觀點에서 整理되며 決定되어 있다는 것을 基本的으로 意味하는 까닭이다.33)

이는 프롤레타리아 리얼리즘 단계에서 제시되었던 혁명적인 제재에 대한 형상화 요구에 의해서가 아니라 작품의 주제를 통해 관철되어 있는 내용의 혁명성을 통해서 진정한 프로예술이 성립할 수 있다는 것34)을 의미한다. 백철은 자신의 창작방법의 원리로서 '테마의 혁명성'을 대상에 대한 계급적 분석으로부터 출발시킨다.

그는 계속해서 자신의 유물변증법적 창작방법을 진술한다. 그가 말하는 창작적 방법은 ① 그 作品에 正確한 프로레타리아적 觀點에서 본 階級 ××〔투쟁:인용자〕이란 意味에서 그 中心主題가 ××〔革命 : 인용자〕的으로 살(生)고 잇서야 할 것, ② 그의 題材가 現實의 複雜性과 多樣性이라는 意味에서 廣範하게 自由롭게(勿論 '個性'의 任意대로 取扱한 多種類의 作品을 意味하는 것은 아니다) 取扱되야 될 것, ③ 一定한 階級的 條件에 制約된 一定한 社會에서 具體的으로 生活하고 있는 人間으로서 取扱되여 잇서야 할 것, ④ 一定한 大衆生活이 具體的으로 그 作品 中에 살어잇지 아니하면 아니된다는 것35) 등이다. 여기에서 중요한 것은 ③항으로 유물변증법적 창작방법의 원칙을 견지하면서 구체적인 인간을 취해야 한다는 그의 입장이 선명하게 드러난다. 그가 마르크스의 저서인『독일 이데올로기』를 차용하여 인간을 사회적 제 관계의 총체로서 규정하면서 인간의 사회적 삶이 가지는 특수성 속에서 '살아있는 인간'을 묘사할 것을 제안한다.

33) 백철,「創作方法問題―階級的 分析과 詩의 創作 問題」,≪朝鮮日報≫, 1932. 3. 9.
34) 김종욱,「백철의 초기문학론에 대한 비판적 고찰」,『목원어문학』제11집, 목원대 국어교육과, 1992, 93쪽.
35) 백철,「創作方法問題―階級的 分析과 詩의 創作 問題」, 앞의 글, 3. 9~3. 11.

이는 마르크스주의적 휴머니즘을 지향하고 있음을 시사하는 것이다. 즉 그는 인간은 단순한 기계가 아니고 '산 인간'임을 강조하여 인간의 특수한 생활면을 이해해야 한다는 입장을 노정시키고 있는 것이다.

그의 이러한 휴머니즘 요소는 창작방법의 원칙을 제시한 것 뿐만 아니라 카프 시인들의 시를 묶은 『카프 詩人集』(集團社, 1931)에 대한 분석을 통해서도 발견할 수 있다. 백철은 이 시집을 읽고 난 소감을 박세영 등의 칭찬에도 불구하고 "眞正한 意味로 階級的 分析 우에서 製作된 作曲은 업다"고 전체적으로 비평한 뒤 개인의 시에 대해 분석한다. 먼저 그는 김창술의 시 「五月의 薰風」에 대해 프롤레타리아 계급에 얼마나 입각하였고 작품 대상인 인간이 어떻게 분석되며 묘사되어 있는가, 그리고 항상 부단히 변화하는 시간과 공간을 다루고 있는가라는 기준을 두어 평가한다. 그 결과 전체적인 내용과 주제가 유물변증법적 창작방법에 의해 이루어지지 못하고 막연하게 취급되었다고 지적한다.36) 즉 그의 시에는 현실에 존재하는 프롤레타리아 계급의 생활을 구체적으로 보여주는 '산(生)내용'이 없다는 것이다. 여기에서 백철이 구체적인 인간상의 묘사 여부에 주안점을 두었음을 알 수 있다. 또한 임화의 시 「雨傘밧은 요꼬하마의 埠頭」에 대해서도 이성간의 애정과 동지간의 사랑의 갈등이 기계적인 고정화에서 탈피하지 못하고 있다고 보았다.

이를 통해 볼 때 그의 「창작방법문제」에 나타난 골자는 작가의 창작과정에 있어 인식적 측면인 '계급적 분석'과 형상화의 측면인 '살아있는 인간'임을 알 수 있다. 이 두 측면은 신유인(申唯仁)37)의 청산론적 견해와

---

36) 그는 김창술의 시 중 "우리가 工場에서 젊은피를 말니울 때(수정)에 우리가 炭坑 속에서 바다우에서 산과 들에서 모든 精力을 허르는 가운데 봄은 우리들 차젓섯다."을 구체적으로 인용하여 여기에 나열되어 있는 것은 현실적 노동자 생활과 직접적인 관련이 없는 죽은 문자뿐이라고 혹독하게 비판한다.(白鐵, 「創作方法問題」, 《朝鮮日報》, 1932. 3. 12~13)

37) 그는 신석초(申石艸)로 더 잘 알려진 소장파의 프로문학이론가로서 프로문학을 수정하는 신이론을 발표하여 문단의 주목을 끌었다. 백철은 일상생활에서 임화와 교분이 두터웠지만 문학운동관 내지 문학이론에서는 신유인, 박영희에 근접해 있었다고 진술하고 있다.

유사한 것38)으로, 이는 그가 인간의 삶 속에 나타나는 다양한 문제, 이성간의 사랑을 좀더 광범위하게 취급한다든지, 예술적으로 승화된 기교에 관심을 두는 데서도 엿볼 수 있다. 또한 이는 러시아의 스탈린이 말한 테제 "技術에 轉眼하라"에서도 일정 정도 영향을 받은 것으로 보인다. 백철의 이러한 기술적인 면에 대한 언급은 1932년도 조선문단에 발표된 작품에 대한 평가에서도 나타난다.

> ……우리들에게는 一般的으로 技術이 不足하다!고 두 번 부르짖고 십다. 우리들의 作品에는 그것이 題材로는 훌륭한 것임에 不拘하고 往往히 表現形式의 粗雜性과 그 他技術의 未充分에 依하야 테마가 的確性을 일코 藝術作品으로서 效果性을 喪失하게 되는 째가 만타.39)

인용문에서 드러나는 것처럼 그는 기술에 대한 관심을 가질 것을 촉구하고 있다. 특히 '슬로건'의 나열식으로 시가 형상화되는 경우가 많은 것에 대해 비판하고 이를 극복할 것을 당부한다. 백철은 1933년을 전망하는 글에서도 이와 동일한 맥락에서 유물변증법적 창작방법의 문제가 국제적으로 뿐만 아니라 국내에서 시급히 해결해야 될 것이라고 진술한다. 아울러 조직활동의 강화, 프롤레타리아 작가들의 출판물의 확립과 강화, 파시즘문학을 위시한 일반 부르조아 문학에 대한 ×〔투 : 인용자〕쟁 등을 들어 프롤레타리아 문인들의 과제를 제시한다.40) 이는 결국 백철이 유물변증법적 창작방법을 통해 프롤레타리아의 구체적인 삶을 묘사하고 살아있는 내용을 그려 대중들과 호흡하려는 욕망을 표출한 것임을 알 수 있다.

백철이 다른 지면에서도 이와 유사하게 유물변증법적 창작방법을 강조하고 있는데, 이는 그가 유물변증법적 창작방법이 프롤레타리아 문학의

(백철, 앞의 책, 244쪽)
38) 유문선, 앞의 글, 214쪽.
39) 백철, 「文藝時評」, 『新階段』, 1932. 11, 86쪽.
40) 백철, 「一九三三年度 朝鮮文壇의 展望」, 『東光』, 1933. 1, 73~74쪽.

위기에 대한 돌파구라고 판단했기 때문으로 여겨진다.

아울러 그는 부르조아의 순수문학을 비판하고 유물변증법적 창작방법에 의한 문학을 옹호하기 위해 서구의 '근대성'을 끌어들여 언급하기도 한다.

> ……今日의 그들(부르조아)의 文化的 危機를 생각할 때에도 注目해야 할 것은 부르조아 文化 밋 藝術은 처음부터 今日과 가튼 危機의 深度를 갓고 잇지 아넛다는 것이다.
>
> 宮本顯治도 그의 論文 「부르조아 作家 批判을 위하야」에서 正當히 指摘하고 잇는 바와 가티 '그들-부르조아 作家들이 封建的 心理와 觀念的 形態에 對한 批判으로서 나타나슬 때에는 進步的 任務를 갓고 잇섯다.……그러나 부르조아지 階級으로서의 進步性을 喪失하고 反對로 自己의 對立物로서 나타난 프로레타리아트를 抑壓하는 것으로서 自己의 支配의 時日을 延長식히려고 하는 今日에는 이러한 文化的 諸形態도 客觀的으로는 부르조아지의 反動的 支配의 것으로 存在하게 된다. 그리고 그들은 "前進을 中止하고 逆行을 시작하는 것을 意味하는"(부례하놉)歷史的 階段에 直面하고 잇는 것이다.
>
> 그것과 마찬가지로 부르조아지가 歷史的으로 生活의 進步性을 일키 시작하는 때에 부르조아 文化의 危機도 發生하기 시작되어 그의 一般的 矛盾이 擴大됨을 짜라 現在와 가튼 深度에 發展되게 된 것이다.41)

이 인용문을 통해 볼 때 그가 부르조아 작가들이 처음에는 봉건적 심리와 관념적 형태에 대한 비판으로부터 출발했다는 사실을 인지하고 있음을 알 수 있다. 즉 자본주의가 태동하던 시기의 부르조아지의 건강성을 나름대로 간파한 것을 알 수 있다. 이는 한편으로 그들이 처음에 지녔던 봉건주의에 대한 비판정신의 재발견을 의미하기도 한다. 여기에서 우리는 백철이 근대성(modernity)을 이해하고 있었던 것으로 판단된다.42)

그리고 그는 시를 통해서도 유물변증법적 창작방법을 수용하여 창작한 면모를 알 수 있다. 그는 1932년 5월부터 1933년 4월까지 시 10편(번

---

41) 백철, 「滅亡하는 文學과 優越性 잇는 文學」, 『第一線』, 1932. 10, 92쪽.

42) 백철의 근대성 인식에 관한 부분은 4장-2에서 구체적으로 논의하고자 한다.

역시 1편 포함)을 발표한다. 「그날의 風景」(≪朝鮮日報≫, 1932. 5. 27), 「가을밤」, 「炎天 아래서」(『第一線』, 1932. 10), 「이제 五分－뻐스 女從業員姊妹에게－」(『新女性』, 1932. 10), 「날은 추워오는데」(『第一線』, 1932. 11), 「一億二千萬」(마이켈 골드 譯詩, 『新階段』, 1932. 12), 「國民黨 第26路軍」(『第一線』, 1932. 12), 「再建에!－슈프렛히・콜－」(『第一線』, 1933. 1), 「隧道를 것는 무리」(『第一線』, 1933. 3), 「봄・S 地區」(≪東亞日報≫, 1933. 4. 20) 등이 그것이다.

그가 주장한 유물변증법적 창작방법에 의한 시적 형상화 기법은 수작인 「가을밤」을 통해 확인할 수 있다.

작년 이 째다!
뜰압헤 오동입새가 쩌러지기 시작하고
밤하늘이 저와 가티 놉다라지던 째,
너는 북으로
기침 자즌 페를 안고 돌아가고
남어잇는 우리들은 닥치는 캄×준비에 한창 배 밧쁜 그 째엇다.
하야 네가 혼자 쩌나는 룡산역두에 너를 사랑하는 남자는
전송도 못가섯고……

추억은 일년 전의 그 째!
너는 신임을 한 데 모은 ‘베레스’부의 ×르구
가두에 직장에 그리고 ×합에 너는 엇서나 ‘우리들의 히로인!’이었다.
하나 ‘베레스’부에 네 모양이 보이지 안키도 만 일 년간
그리고 오오 지금은 사내 마음도 쓸쓸한 가을밤
북에서 나라오는 기러기 소리에 잠도 못일으면서
나는 너의 햇슥해진 모양을
북국의 식어진 병상에 그리어 본다
그리고 이어서
두어 번 네 일홈을 외여 보노라
－네가 활동하든 째의 모든 추억과 함께

어느날 저녁이든가
오늘밤과 가티 희미한 달밤
전신대에서 전신대를 줍고
벽에서 벽을 더듬어 가면서
풀칠을 하고 단단히 붙이는 우리들
민활하게 움직이는 두 개의 그림자!
앞 선 너의 날카로운 횟파람소리에 네 뒤를 따라 언덕 저편으로
도망치던 그 밤
오오 너는 그때
둘도 없는 용감한 피켓터-였다

그리고 또 어느 째든가
'베레스'부 엽헤 어득한 창고 안에서
一千五百枚의 ××를 단김에 박어내고
책임을 다한 만족에 마주 웃는 우리들
그리고 다음 순간! 너의 자즌 숨결은 나의 품안에 가늘게 썰고 잇섯다.
'나는 남자답운 당신이 조와요!'
그 순간의 열정에 타오르는 네 눈, 그리고 네 입술……
그러나 너는 그 것 째문에 중요한 일을 닛지 아넛다.
빨리 가보아야지! 그리고 ××뭉치를 씨고 뒷문을 나가든 네 모양
너는 그만치 네 남자를 사랑하얏고
너는 그러케도 네 임무를 닛지 아넛다

그러나 네가 간 지도 일 년간
지금의 베레스부는 만은 것이 변해젓다
네 손에 된 부인부도 이젠 큰 힘이 되여 움직이고
전공장엔 무척 일이 만하젓다
그리고 지금은 그 날의 준비에 배 밧분 가을!
공장과 베레스부의 동무들에겐
무척 네 얼굴이 그립어지는 이 째다!
멀니 한업시 소사잇는 하늘!

愛이여! 새찬 이 가을밤에
행여나 네 기츰도ㅅ수나 잦지아는지!

―「가을밤」 전문

이 시는 감옥에 있는 사랑하는 애인이자 노동자인 한 여인을 회상하는
작품이다. 시인은 일년 전 애인과 더불어 삐라를 인쇄하고 붙이면서 움튼
사랑과, 더불어 투쟁하던 두 노동자의 모습을 서술시의 기법으로 형상화
시키고 있다. 쓸쓸한 가을밤에 느낄 수 있는 인간의 외로움과 애인에 대
한 연모의 정을 그리고 있는 시인은 시적 화자의 외로움을 주관적인 감정
을 최대한 억제하여 시로 형상화하고 있기 때문에 작품의 질을 향상시키
고 있다. 그는 이 시에서 유물변증법적 창작방법, 즉 "작품의 주제를 강화
시키고, 사회적 관계, 계급적 인간적 문제에 기초를 둔 애정의 문제는 충
분히 취급할 수 있다"라는 자신의 시론을 시도하고 있다. 이 같은 백철의
시는 당시 『카프 詩人集』에 실린 작품에서 보였던 프롤레타리아의 애
정·이성관을 기계적으로 고정화시키는 오류나, 격화된 투쟁의 장면이나
현장에서만 프롤레타리아 시의 제재를 찾던 현상들을 극복하고 있다43)
는 점에서 시사하는 바가 크다. 두 노동자의 끈끈한 사랑을 통해, 외부
현실의 혹독함을 극복하려는 시인의 의지에서 그의 휴머니즘적 면모를
확인할 수 있다.

그의 다른 시 「炎天 아래서」는 지주에 대한 농민들의 저항의식과 투쟁
의식을 극명하게 보여주고 있는 작품이다.

우리들의 職場은 끓는 물이 된 논(沓)
불지옥 가티 쓰거운 그 가운데서
밋친 듯이 긔를 쓰고
묵어운 호미를 논바닥에 내여던지다가도

---

43) 윤여탁, 앞의 글, 178쪽.

그레도 참어가자!
묵어운 운명에 억매인 죄수와 가티
다시 호미를 집어들고
흙을 뒤재이며
雜草를 속구어내는 우리들!
숨여드는 짬방울에 눈안이 쓸아리고
확근거리고 쩌미러 안기는 그 놈의 열기에
오오! 우리들의 의식은 맷번이고 짜무러친다

......

호-이
것너다보이는 이층개와 집에서 들려오는 류성기(레코드)소리
지주의 집에서는 오늘도 淸凉宴이다!
김매기를 멈추고-생각해보라!
한편에서는
바람긔게 아래서 음악소리를 들으면서
날마다 즐비한 연회!
하나 한편에서는
그와 반대로……이 불지옥생활
그리고 집에는
병에 든 늙은이와 안나는 것을 찾는 餓鬼들
그나 그 뿐이랴 ×한일 째문에 ×니어간 그들은
살머내는 이 더위를 그곳서 격지 안는가

                              −「炎天 아래서」 부분

　위 시에 등장하는 시적 화자는 소작농으로 논에 고인 물이 부글부글 끓어오르는 열기 속에서도 어쩔 수 없이 노동을 해야하는 운명에 놓여 있다. 그 일을 하지 않으면 가족들이 생계를 유지할 수 없기 때문이다. "우리들의 의식은 맷번이고 짜무러친다"라는 시구절은 시적 상황이 얼마나

절박한가를 단적으로 드러내주는 것으로 화자에 대한 시인의 따뜻한 시선이 묻어난다. 백철은 시 속에 농민들의 절박한 상황을 그리는 데 그치고 않고 '불지옥생활'을 하는 농민과 한가로운 지주의 생활을 대비시킴으로써 당시의 사회구조적 모순을 표출시키는 데까지 나아간다. 특히 "병에 든 늙은이와 안나는 젖을 찾는 餓鬼들"이라는 구절은 지주에 대한 강한 저항 의지와 더불어 가난한 농민들에 대한 따뜻한 동정심을 자아내게 한다.

그리고 버스 여종업원의 예정된 죽음을 둘러싸고 시위를 벌이는 「이제 五分」과 수감된 노동자를 위해 '구루마'를 끄는 동지의 역동적 모습을 그리고 있는 「날은 추위 오는데」에서, 그리고 "봄! / 사나운 겨울을 물리치고 닥쳐오는 것"이라고 하여 아무리 추운 겨울도 봄에 밀려나듯 우리의 고통도 언젠가는 우리들의 투쟁에 의해 사라질 것이라는 낙관적 전망을 보여주는 「봄·S地區」에서도 마르크스주의적 휴머니즘 요소를 발견할 수 있다.

이 시기 백철은 대중들과 긴밀하게 호흡하기 위해 '나프' 맹원 시절에 쓰던 '쉬프레히 콜'이라는 시적 기법을 차용하여 시를 발표한다. 마이켈 골드의 시를 번역하여 「一億二千萬」을 발표한 데 이어 「國民黨 第26路軍」, 「再建에!」, 「隧道를 것는 무리」 등을 형상화한다. 이 기법은 전체사회운동으로서의 실천적인 의미를 가지고 있으면서, 대중적으로 호응을 받을 수 있는 내용을 지닌 장르라는 측면에서 의의가 있다.44) 카프문인 중 백철의 작품에서 이 기법에 의한 시가 두드러지는데, 이는 대중과의 긴밀성에 대한 그의 확고한 의지를 반영해 주는 것이라 할 수 있다.

이 시기에 발표된 백철의 시가 감정이나 이데올로기를 부분적으로 생경하게 보여주고 있음에도 불구하고 화자의 욕망을 절제시켜 표현하거나 자신의 욕망을 객관적 상관물로 전치시켜 형상화하고 있는 점에서 그의 시적 수준을 짐작할 수 있다. 아울러 그가 유물변증법적 세계관에 입각한

---

44) 윤여탁, 『리얼리즘시의 이론과 실제』, 태학사, 1994, 173쪽.

창작 방법을 기계적인 대립이나 편향이 아닌 시의 서정성 획득이나 형상화 측면에서 결부시키고자 심혈을 기울였음을 볼 수 있다.

이와 같이 그가 당시 한창 논의되던 프롤레타리아 리얼리즘론과 유물변증법적 창작방법을 이론적으로 논의하는 차원에 머물지 않고 시창작에까지 결부시켜 형상화한 점은 그의 큰 강점이라 할 수 있다.

2. 사회주의 리얼리즘 추구와 인간묘사론

1) 사회주의 리얼리즘의 '인간형'

소련에서는 사회주의 리얼리즘 직전의 지도적인 창작방법으로서 작가들을 통어(通御)하였으며 일본에서도 마찬가지였던 유물변증법적 창작방법은 우리의 경우에는 지도 원리의 선상에까지 이르지 못하였다. 그래서 임화는 "蘇聯이나 日本 內地의 그것과 같이 朝鮮에서도「唯物辨證法的 創作方法」이 作家, 詩人을 號令하고 支配하였다고 怒叫하나 이것은 한 개 愚鈍한 誣告"라고 지적하였다. 그것은 "一時 蘇聯이나 日本 內地의 文學藝術運動을 支配한「唯物辨證法的 創作方法」理論은 카프 運動全般을 支配할만큼 充分히 消化되지 못했었"기 때문이라고 하였다.[45] 유물변증법 창작방법이 당시 충분히 소화되지 못했던 이유로 그것이 고도의 철학적 어구로 구축되어 있어 우선 이해하기가 쉽지 않았던 데에서 찾을 수 있다.

1932년 유물변증법 창작방법에 심취해 있던 백철은 더 이상의 이론적 진전을 보여주지 못한다. 이즈음 그는 일제에 의한 나프(NAPF)의 탄압으로 인해 일본에서의 좌익문단 세력이 점점 협소해짐을 간파한다. 20년

---

45) 임화,「進步的 詩歌의 昨今—푸로詩의 거러온 길」,『風林』第2輯, 1937. 1, 14쪽.

대 후반부터 일본 문단의 주류를 이루어왔던 좌익 문단의 권력의 장이 중심에서 멀어지고 있음을 목도한 것이다.46) 이와 같은 현상은 조선 문단에서도 유사하게 나타났는데, 그것은 순수문학 세력에 대한 좌익문단의 대응능력이 감소한 것에서 알 수 있다. 이러한 심리적 상황은,

今年의 新春文壇(부르조아 저날이즘을 中心한)이 우리들에게 보여준 새롭은 現象은 저날이즘의 大部分의 特權을 右翼之人 및 評論家들에게 割與하고 잇다는데 그의 特徵을 表現하고 잇다. 그 중의 각가운 한 가지 例를 들면 今春에 잇서 東亞, 朝鮮, 中央, 每日 等의 四 新聞을 通하야 近 五十名의 文人과 評論家가 動員되여 잇슴에 不拘하고 그 중에서 프로레타리아文人 및 評論家(겨우 五六人에 不過한다!)의 일홈을 發見함에는 실로 巨大한 努力과 困難이 늣겨진다는 것으로 보아도 그 程度가 推測되는 바이다. 今春 저날이즘 文壇의 이와 가튼 現象! 우리들은 이 現象을 今春의 日本文壇의 그것과 對照해 보는데 一層 巨大한 注目을 갓게 된다. 今春 日本文壇에 잇서는 近 五六百名의 文人과 評論家가 動員되여잇는데 그 중에 프로레타리아 文人 및 評論家의 參加數는 不過 二十二三名이라는 것, 그것은 昨年 新春의 그것에 比하더라도 約 四割의 激減을 보여주고 잇다는 現象이다. 이것은 決코 注目함에 價値업는 現象은 아니다.47)

라고 한 데서 확인할 수 있다. 이러한 현상에 대해 백철은 다른 카프 문인보다도 예민하게 반응한다. 또한 그는 ≪동아일보≫의 '문인좌담회'에 참석한 20여 명의 문인 중 프롤레타리아 문인은 가엽게도 자신 혼자였다라는 사실48)을 통해 프롤레타리아 문학의 위기를 진단한다. 여기에

---

46) 당시 일본 좌익문단은 공산당 검거사건으로 극히 혼란에 빠져 있었으며, 전향 문인이 속출하는 시기였다.(김윤식, 『한국근대문학사상사』, 한길사, 1984, 226쪽 참조)
47) 백철, 「新春文壇의 新動向」, 『第一線』, 1933. 2, 114쪽.
48) 위의 글, 115면.
　『第一線』(1933. 2)의 〈文壇風聞〉에 의하면 "동아일보 주최 좌담회에 左翼派에서는 白鐵氏 한 사람만이 參加되엿는데 第三者로서 보기에는 '아치쩨'가 '가마귀' 하나를 둘러싸고 싹싹거리며 '너는 왜 그리 검엇기만 하느냐'고 골려주려고들 야단하는 것 갓치 보엿다. 白鐵氏 이 座談會에 갓다 와서 자못 不快한 얼굴로 꿍꿍거리며 하는 말 '내가 한 말은 절반

서 당시 조선 문단 내에서도 프롤레타리아 문인들의 세력이 축소되고 있음을 그는 실감하게 된다.49) 그리고 이 시기 그에게 커다란 정신적 충격을 주는 사건이 발생하는데, 그것은 일본 프롤레타리아 문학의 거장격인 小林多喜二의 요절이다. 그는 小林多喜二의 요절에 대한 조의를 표하는 글을 통해 "우리들은 그의 夭折에 대하야 다만 無力한 눈물만을 부질업시 흘리지는 아늘 것이다"50)라고 하여 외면적으로는 그의 뜻을 헛되이 하지 말자고 강한 어조로 일관하고 있다. 그러나 그의 무의식 층위에는 프로문학에 대한 회의감이 서서히 밀려들기 시작하였음을 짐작할 수 있다.

유물변증법적 창작방법을 통해 계급의식을 투철하게 보여주던 그는 점점 '소시민적 근성'과 카프에 대한 회의감을 표출하기 시작한다. 먼저 「朝鮮의 文學을 求하라」(『第一線』, 1933. 3)에서 조선의 프로문학이 소련과 일본에 비해 가장 저급한 수준에 머물러 있다고 하면서 그 이유를 조선의 특수한 사정과 카프 자체 내의 결함에 의해서라고 진술한다. 즉 그는 카프 조직을 정당한 대중 조직의 방향으로 안내하지 못했기 때문에 프로문학이 침체 상황에 빠졌다고 주장한다. 그리고 「인테리의 名譽-同伴者 作家에 對한 感想」(《朝鮮日報》, 1933. 3. 3)를 통해서도 이와 유사하게 카프문학에 대한 회의감을 노출한다.

> ○氏는 어느 對話 끗헤 우스면서 나에게 말하엿다. "인테리인 白鐵氏는 努力은 만히 하는 모양이나 結局은 납프(카프)에 利用을 당하는 이외에 아무 것도 아넙듸다!"라고 그것은 나에게 關한 ○氏의 率直한 感想인 동시에 正當한 指摘이엇다. 現代 敎室의 敎育을 比較的 階段的으로 받엇다는 意味

도 안낫서!'하고 분개분개."(119쪽)라고 되어 있다. 이를 통해 당시 조선 문단에서 프롤레타리아 문인들에 대한 태도가 점점 변하고 있었음을 알 수 있다.
49) 그러나 그 이면에는 카프문인 중 유일하게 자신만이 좌담회에 참석했다 라는 사실을 통해 자기 나름대로 자부심을 느끼고 있었을 것으로 판단된다. 왜냐하면 그는 일본에서 나프 맹원까지 했던 그의 이력으로 카프에 지속적으로 군림하고 싶은 욕망을 간직하고 있었을 것이기 때문이다.
50) 백철, 「小林多喜二의 夭折을 弔함」, 《朝鮮日報》, 1933. 2. 25.

에서 그리고 '섹스피어'의 '로미오와 줄리엩'을 原書로 읽을 알파벹的 知識을 갓고 잇다는 點에서 인테리인 나는 正當한 말 그대로 프로文學의 利用을 當하고나 잇는 그것을 千번 萬번 是認하고 잇다.51)

이처럼 카프 맹원들에게 이용당하고 있고 또 그것을 희망하고 있다는 주장에서 당시 그의 카프에 대한 불신감을 엿볼 수 있다. 이와 같은 사실을 통해 그의 무의식 속엔 이미 프로문학에 대한 회의가 작용하고 있음을 알 수 있다. 그리고 여기에서 백철이 카프 내에서 주체적인 입장이 아닌 비주체적인 입장임을, 그리고 이미 카프 문단 내에서도 주도권(권력)을 상실해 가고 있는 실정을 읽을 수 있다. 이러한 백철의 진술에 대해 카프 문학의 서기장이자 같은 맹원인 임화는 「同志 白鐵君을 論함」(≪朝鮮日報≫, 1933. 6. 16)을 통해 비판적 어조로 일침을 가한다. 백철은 인간적인 관계에서 친밀했던 임화에게서마저 '우익적 일탈'이나 '멘셰비즘'적 경향이 있음을 비판받자 더욱 카프에 대한 회의감에 깊이 빠지게 된다.

한편 이 시기에 백철은 유물변증법적 창작방법에 대한 자신의 견해를 좀더 확고히 하기 위해 글을 발표한다. 여기에서 그는 소련에서 유물변증법적 창작방법에 대한 대안으로 나온, 새로운 창작방법인 사회주의 리얼리즘52)이라는 새로운 창작방법을 소개한다.53)

---

51) 백철, 「인테리의 名譽─同伴者 作家에 對한 感想」, ≪朝鮮日報≫, 1933. 3. 3.
52) 소련공산당이 1932년 4월 23일 '문예단체 개편에 관한 결의'와 동년 6월 18일 '예술·문화 정책에 관한 결의안'을 통과시키고, 동년 10월 26일 고리끼의 저택에서 K. 젤린스키, V. 이바노프 등 45명이 모여 제 1차 작가 회의를 열고 사회주의 리얼리즘의 방법을 규정한 것과 1933년 3월 1일에 소련 공산당 중앙위원회가 결의를 통해 이것을 당이 규정한 사회주의 예술 창작의 방법과 준칙으로 결정한 것을 말한다. 이 사회주의 리얼리즘은 1934년 8월 제1차 전소련작가동맹에서 공식 승인되어 명문화되었다.(H. Ermolaev, 『소비에뜨 문학이론』, 김민인 역, 열린책들, 1989, 133~213쪽 참조)
　　부언하면 1932년 10월 26일에 고리끼의 집에서 열린 작가회합석에서 "예술가가 우리 나라의 생활을 박진감 있게 묘사할 경우, 그는 이 생활을 오로지 사회주의로 이끌어가야만 한다. 그럴 경우에 그것은 사회주의 예술이 되며 동시에 사회주의 리얼리즘이 될 것이다."라는 내용이 결의되었다.(伊東勉, 『리얼리즘이란 무엇인가』, 이현석 역, 세계, 1987, 174쪽)

요좀의 信任될 뉴스에 依하면 最近 사벳트·로시아에서는 全사벳트作家
同盟組織委員會 第一回 總會에서 至今까지 正當한 創作 스로간으로서 使用
되여오든 "創作에 잇서 唯物辨證法的 方法의 ××를 위하야"가 非正當한 創
作 스로간으로 訂正이 되고 새로히 社會主義的 리알이즘으로!라는 스로간
이 主唱되게 된 모양이다. 적지 아니한 時日동안 다만 사벳트·로시아뿐이
아니고 全國際的 意義에서 正當한 創作 스로간으로 適用되든 唯物辨證法的
創作方法이 一且에 非正當한 것으로 訂正되고 새로운 스로간으로 急轉되는
事實에 對하야 여긔서 우리들은 卽席으로 態度를 決定지울 수는 업는 일이
다. 그 중에도 朝鮮의 우리들과 가티 唯物辨證法的 創作方法을 理論的 活動
에서나 더군다나 創作科程으로서 그것을 具現하는 行動으로서는 아직 比較
的이라도 充實한 適用을 試行하[지:인용자] 못한 遲却된 境遇에 處해잇는
사람들로서는 唯物辨證法的 創作方[法:인용자]인가 社會主義的 리알리즘인
가 그러치 안흐면 전에 使用하든 프롤레타리아 리알이즘인가에 대하야 躊躇
를 늣기지 아흘 수 업다.54)

인용문에서처럼 백철은 소련에서 한창 논의되고 있는 유물변증법적 창
작방법에서 사회주의 리얼리즘으로의 변화에 대해 주목하면서도 그것 자
체가 본질적인 변화라는 점에서는 판단을 유보한다. 왜냐하면 그가 소련
과 조선의 현실적 조건이 다른 점을 인식하고 있었기 때문이다. 그래서
그는 조선의 현실에 맞게 기존의 유물변증법적 창작방법의 실천을 강화
하기에 이른다. 그리하여 그는 유물변증법적 창작방법이 이념의 고정성
에 얽매인다든지 기왕의 창작영역에서 보여준 오류가 있다 하더라도 사
회주의 리얼리즘의 도입에 대해서는 고려하고 있지 않았던 것이다. 이러

---

53) 당시 사회주의 리얼리즘에 관한 글은 萩白, 「創作方法問題의 再檢討를 爲하야」, ≪東亞
日報≫, 1933. 11. 29 ; 金友哲, 「再檢討에 올은 創作方法問題」, ≪朝鮮日報≫, 1933.
12. 5 ; 安含光, 「創作方法問題의 討議에 寄하야」, 『文化創造』 第1號, 1934. 6 ; 金南
天, 「創作方法의 轉換問題」, 『形象』 1卷 2號, 1934. 3 ; 韓曉, 「新創作方法의 再認識을
爲하야」, ≪朝鮮中央日報≫, 1935. 7. 23 등을 참조. 당시 카프 문인들 사이에 사회주
의적 리얼리즘을 둘러싼 수용 찬반론에 대한 논의가 활발하게 진행되었다.
54) 백철, 「文藝時評」, ≪朝鮮中央日報≫, 1933. 3. 2.

한 그의 유보적 태도는 자본주의 국가, 즉 조선의 실정에 맞지 않기 때문이라는 것이기도 하지만 한편으로는 이 문제에 대한 규정이 정립되지 않은 채 활발한 논의가 진행됨으로써 더 이상의 구체적 내용을 밝힐 수 없기 때문이기도 하다.55)

그러나 백철은 유물변증법적 창작방법에서 나타나는 도식주의적인 이념 주입에 대해서는 반대하는 입장을 지닌다. 이 창작방법은 주어진 이데올로기의 영역에 적합한 세계관에 대한 독자적인 긍정일 수는 있지만, 세계관과 동일한 것으로 취급될 수 없다는 것이다. 이러한 세계관과 창작방법의 상호관계에 대한 새로운 인식을 보여주고 있는 백철의 태도는 유물변증법적 창작방법의 공식주의적 해석을 거부하는 입장에 서 있음을 보여주는 근거가 된다.56) 백철은 유물변증법적 창작방법에서 우위에 놓여있던 세계관의 확립문제보다는 방법 자체의 실천적 추구를 내세움으로써 이념 지향의 공식과 거리를 갖게 되는데, 이를 통해 그는 카프의 강경파에게 비판을 받게 된다. 추백(萩白)은 백철이 사회주의 리얼리즘이라는 명칭의 부적합성과 조선 현실에 적용될 수 없는 것 등에 대한 것을 논외로 한 채 "同等 問題의 本質的 重要性을 明確히 하지는 못한 것"57)이라고 비판하였다.

앞에서도 언급했듯이 이 시기 백철은 그의 문학론의 이론적인 지주로 삼았던 나프 문인들의 구속 등으로 인하여 새롭게 대두된 사회주의 리얼리즘의 창작방법을 제시하기보다는 심사숙고 할 과제로 파악했다. 그러나 이후에는 새로운 창작방법론인 사회주의 리얼리즘에 기초를 두어 '인간묘사론'을 제기한다.

---

55) 박명용, 앞의 책, 211쪽.
56) 권영민, 「카프시대의 창작방법론과 사회주의 리얼리즘의 인식—백철의 경우를 중심으로」, 『한국 민족문학론 연구』, 민음사, 1988, 292~293쪽.
57) 萩白, 「創作方法問題의 再檢討를 爲하야」, 《東亞日報》, 1933. 11. 29.

2) 인간묘사론

백철의 휴머니즘 문학은 프로문학에 대한 일련의 회의감을 통해 새로운 국면을 모색하게 된다. 그것은 유물변증법적 리얼리즘에서 사회주의 리얼리즘으로의 창작방법론적 전환을 말한다.58) 이러한 양상을 보여주고 있는 글이 「人間描寫時代」(≪朝鮮日報≫, 1933. 8. 29~9. 1)이다.59)

> 文學에 잇어 現代는 人間描寫時代다…… 이 말을 가지고 내가 現在의 文學的 性格을 說明하려고 하는 것은 直接으로는 現代에 와서 一般 作家의 注意와 關心이 人間描寫에 集中되고 잇는 것(결론격)을 指摘하고 잇거니와 그와 同時에 나는 本來부터 文學이란 것은 現代뿐이 아니고 過去에 잇서서도 일즉히 한 번도 그의 關心이 人間描寫에서 써나본 일은 업섯다는 것을 생각하고 잇다.
>
> (……)
>
> 지금까지의 文學이 恒常 人間描寫를 일삼아 왓다는 것은 우리들이 文學史를 歷史의 諸側面의 하나로서 『이데오로기』의 歷史의 一面을 代表하고 잇다는 것을 그리고 文學이란 結局 人間生活의 認識과 關係를 記錄한 것이라는 것을 理解하면 고만이다.60)

위 글에서 볼 수 있듯이 백철은 문학이란 결국 인간생활의 인식과 관계를 기록한 것으로 이해하고 있다. 그는 과거의 위대한 작품은 당대의 인

---

58) 이러한 전환은 유물변증법적 창작방법에서 내세우는 계급적 이념이 인간의 소외를 극복하고 계급적 속박으로부터 해방을 꿈꾸는 이데올로기에 기초해 있다는 점과 함께, 또한 그 실천적 방법론이 외적 원리에 의해서 철저하게 인간을 구속시키는 비인간적 한계를 노출한 데서 발출한 것이다.(유진 카멘카, 『마르크시즘과 윤리학』, 이재현 역, 새밭, 1984, 35쪽)

59) 백철은 이 글을 발표할 시기에 프로문학에 대한 회의와 비판적인 심리가 증폭되고 있었다고 후에 엮은 그의 전집에서 밝히고 있다.(백철, 『白鐵文學全集』 2, 신구문화사, 1968, 82쪽 참조) 한편으로 그가 프로문인들 사이 한창 논의되던 '사회주의 리얼리즘'의 골격 중 '인간묘사'를 끌어들여 프로문학의 지향점으로 삼아야 한다고 논의를 전개시킨 것으로 보아 프로문학의 방향전환을 꾀했다고 보는 것이 타당하리라 본다.

60) 백철, 「人間描寫時代」, ≪朝鮮日報≫, 1933. 8. 29~30.

간을 진실하게 묘사하고 있다고 진술하고 있는데, 여기에서 인간은 시대
성과 역사성을 띤 인간, 경향적으로 묘사된 인간이라는 것이다. 이러한
인간형이 인간을 진실하게 묘사하고 산(生) 인간, 구체적 인간을 구체화
시킨다고 덧붙인다.

이러한 그의 인간묘사론은 당시 우리 문단의 주도적 세력의 하나인 프
로문학이 이데올로기의 도구로써 인간을 기계적으로 고정화시켜 온 것에
대한 비판에 다름 아니다.61) 그리고 이는 프로문학의 기계적 고정화에
대한 반성과 함께 문학의 본질적인 것에 대한 재인식에서 비롯된 것임을
알 수 있다.62) 그러나 백철은 어떠한 인물을 창조하고 그 인물을 프롤레
타리아 문학세계관과 어떻게 조화시킬 것인가에 대한 곳까지 나아가지 못
하고 '인간묘사' 자체만으로 너무 광범위하게 제시하는 한계를 보여준다.

여기에서 백철은 현 시점에서 프로문학에서 필요한 것은 고정화되고
죽은 인간이 아니라 구체적인 현실 속에 생생하게 살아있는 인간의 묘사
라고 주장한다. 이는 그의 휴머니즘의 변화를 이해하는 데 중요한 몫으로
작용한다. 주지하다시피 감수성이 뛰어난 시절 가족과 선배의 죽음, 민족
차별에 의한 소외의식 등에 의한 인생의 허무감과 우울함을 많이 느꼈고
이를 치유해준 것은 마르크스주의의 '동지적 인간애'였다. 그리고 당시 문
학의 장에서 주도적인 위치를 차지하고 있었던 마르크스주의 문학에 자
연스럽게 심취할 수 있었다. 그러나 지금은 일제의 군국주의의 확장과 그
에 따른 반이데올로기에 대한 노골적인 탄압으로 마르크스주의 사상이
위기에 놓이게 되었고 자신의 자유주의적 성격을 잠재웠던 '동지적 인간
애'마저 점차 사라져 갔다. 이러한 외적 조건과 심리적 불안감이 결국은

---

61) 그러나 여기에서 간과해서는 안 될 것이 당대 카프진영에서 '인간묘사론'을 바라보던 시각
  이 그대로 비평사에 수용되어 백철을 개인의 자유주의적 탈정치주의적 성향에 초점이 맞
  추어 평가되고 있다 라는 점이다. 이러한 관점은 권영민이 지적하고 있듯이 카프의 제 2
  차 검거사건과 카프 조직의 강제 해산 이후 이루어진 백철의 전향문제를 지나치게 결과론
  적인 사실에 얽매여 확대 해석한 결과에서 온 것으로 판단된다.(권영민, 앞의 책, 278쪽)
62) 권영민, 「백철과 인간탐구로서의 문학」, 『소설문학』, 1983. 8. 218쪽.

'인간묘사론'을 주장하게 된 동인으로 작용한 것이다. 즉 당시 문단에서의
권력의 장이 점차 마르크스주의 문학에서 순수문학 쪽으로 나아가고 있
다는 흐름을 간파한 그는 마르크스주의적 휴머니즘을 추구할 때 느꼈던
'인간적 동지애'를 또 다른 차원에서 찾기 위해 '인간묘사론'을 주창한 것
이라 할 수 있다.63) 그는, 이 '인간묘사'는 "社會主義的 '리알이즘'이라는
創作方法과 心理主義的 '리알이즘'"64)이라는 두 가지의 양태를 지니고 있
다고 진술한다. 그는 이 두 가지 문학을 비교 검토하면서 인간묘사에 있
어서 산 인간의 모습을 정확하게 묘사하는 문학이 위대한 문학이라면서
이런 문학은 부르조아 문학인 심리주의 리얼리즘에 있지 않고 사회주의
리얼리즘에 있다고 하였다.

> 社會主義的 『리알리즘』은 人間을 對象할 째에 決코 그것은 個人的 心理
> 가운데 孤立식히지 아느며 쏘한 社會主義的 實踐에서 隔離식히지도 안는다.
> 社會主義的 『리알리즘』은 恒常 私的인 個人的 人間이 社會的 人間 가운데
> 倂合되는 것을 警戒하면서 『人間들을 社會的이라는 優位 가운데 階級的 人
> 間과 個人的 人間의 統一 가운데 描寫한다!』(킬포틴) 社會主義的 『리알리
> 즘』은 人間을 藝術的으로 表現하는데 잇서 一般的 人間과 個人的 人間을 結
> 合식히며 人間行爲의 政治的 意義와 內面的 生活을 統一的으로 描寫하는 것
> 이다. 그것은 人間描寫에 잇서 個人主義的 圓周를 破壞하고 잇스면서도 決
> 코 個人의 個性의 行動과 特徵을 無視하지 않고 언제나 그것을 通하야 社會
> 關係의 本質과 運動을 表現하는 것이다.
> 　이러한 創作方法에 依하야서 現代의 人間은 가장 完全한 『타입』으로 創
> 造되어 描寫되고 있으며 또 되려고 하고 잇다. 여긔에이서 참된 意味에서
> 人間描寫時代가 實現되려고 하는 것이다.65)

---

63) 그는, 참된 사회주의 문학은 '살아있는 인간', '전형적인 인간'이어야 한다는 말을 참조하
여 '인간묘사론'을 주장하였다고 술회하고 있다.(백철, 앞의 책, 244~246쪽 참조)
64) 백철, 「人間描寫時代」, 앞의 글, 1933. 9. 1.
65) 백철, 「文藝時評—心理的 『리앨리즘』과 社會的 『리앨리즘』」, 《朝鮮日報》, 1933. 9.
16.

여기에서 백철은 사회주의 리얼리즘은 인간묘사문제를 문학의 근본 과제로 삼고, 창조 묘사되어야 한다고 주장하였다. 그는 인간묘사론을 통해 기존의 부르조아 문학을 비판하고, 마르크스주의에 입각한 이데올로기와 그 세계관에 의해 문학을 창작해야 한다는 원칙을 강조하였던 것이다.

'인간묘사론'에 관한 글을 접한 임화, 박영희, 홍효민, 함대훈, 이헌구, 이동구 등 카프 진영을 중심으로 한 평자들은 그의 비평에 대해 반박하는 글을 발표한다. 특히 임화는 반박의 강도가 심했는데, 그의 비평 「集團과 個性의 問題-다시 形象의 性質에 關하여」(《朝鮮中央日報》, 1934. 3. 13~3. 20)와 「文學에 있어서의 形象의 性質問題」(《朝鮮日報》, 1933. 11. 25~12. 2)에서 이러한 비판양상을 엿볼 수 있다.66) 그는 프로문단에 발을 딛고 있는 백철이 문학을 인간 생활의 주관적 방면에 대한 기록으로 왜곡하고 있으며, 한 손에는 주관적 관념론을 맞아들이고 있다고 언급한다. 특히 당대의 문학이 직면하고 있는 여러 가지 문제와 함께 예술적 형상의 구체성과 복잡성을 개념화하고 지나치게 단순화하여 인간묘사론에 귀결시키고 있음을 개탄하기도 하였다.67) 그리고 홍효민(洪曉民)도 백철의 인간묘사에 대해 진실한 문학적 이해와 투시에 의해 바라보지 못하고 저급한 속인의 단견(短見)에 의해 무시되고 있다고 비판적으로 언급하였다.68) 여기에서 그들이 우려한 것은 백철의 논리적 허술함과 소시민적 사유방식이기도 하지만, 그보다는 카프조직의 손상 내지는 분열에 대한 우려가 더 컸을 것으로 판단된다.

이어 그는 「批評의 新任務-基準批評과 鑑賞批評의 結合問題」(《東亞

---

66) 그는 이 글을 발표하기 이전 조선문단에 흐르는 불안한 기류에 대해 언급한 바 있다. 즉 그는, 당시 이 불안한 문학이 "人類生活의 歷史的 棲息의 樣式인 資本主義的 世界體制가 老屋"한 데서 기인한 것으로 보고 이는 "不安의 緊張의 對한 히스테리칼한 叫喚"일 뿐이라고 하여 문단의 불안한 징후에 대해 비판하고 있다.(林和, 「現代의 文學에 關한 斷想」, 『形象』1호, 1934. 2, 57~58쪽 참조). 이 글은 백철에 대한 글을 비판하기에 앞서 당시 문단 전반에 걸쳐 확산된 불안한 문학 분위기에 대해 일침을 가한 것이다.

67) 권영민, 「백철과 인간탐구로서의 문학」, 앞의 글, 219쪽.

68) 홍효민, 「文壇時評-人間描寫와 社會描寫」, 《東亞日報》, 1933. 9. 14.

日報》, 1933. 11. 15~19)에서 비평가는 역사적 사회계급적 기준이
있어야 하고, 참된 성과를 이루기 위해서는 작품의 구체적 조건을 정확히
이해해야 하는 과정을 거쳐야 한다고 말하고 있다. 현대 비평의 위기를
세계사적 입장에서 고려해 '個人主義 精神의 末期化'로 보고 있다. 이러한
위기를 타개하기 위해 "프로文學 批評이라는 新批評을 더 本格的으로 確
立"해 나가야 한다고 주장한다. 그러면서 프롤레타리아 비평이 나아갈 길
을 제시하고 있는데, 그것은 "조금도 基準이라는 尺度를 머리에 두지 않
고 다만 熱心으로 鑑賞해"야 한다는 것이다.69) 결국 이는 프로문학 계열
의 비평가들이 비평의 기준을 제시하였지만 작품평이 미흡하고 소홀했음
을 은연중에 암시하고 있는 것이라 할 수 있다. 이 또한 프로문학 비평의
도식적이고 기계적인 작품분석 방법을 비판한 것에 다름 아니다. 이처럼
그는 작품의 고유성을 강조하여 독자들의 입장에 좀더 가까이 접근하고
자 하였다.

　카프문인에게 적나라하게 비판받은 백철은 '인간묘사론'의 반박문에 대
한 재비판의 글로서 「人間探究의 途程」(《東亞日報》, 1934. 5. 24 ~
6. 2)을 발표한다. 그는 자신의 글을 비판한 평자들의 속견과 사해(邪
解)에서 나의 소론을 구하고자 한다고 목적을 밝히고 있다. 그러면서 인
간탐구의 중요성을 한층 더 부각시킨다.

　……프롤레타리아트만치 人間의 完全한 價値와 權利에 覺醒한 階級을 나
　는 알지 못하며 眞實한 휴매니티가 프로文學에서만치 探求되야 할 것을 생
　각할 수 없다. 그런 意味에서 프롤레타리아트에 依하여 招來될 時代를 나는
　第二의 휴머니즘 時代라고 생각하며 그와 同一한 意味에서 프로文學의 全盛
　時代를 第二의 文藝復興 時代로 豫想하고 잇는 것이다.70)

---

69) 백철, 「批評의 新任務―基準批評과 鑑賞批評의 結合問題」, 《東亞日報》, 1933. 11.
　　15.
70) 백철, 「人間探究의 途程」, 《東亞日報》, 1934. 5. 26.

그는 프롤레타리아 문학만이 인간의 가치와 권리를 창조해 낼 수 있고
거기에서 진실한 휴머니티를 추구할 수 있다고 보고 있다. 그래서 그는 프
롤레타리아에 의해 다가올 시대를 '제2의 휴머니즘 시대'라고 언급하는데,
여기에서 그가 제2의 휴머니즘 시대라고 한 것은 결국 제 2의 문예부흥시
대를 염두에 둔 것이다. 그는 이 글에서 프로문학의 창작방법이 나아가야
할 방향까지 노정시키고 있는데, 그가 이렇게 주장하는 이면에는 기존의
프로문학 창작방법으로는 새로운 시대에 대응할 수 없다는 인식이 자리하
고 있었다. 그래서 백철은 프로문학이 이제부터 한층 진실하게 "人間을 探
求하야 描寫하며 거기에서 眞實한 文學의 確立"을 꾀해야 한다고 주장하
고 있다. 그리고 프로문학은 "가장 完全한 人間을 探求하야 創造描寫해가
는 文學"이라고 하여 프로문학이 변모해야 한다는 사실을 보여준다.

그는 이어 진실한 의미의 인간탐구가 무엇인지 다음과 같이 주장한다.

> …充實한 人間 積極性과 創造性이 充溢한 人間描寫 探求하는 곳에 새롭
> 은 作家들의 人間探求의 途程이 잇으며 그러한 人間이 積極的으로 現實에
> 正面하야 實踐하며 行動하는 모든 複雜한 關係를 描寫探入하는 곳에 새롭은
> 人間 타입을 發見하야 確立하는 創作方法으로서의 프로文學의 眞實한 能動
> 的 리알리즘의 大道가 잇는 것이다.71)

이렇듯 그는 계속해서 참된 인간탐구의 길을 제시하고 있는데, 이는 카
프문학에 대한 그의 문학적 신념을 떨치지 못하는 미련과 전향의 문턱의
경계에서 갈등의 모습을 보여주는 것이라 할 수 있다. 그러나 그의 무의
식엔 이미 전향하고자 하는 심경이 내재해 있었음을 알 수 있다.

> ─思想的으로 良心的으로 苦悶하든 그가 그리고 文學에 잇어는 人間의
> 深奧까지를 探求하려든 '도스트엡흐스키─'의 研究者인 그가 近年에 와서 轉

---

71) 백철, 위의 글, 1934. 6. 2.

向하엿든 教訓的 事實을 알고 잇다. 누구보다도 苦悶하든 지-드가 結局에 잇어 "人類의 밝은 炬火"를 發見하고 理性과 良心과 근노계급에 대한 希望을 가진 人間들의 새롭은 타입에 그의 自由商의 짐을 부리어놓게 되엇든 그는 '골키'에 나리지 않는 人間探求를 爲한 地上의 苦行者이엇든 것이다.72)

이와 같이 전향의 징후를 보이다가 그는 일년 후 전향하게 된다. 그가 전향할 수밖에 없었던 이유는 여러 가지가 있겠지만 그 중 하나는 자신이 가장 신뢰하고 좋아했던 카프문학의 아성에 균열이 가기 시작했다는 것 이다. 새로운 문학사조에 관심을 두었던 그는 여기에서 새롭게 등장하는 순수문학의 장에 합류하고 싶은 무의식적 욕망을 징후적으로 드러낸 것 이다.

이러한 욕망의 징후는 「人間探求의 情熱과 文藝復興의 待望時代-그의 準備努力의 現代的 意義」(≪朝鮮中央日報≫, 1934. 6. 30~7. 13)73) 에서도 발견된다. 그가 전향하기 이전에 마지막으로 집필한 이 글은 이 시기 휴머니즘 정신에 어떠한 사상을 담아내고 있는지를 확인할 수 있는 중요한 자료이다. 여기에서 그는 일본의 문단 내에 문예부흥론이 유행하 고 있다고 하면서 자신의 논문은 이와 성격을 달리한다고 강조하고 있다.

이번 『文藝』(改造社) 七月號에 '르넷산스'라는 主題目下에 三題의 文藝復 興論이 揭載되여 잇스면 『新潮』 等의 文藝誌에도 問題의 評論이 發表되엿스 나 이 拙論은 그 論文들과는 在來부터 一切의 ○緣이 업슬뿐 아니라 그것과 는 根本的으로 다른 企圖에서 草하얏다는 것 卽 이 論文은 내가 最近에 論 議해 오고 잇는 人間描寫의 文學問題를 생각해가는 過程에 잇서 벌서 紙上 에 發表된 나의 見解를 여긔서 整理하는 同時에 한편으로 아페서 八月 中旬

---

72) 위의 글, 1934. 5. 30.
73) 백철은 이 글에 대해 그의 전집(2)에서 "르네상스가 온다면 그 운동을 누가 담당할까에 대하여 마치 프로문학이 그 대변자인 것처럼 쓰고 있는 점"에서 아직도 경향파의 의식이 남아 있다고 서술하고 있다.(123쪽) 이를 통해 볼 때 이때까지만 해도 백철의 문학관이 순수문학으로 완전히 경도된 것이 아님을 알 수 있다.

頃에 발표하려고 하는 同 問題의 論「人間의 ○識○物로서 文學의 寫實 浪
漫의 精神」의 先行論文으로 이 文藝復興問題를 취급하고 잇다는 것을 여긔
에 前記하려고 한다

　그와 가튼 意味의 이 論文의 內容에 對하야는 그것을 읽어가는 가운데서
自然히 解明될 것이오 이와 가티 苟且한 前記까지를 附加할 必要가 업슬는
지 몰으나 우리들 朝鮮文學人들의 心境에는 一定한 論文에 對하야 그 題目
에 약간 他國의 것과 類似한 點이 잇스면 그 內容 如何 本來부터 檢討하려
고 하지안코 卽時 外國의 것의 ○輸入品으로 裁斷해 버리는 不祥한 傾向이
잇슴을 往往히 目見하고 잇는 바임으로 그와 가튼 不名譽의 誤解를 拒否할
兼 여긔에 一○ 前記하야 一般論者에게 特히 나의 人間描寫論을 批評하고
잇는 諸氏에게 諒解를 求하는 바이다.74)

　'인간묘사론'을 발표하여 카프문인들에게 비판을 많이 받은 바 있는 백
철은 이 글 또한 일본문단 내에서 유행하는 것과 동일한 것으로 오인할지
모른다는 생각에서 서두에 일본의 복고주의와 동일하지 않은 것임을 밝
히고 있다. 여기에서 백철이 심리적으로 인간탐구에 대한 비판 자체를 염
두에 두고 있음을 알 수 있다. 즉 그는 순수문학으로의 시선 확대라는 자
신의 문학적 태도에 상당히 부담을 느끼고 있었던 것이 아닌가 싶다.

　古典價値에 對한 硏究와 探究! 이것도 우리들이 이 時期의 傾向으로서 注
目해야 할 現象이다. 勿論 第二의 文藝復興에 잇서는 그것이 過去의 '르녯산
스'時代의 그것과 가티 단순히 古典에 對한 盲目的 模倣과 追從은 아니다 그
러므로 그것은 결코 過去에 잇서 漠然히 "나에게 이 時代는 너무나 不滿 그것
인 까닭에 나는 古代의 硏究를 한다 現代를 妄覺하기 위하야 나는 恒常 다른
時代에 處身할 方途를 생각하고 잇는 것이다"(페드라르카)든가 더구나 "聖소
크라테스여! 우리들을 위하야 祝福하소서!"하는 形式으로서 그것에 對하게
될 것은 아니다 그것은 어디까지든지 批判과 反省을 土臺로 한 文學遺産의
繼承이라는 이름 아래서 敢行될 것이며 또 그렇게 하는 데서 第二의 文藝復

---

74) 백철,「人間探求의 情熱과 文藝復興의 待望時代-그의 準備努力의 現代的 意義」,《朝鮮
　中央日報》, 1934. 6. 30.

興을 準備하는 過程에 있어 重要한 現代的 役割을 다하게 될 것이다.[75]

그는 여기에서 고전문학의 가치를 재생산하기 위해서는 과거 고전문학
에 대한 비판과 반성을 통해 그 문학유산을 계승시켜야 한다고 보고 있
다.[76] 이는 그가 당시 마르크스주의 문학의 쇠퇴에 따른 공백을 고전문
학에 나타난 휴머니즘 정신을 현대에 맞게 재창출해야 한다는 주장이라
할 수 있다.

그러나 이러한 백철의 인간묘사에 관한 일련의 글에 대해 안함광은 관
념적일 뿐만 아니라 비역사적이고 초계급적이라고 지적하였다. 그리고
모든 것을 '인간'이라는 추상적 개념으로 환치해 버리는 백철의 견해는 결
국 우익적 관념론으로 귀결될 수밖에 없다고 비판하였다.[77] 이처럼 당
시 카프 비평가들은 백철이 주장한 사회주의 리얼리즘이라는 창작방법론
에 입각한 인간묘사론이 전향의 징후를 보이는 심리주의적이고 주관주의
적인 성향을 내포한 것에 불과한 것으로 보았다.

그럼에도 불구하고 백철이 '인간'을 우위에 두고 사회주의 리얼리즘을
수용하여 인간묘사론에 전형성을 도입한 것은 카프의 경직된 창작방법을
극복하기 위한 하나의 탈출구를 모색했다는 점에서 나름대로 의의를 지
닌다고 할 수 있다.

---

75) 위의 글, 1934. 7. 13.
76) 이러한 고전문학에 대한 관심은 30년대 후반 「文化의 조선적 限界性」(『四海公論』,
    1937. 3), 「東洋人間과 風流性—朝鮮文學傳統의 一考」(『朝光』, 1937. 5), 「風流人間
    의 文學—消極的 人間의 批判」(『朝光』 第20號, 1937. 6) 등의 글을 발표하는 계기를
    마련한다.
77) 安含光, 「人間描寫論 是非에 關하야」, 《朝鮮中央日報》, 1935. 11. 30.

제4장 근대 초극과 동양적 휴머니즘 문학

　이 시기 백철의 휴머니즘론은 서구의 휴머니즘론과의 관련 양상에서 규명되어야 한다. 왜냐하면 그의 휴머니즘론이 서구의 휴머니즘론과의 만남을 통해 새로운 변모 양상, 즉 사회주의 리얼리즘의 초기 단계에서 킬포틴 등에 의해 제기된 창작방법론과 고리끼의 문학적 성과에 주목하면서 끌어낸 '인간묘사론'1)에서 점차 파시즘의 대응논리에 입각한 휴머니즘론으로 나아가고 있음을 보여주고 있기 때문이다.

　당시 서구에서는 전체주의, 극단적 이데올로기의 조작과 대중적 사회운동, 폭력적 지배 등 파시즘의 위기가 고조됨에 따라 저항하는 세력들이 확산되어 갔다. 파시즘의 이데올로기를 추종하는 극우파와 지배계급을 제외한 나머지의 모든 세력들은 계급적, 이념적인 차이를 초월하여 평화와 민주주의의 옹호라는 제일의 공동목표 하에 반파시즘 연대운동을 펼치기 시작한다. 각국의 사회주의 운동을 지도해 온 코민테른은 반파시즘이라는 세계질서의 재편에 따라 35년 제7차 대회에서 '반파시즘 인민전선'을 공식적으로 채택한다.2)

---

1) 권영민, 「카프시대의 창작방법론과 사회주의 리얼리즘의 인식」, 『한국 민족문학론 연구』, 민음사, 1988, 309쪽.
2) 이전 코민테른의 극좌적 편향방침에 대한 수정의 의미를 담고 있는 이 대회는 다음과 같은 특징을 지닌다. 첫째, 그동안 무시되어 왔던 부르조아 민주주의적 권리를 위한 투쟁의 강조와 반파시즘 민주주의론의 제기, 둘째, 노동자 계급의 주도 하에 농민, 도시 소자산계

이러한 코민테른의 영향으로 문학자들이 파리에 모여 국제작가회의를 개최한다. 이 회의 결과 문화유산, 사회에서의 작가의 역할, 개인, 휴머니즘, 민족과 문화, 창작활동과 사상의 존엄의 제문제, 문화의 옹호 등 광범한 문제들이 주제로 채택되었고, '문화 옹호를 위한 국제작가협회'가 결성되기에 이르렀다.

1935년 이후 우리 문단에 휴머니즘론에 대한 논의가 활발히 진행된 것은 이러한 세계사적 맥락을 고려해 볼 때 극히 자연스러운 일이라 할 수 있다.

1. 휴머니즘 문학의 전개와 고뇌의 문학

1) 고뇌하는 주체

카프 맹원 검거 사건으로 옥고를 치른 백철은 「悲哀의 城舍」(≪東亞日報≫, 1935. 12. 22~27)를 발표한다. 감옥에서의 생활이 비참한 나날들이었다고 술회한 글이다. 그는 이곳에 감금되었을 때 한편으로 말할 수 없을 정도로 어떤 모멸감과 수치심을 느끼기도 하였지만 그보다도 카프 문인들에 대한 실망감과 서운한 감정을 더 느끼게 된다.

> 所謂 思想과 傾向과 文學을 通하야 사귀여 왔다는 벗들에게 쓴 글들이 二次, 三次까지 重複되여도 그들의 大部分은 端書 一 枚의 回答을 쓰는 寬大란 態度를 가지려고 하지 안엇다. 하물며 저날이즘을 通하야 서로 만나 親하는 그분들이야 本來부터 그 神聖한 部分에 잇는 貴한 身分으로서 獄舍에 잇는 一個의 囚人과 交誼를 계속할 羞恥를 가질 필요가 잇엇으랴?[3]

급의 주요층과 동맹을 맺는다는 것 등이다. (우동수, 『세계현대사―제국주의와 파시즘』, 청아출판사, 1987, 170~171쪽)

이러한 카프문인들에 대한 실망감과 서운함은 출옥 후 그가 카프문인
들과 의식적 결별을 하게 된 하나의 계기로 작용한다. 그리고 그가 수감
되어 있을 때 하나의 충격적인 소식을 접하게 되는데, 그것은 다름 아닌
카프의 해산4) 소식이었다. '인간묘사론'을 추구하면서도 카프문학에 정
신적 의존도가 높았던 그에게 카프의 해산은 정신적 공허함을 가져다주
기에 충분했다.

> 또 한 번은 '카프'의 解散을 傳하는 L의 편지를 읽은 때다! 카프가 조선의
> 文學에 功績을 남겼든 못남겼든 여기에는 親愛한 벗을 最後의 길에 보내는
> 悲劇이 잇엇다. 이날 저녁 나는 슬픈마음으로 葬送曲 대신에 '브루터스'의
> 最後의 心情을 그린 古詩의 一條目을 暗誦하엿다. '캐시어스여! 어데를 갓느
> 냐! 로-마는 망햇어라고'5)

그래서 그는 비탄에 빠지게 된다. 자기 자신에 대한 수치심의 증폭과
절망감의 확대는 결국 그를 자살의 단계까지 이르게 한다. 이렇듯 나약한
모습을 보여주던 그는 전환의 계기를 맞이하게 되는데, 그것은 자신의 주
위를 둘러보고 자신에 대해 반성하면서부터이다. 그래서 그는 "살어야 한
다! 生! 그것은 人間의 永遠한 眞理다!"하여 '산인간'의 소중함을 깨닫고
"暗黑의 生活 가운데서도 恒常 生을 要求하고 追求하는 것이 그의 正直한
心理的 眞實"이라고 역설한다.6) 그래서 그가 결국 궁극점에 다달은 곳은

---

3) 백철, 「悲哀의 城舍」, ≪東亞日報≫, 1935. 12. 25.
4) 카프의 해산 자체는 당시 문단 내에서 그다지 주목을 받지 못했다. 이는 20년대 중반부터
   30년대 전반기까지 카프가 조선문단에서 차지한 비중을 고려해 볼 때 의외의 반응이라 할
   수 있다. 한편으로 30년대에 들어 두 차례에 걸친 카프맹원들의 검거와 탄압 공세로 인한
   카프의 현실적 조건들을 고려해 볼 때 당연한 반응일지도 모른다. 카프 해산 문제에 대해
   서는 권영민, 「카프의 조직과 해체」, 『문예중앙』, 1988년 봄~겨울호 ; 임규찬, 「카프 해
   산문제에 대하여」, 『한국근대문학사의 쟁점』, 창작과 비평사, 1990 등 참조.
5) 백철, 앞의 글, 1935. 12. 26.
6) 프로이트는 『쾌락원칙을 넘어서』에서 욕망을 충족시키는 유일한 대상은 죽음뿐이라고 했
   다. 그렇다면 욕망은 인간을 살아가게 하는 동력이라 할 수 있다.(자크 라캉, 『욕망이론』,
   권택영 편역, 문예출판사, 1994, 11쪽) 이러한 맥락에서 백철이 '절망감'이나 '수치심', 심

"文學人이 過去와 같은 意味에서 政治主義를 버리고 맑스主義者의 態度
를 포기하는 것은 非難할 것이 아니라 文學을 위하여 도리혀 贊賀해야 할
現象이라고 나는 누구 앞에서도 公然히 宣言하고 싶다."라고 한 것처럼
휴머니즘 문학이었다.

이 글은 백철의 무의식적 욕망을 선명하게 드러내는 비평문으로, 그가
카프문인들과 결별할 것을 거의 공식적으로 드러내고 있으며, 나아가 글
의 방향이 어디로 전개될 것인지까지도 암시해 준다. 즉, 중요한 것은 '자
연이 아니라 역시 인간'이라는 표현을 사용하면서 그의 문학의 도정이 인
간탐구론으로 지속될 것을 내포한다. 여기에서 백철의 무의식적 욕망이
변모되고 있음을 간파할 수 있다. 그러니까 '비애의 성'을 들어가기 전까
지만 해도 그의 무의식적 욕망은 카프문학에 대한 옹호와 순수문학에 대
한 비판에 있었으나 그 곳을 나온 이후에는 점점 카프문학에 대한 비판
쪽으로 백철의 무의식적 욕망이 전이되고 있음을 발견할 수 있다.7)

이러한 무의식적 욕망의 변화가 있은 이후 그가 처음으로 발표한 글이
「現代文學의 課題인 人間探求와 苦惱의 精神-創作에 잇서 個性과 普遍性
等」(《朝鮮日報》, 1936. 1. 12~21)이다. 여기에서 그는 오늘날 문학
의 절박한 과제는 공허한 기계론의 반복에 있는 것이 아니라 직접 문학적

지어는 '자살 충동'까지도 극복할 수 있었던 힘은 다름 아닌 '산 인간', 즉 '인간탐구'에 대한
강렬한 욕망에 의해서였다고 할 수 있다. 이는 동경유학 시절 자신의 소외를 극복하게 해
주었던 '인간적 동지애'가 결국 '산인간'에 대한 강한 욕구로 치환된 것이라 할 수 있다.
7) 전향의 문제를 어떻게 볼 것인가 하는 문제는 중요한 의미를 지닌다. 그의 전향에 대한 기
존의 논의는 크게 일본제국주의의 사상 탄압이라는 외적 조건의 변화에 따른 문학적 대응
양식의 변화로 이해하는 경우와 백철의 〈연기력〉을 통해 그의 전향을 내적 동기를 찾아보
려고 하는 시도한 경우-전향의 문제를 자서전을 통해 추출한 심리적 기제의 차원으로 환원
시키고 있다-로 나눌 수 있다. 후자의 입장에 의해 쓰여진 글이 김윤식의 『임화연구』(문학
사상사, 1990)이다. 그러나 그의 전향은 당시 외적 조건과 더불어 주체의 무의식적 욕망
의 변화, 그리고 그의 자유주의적인 성격에서 찾아야 할 것이다. 즉 그의 전향은 동지적 인
간애를 느끼게 했던 마르크스주의 문학이 점차 쇠퇴하고 순수문학의 영역이 확장됨에 따라
상실했던 휴머니티를 순수문학에서 찾고자 한 것이라 할 수 있다. 여기에 카프문인들에 대
한 실망감도 크게 좌우했던 것으로 판단된다. 요컨대 백철의 프로문학으로부터의 전향은
결국 프로문학의 도식성 및 공식성에 대한 반발 및 회의에서 나왔다고 할 수 있다.

대상과 충돌하며 그 실제의 고투에서 새로운 인간형을 탐구하고 전형적
인간을 묘사하는 일에 있다고 주장한다. 이론의 핵심은 결국 문학과 정치
적 이데올로기의 분리, 정치성과 사회성으로부터 문학의 독자성 옹호, 외
부의 불순한 조건에서 벗어난 순수한 인간성의 탐구 등으로 요약할 수 있
다. 이러한 그의 세계관은 「科學的 態度와 訣別하는 나의 批評體系」(≪朝
鮮日報≫, 1936. 6. 28~7. 3)에 가서는 결국 비평은 인상의 표현이며
그 자체가 하나의 예술품이라는 결론을 내리기에 이른다.

먼저 그는 지드(A. Gide)의 영향으로 조선에서도 인간탐구에 대한 관
심이 고조되고 있다고 진술한다.

> 人間 描寫에 對한 傾向, 人間에 對한 探求, 人間에 對한 研究, 個性의 問
> 題 等 나는 最近에 읽어본 諸氏의 主要한 論文과 感想文 가운데서 그 關心
> 이 높허가는 現象을 어데서나 指摘할 수 잇섯다. 그리하야 이 人間問題는
> 確實히 今日에는 우리들 文壇의 中心 토픽이 되여 流行되고 잇는 듯하다.8)

조선에서의 이와 같은 인간탐구에 대한 열정은 백철에게 커다란 힘과
용기를 가져다주는 계기가 된다. 이를 통해 그는 자신이 30년대 초반부
터 구축해 온 '인간탐구론'이 오늘날에서야 결실을 보게 된 것이라고까지
자부하기에 이른다. 즉 그는 "今日은 새롭은 人間을 獲得하는 것이 위선
緊要하다."라는 앙드레 지드의 말을 인용하면서, 과거 자신의 인간묘사론
이 사면초가의 형상을 면치 못했던 일을 떠올리며 스스로 감격한다. 아울
러 그는 인간탐구론을 제시한 '국제작가회의'의 성과가 곧 문학과 정치적
이데올로기의 분리를 의미하는 것이라는 잘못된 해석을 내린다.9) 계속
해서 그는 최근 유행하고 있는 행동주의는 하나의 감상주의에 불과하다
고 언급한다.

---

8) 백철, 「現代文學의 課題인 人間探求와 苦惱의 精神─創作에 잇서 個性과 普遍性 等」, ≪朝
　鮮日報≫, 1936. 1. 12.
9) 김영민, 『한국문학비평논쟁사』, 한길사, 472쪽 참조.

그런 意味 等으로서 全般으로는 行動主義가 그대로 조선 文壇에 攝取될
수 업다는 定見을 나는 高持한다. 따라서 最近의 行動主義의 流行에 對하야
는 그것은 한 感傷主義의 現象이라고 박게 볼 수 업다…… 또한 同一한 意
味에서『지이드』의 새롭은 人間獲得問題가 우리 文壇에 巨大한 影響을 加하
고 잇는 現象에도 一定한 感傷主義가 嚴然히 流行되고 잇는 것을 看過할 수
업다는 것이다.10)

이처럼 그는 행동주의에 대해 부정적 견해를 가지고 있다. 이러한 근거
는 "우리 문단의 정세는 현재 그 행동주의를 받아들여서 우리 작품상의
인물 조건에 구현시킬 수 없다"11)고 언급한 데서 찾을 수 있다.12) 그가
이러한 행동주의에 대한 부정을 통해 추구하려고 했던 것은 '인간탐구'에
관한 것이었다. 문학인이 묘사해야 할 인간상은 "漠然한 永遠의 人間性이
안이라 歷史的이며 限界的인 人間이며, 이를 탐구"해야 할 것이라고 말한
다. 또한 진정한 인간탐구의 길은 '고뇌의 정신'을 내포하고 있어야 한다
고 주장한다.

여기에서 중요하게 대두되고 있는 '고뇌의 정신'은 "消極的 意味에 絶

---

10) 백철, 앞의 글, 1936. 1. 16.
11) 백철, 「고행의 문학」, ≪朝鮮日報≫, 1936. 4.(『백철전집』 2, 129쪽에 재인용). 필자가
    확인한 바로는 1936년 4월 조선일보에 발표된 글 중 「고행의 문학」은 없었다. 다만 그
    와 유사한 제목 「苦悶과 文學」(1936. 4. 23~24)이 게재되어 있었는데 그 내용이 전혀
    다른 것이었다. 백철이 전집을 낼 때 대폭 수정하여 수록한 것이 아닌가 생각된다.
12) 실제로 백철이 주장한 대로 홍효민이나 이헌구가 소개한 행동적 인간주의 문학은 외국의
    문학 운동에 대한 일시적인 문단의 관심 정도에서 그 한계가 드러났다. 이헌구와 홍효민
    의 주장도 1935년 이후에는 별다른 진전을 보이지 않았으며, 다른 논자들의 경우에도
    이 문제에 대해서는 커다란 반응을 보이지 않았다. 그 근본적인 이유는 대체로 당시의 문
    단 외적인 상황이 크게 문제시 될 수 있는 것인데, 행동주의 문학운동의 사상적 경향문제
    가 관심사였음에 틀림없다. (……) 당시 우리 문단에서는 계급문학 자체가 거의 붕괴되
    고 있었고, 프로문단에 대한 사상적 탄압이 극도에 달한 상태에 놓여 있었기 때문에 또다
    시 행동주의의 좌경적 문학론이 발을 붙일 곳이 없었던 것이다. 이미 프로문학 자체가 한
    계에 부딪히고 있었기 때문에, 이데올로기의 내재화 현상을 다시 충동질할 수 있는 어떤
    요건도 존재할 수 없었던 것이다.(권영민, 「백철과 인간탐구로서의 문학」, 『소설문학』,
    1983. 9, 159쪽 참조). 1930년대 행동주의 문학에 관해서는 이해년, 「1930년대 한국 행
    동주의 문학론 연구」, 부산대 박사학위논문, 1994 참조.

望, 悲觀하는 意味의 것이 안이고 偏執과 堅忍으로 現實에 대하는 積極的 態度"를 말한다. 이 진실한 고뇌의 정신은 언제나 이성과 지혜를 가지고 당시 암흑의 생활과 고투하며 동시에 가치있는 생활에 대하여 예견하는 곳에 있다는 것이다. 또한 이 고뇌의 정신의 길은 "새롭은 人間型을 探求하는 唯一의 血路"라고 결론을 맺고 있다.13)

결국 백철이 주장하는 인간탐구론의 핵심은 문학과 정치의 이데올로기를 분리하고, 정치성과 사회성으로부터 문학의 독자성을 옹호하며, 외부의 불순한 조건에서 벗어나 순수한 인간성을 탐구하는 것에 있다고 할 수 있다.

이렇듯 카프문학의 과학적 비평태도를 비판하는 준거틀 중의 하나를 백철은 다름 아닌 일본 문단에 발표된 글을 차용하여 논의를 개진한다.

杉山平助는 前日의 文藝時評 가운데서 政治와 文學 問題에 대하야 이런 말을 하고 있다. "政治와 文學! 그 論爭의 根底에는 어느 편이 社會的 헤게모니를 쥐겠는가하는 永遠의 鬪爭 題目이 숨어 있다"라고. ……지금까지 우리들 文學者들이 너무 自信의 文學을 侮蔑하고 그것을 政治에 歸屬시키려고 하던 傾向을 回想 反省할 때에 이 말은 痛快한 豪言이 아닐 수 없다.14)

이 인용문의 메시지는 무엇인가. 그것은 프로문학이 '사회적 헤게모니'에 의해 문학을 정치 속에 귀속시키려 했다는 점이다. 결국 프로문학이 정치 지향적인 문학을 추구한 것으로 보는 것인데, 이것이 가능했던 것은 정치와 문학 중 정치 쪽이 사회적 헤게모니를 쥐고 있었기 때문이라는 것이다. 그러나 지금은 프로문학이 해체되고 그에 따른 사회주의 리얼리즘도 퇴조되는 시기이기 때문에 결국 정치와 문학 중 문학이 '사회적 헤게모니'를 장악하고 있다고 본 것이다. 여기에서 그가 사회적 헤게모니를

13) 백철, 「現代文學의 課題인 人間探求와 苦惱의 精神·創作에 잇서 個性과 普遍性 等」, 앞의 글, 1936. 1. 21.
14) 백철, 「政治와 文學」, 『中央』, 1936. 4, 254쪽.

장악한 순수문학의 입장을 서서히 수용하기 시작하였음을 알 수 있다. 이렇듯 자신이 비판하던 문학적 입장을 수용하려면 반드시 기존의 문학적 입장을 변화시켜야만 가능하다고 보고 있다. 그렇기 때문에 백철은 끊임 없이 카프문학에 대한 부정적 시각을 노출시켜야만 했고, 또한 카프문학을 비판해야 했던 것이다. 즉 카프가 더 이상 문단의 주류가 아니라는 것을 백철은 간파했던 것이다.

그러나 그렇다고 해서 그가 정치와 문학과의 관계 자체 전부를 부정한 것은 아니었다.15) 다만 그는 문학과 정치와의 관계에서 문학이 우선시 되어야 한다는 입장을 보여주었을 뿐이었다.

> "政治와 文學 사이에는 나는 실로 數百哩의 距離를 是認한다! 그런 意味로서 나는 過去와 같이 政治性 가운데 조금이라도 文學의 獨自性과 自由性을 拘束시키려는 見解에는 絶對로 反對의 意見을 가지고 있다. ……그 兩者 사이의 距離가 無限無涯의 距離가 아닌 것만은 事實이다. 文藝도 結局은 人間의 生의 動機에서 出發된 것인 以上, 그것은 그의 어느 側面에서든지 어떤 距離 뒤에서든지 一定한 限度에서는 現實 그리고 政治와 逢着하게 된다. 따라서 오늘날과 같이 文學의 前進 앞에 커다란 暗黑의 坡壁일 때에 그 文學은 城壁과 結局 衝突을 豫期하지 않을 수 없다! 그리고 그 事實을 우리들 눈앞에 직접으로 보여준 例는 昨年 六月에 열린 國際作家大會의 '文化擁護'가 그것이다."16)

그는 이처럼 문학의 독자성과 자유성을 구속시키는 견해는 부정하지만, 이러한 문학의 독자성과 자유성이 침해를 받게 될 때는 정치와 불가분의 관계를 맺을 수밖에 없다는 입장을 지니고 있다. 여기에서 그가 추

---

15) 이러한 입장은 다음 구절에서도 확인할 수 있다. "勿論 文學은 過去와 같은 意味에서 政治의 從屬物은 아님은 明白한 事實이다. 하나 그렇다고 하야서 文學은 政治와의 온갖 接觸을 拒否할 것이 아니라 文學은 그 가운데서 政治問題를 取扱하여도 가할 쑨 아니라 境遇에 딿아서는 當然히 그곳까지 延長되여야 할 줄 안다."고 한데서 말이다.(위의 글, 255쪽)

16) 백철, 「文藝旺盛을 期할 時代」, 『中央』, 1936. 3, 110쪽.

구하려고 했던 것은 문학의 고유성을 지키기 위한 정치와의 결부이지, 정
치적 목적을 위한 문학과의 결부가 아님을 알 수 있다.

　이러한 주장을 통해 그가 언급하고자 했던 것은, 정치의 우위성을 강조
하는 문학은 지금처럼 암담한 현실 속에서는 무력해지지만 문학의 독자
성과 자유성, 특히 인간의 가치를 고양시키는 문학은 결코 무력해지지 않
는다는 것이다. 이와 같은 견해는 「文學의 聖林 人間으로 歸還하라」(『朝
光』, 1936. 4)에서 더욱 두드러진다.

> 　人間이란 外部의 情熱을 同伴하는 現實 아래서만 살 수 있고 그 現實이
> 없어질 때에는 人間은 生에 對하야 完全히 無能 無力하다고 機械的으로 理
> 解한 傾向이 確實이 있었다. 그런 까닭에 今日과 같이 外部의 希望에 對한
> 情熱이 없어진 現實에 當面할 때에 自然히 먼저 말한 바와 같은 無力, 絶望
> 의 惰力이 致來될 것은 當然한 일이었다. 하나 여기서 나는 생각한다─人間
> 이란 決코 그와 같이 無力한 存在는 않이다! B라고.
> 　……
> 　今日은 現實로는 情熱을 일의 時代이나 거기에 失望하는 觀照的 態度를
> 갖지 말고 主動的으로 人間의 價値를 發揮하는 限에서 도리혀 이때에 精神
> 文化(여기서는 文學)의 旺盛을 招來할 수 있지 않을까? 생각하고 있다. 그
> 리고 그 精神文化의 旺盛에 依하야 反對로 實際의 現實 우에 魔力있는 色彩
> 와 影響을 加할 수도 있다고 나는 깊히 自信하고 싶다.17)

　이 글을 통해 그는 인간다운 인간을 통한 현실을 구체적으로 묘사해야
된다는 것을 역설하고 있다. 그렇다고 해서 기존 그의 휴머니즘의 입장이
변한 것은 아니었다. 다만 암울한 현실 속에서 프로문학처럼 정치적 우위
성을 강조하는 문학을 추구하는 것이 난관에 봉착했기 때문에 이제는 인
간의 존엄성을 강조하는 가운데 현실을 그리는 방향으로 선회해야 한다
는 것을 주장하고 있다. 즉 그는 당시 불행한 현실 속에서 기존의 휴머니

---

17) 백철, 「文學의 聖林 人間으로 歸還하라」, 『朝光』, 1936. 4, 190~191쪽.

즘의 입장 위에 정신문화를 담아내야 한다는 것을 강조한다. 그래서 당시 문학지의 족출(簇出)과 인간성의 옹호를 그린 작품의 대량 발표에 대해 그는 긍정적으로 평가한다.18) 이를 통해 그가 결론적으로 주장하고자 한 것은 "人間이란 언제나 같은 面貌로는 나타나지 않는다"라는 것이다. 즉, 어떤 때는 색채와 윤택 있는 성림(聖林)으로서 또 어떤 때는 색채 없는 의미 있는 성림으로서 우리들 앞에 그 자태를 보여준다는 것이다. 그리하여 금일에는 "文學의 十字軍이 이 苦悶의 人間聖林을 奪還하는 곳에 文學旺盛의 時代를 待望할 수 있는 것이다."라고 진술하고 있다.19) 이러한 사실로 보아 그의 인간탐구론은 당대의 현실상황과 밀접한 연관을 맺고 있으며, 그에 따라 진행될 때 진정한 문학을 이룰 수 있다라는 견해까지도 함축하고 있다고 할 수 있다.

2) 개성과 보편성

문학적 우위성을 강조하는 방향으로 선회한 그는 「個性的 感想의 重要性」(≪朝鮮日報≫, 1936. 2. 13)을 통해 과거 프로문학의 비평 방식을 공포시대의 재단비평이라고 비판하는 동시에 자신이 추구하는 비평방식인 감상비평의 태도를 보여준다.

　　……個性的 鑑賞을 重要視한다! 어데까지든지 個性的 鑑賞을 重要視한다. 여기에 對하야 君等이 個人主義 觀念主義를 附加하야 論難하는 것은 君等이 高尙한 趣味다! 하나 나로서는 이 以上 君等의 趣味에 비위를 맞추어 가는 것은 여기서 明白히 拒絶한다. 나는 다만 나의 所信을 가지고 나의 批評態度를 贊微하련다. 그리하야 나는 現實인 作品에 對하야 가장 깊은 ○

---

18) 백철, 위의 글, 192쪽 참조.
19) 위의 글, 193쪽.

(感 : 인용자)激과 印象을 주는 部面 作品의 個性과 나의 個性이 嚴大限度로 合致되는 部分에서 批評의 『메-스』를 너으며 그 濃厚의 表象에 따라서 批評의 ○(進 : 인용자)路를 決定하려고 한다.20)

그는 이처럼 과거의 프로문학이 지향했던 비평태도를 거부하고 개성과 인상을 중심으로 하는 비평의 입장을 견지하고자 한다. 여기에서 백철이 한때 몸담고 활동했던 프로문학에 대한 입장이 변화되고 있음을 알 수 있다. 자신이 추구해 오던 세계관을 바꾼다는 것은 결국 주체의 무의식적 욕망이 변모되었음을 의미한다. 즉 그가 프로문학을 옹호하고 지향하던 시기에는 드러나지 않았던 부르조아적 성향이 발출된 것이라 할 수 있다. 여기에서 우리는 변모 이전 그의 프로문학 활동이 당시 나프, 카프라는 문단의 지배적인 이데올로기에 의한 행동에 영향을 많이 받았음을 짐작할 수 있다.

近年에 와서 批評體系의 獨立(!)을 위하야 努力해 온 것은 그 批評態度에 잇서 될 수 잇는대로 心情的이고 感性的이려는 것이엇다. 그것은 過去에 主로 人間描寫論 以前에 잇서 批評에 對하야 取해온 態度 될 수 잇는대로 理性的이고 科學的이고 分析的이려는 그것과는 反對되는 것으로 그때까지 내가 그 所謂 辨證法的 理解에 義하야 나의 貧弱한 批評을 救하려고 努力한 것이 얼마나 내 自身의 性格과 才能에 反逆的이엇는가를 기퍼 反省한 곳에서 決定한 態度이엇다!21)

백철은 카프 시절 자신이 취한 이성적이고 과학적 비평 태도가 잘못되었음을 시인하고 있다. 그가 이러한 생각을 갖게 된 계기는 이성적이고 과학적인 비평이 당시 문단 내에서 어떠한 역할을 하고 있는가에 대한 생각에서 발출된 것으로 보인다. 당시 과학의 발달과 이성의 중시에 의해

---

20) 백철, 「個性的 感想의 重要性」, ≪朝鮮日報≫, 1936. 2. 13.
21) 백철, 「科學的 態度와 訣別하는 나의 批評體系」, ≪朝鮮日報≫, 1936. 6. 28.

파생된 서구 자본주의의 파행성 - 파시즘 - 을 목도하고 있었던 그는 과학과 이성에 대한 지나친 맹신이 가져다 준 폐해를 절실히 실감했던 것이다. 그래서 그는 이러한 논리에 입각하여 과거의 프롤레타리아 문학에서 추구하던 이성적이고 과학적인 비평 태도를 비판했던 것이다. 이러한 비판을 통해 그가 내세운 것은 심정적이고 감성적인 비평 태도였다. 또 하나의 계기는 지드의 주아적(主我的) 비평 혹은 프랑스(A. France)의 일락적(逸樂的) 비평의 영향이라 볼 수 있다. 당시 발표한 그의 글을 보면 지드의 글이 인용되지 않은 비평이 없을 정도로 지드에 대해 상당히 호감을 가지고 있었다. 또한 자유주의적인 성격이 강한 그가 당대 문학의 장에서 자신의 비평적 목소리를 내고 싶은 욕망에서도 찾을 수 있겠다. 왜냐하면 카프문인들에게 여러 차례 비판을 받아왔던 그는 당시 더 이상 카프 조직 내에서는 결코 주도적 위치를 확보하지 못할 것이라고 판단되었기 때문이다. 그래서 더욱 카프문학의 과학적 비평 태도를 거부했던 것으로 판단된다.

동일한 맥락에서 그는 프롤레타리아 문학에서 도외시했던 개성과 보편성의 문제를 「創作에 잇서서의 個性과 普遍性」(≪朝鮮日報≫, 1936. 5. 31~6. 11)에서 다루고 있다. 여기에서 그는 개성과 보편성의 문제를 "文學의 原始苦에 屬하는 永遠한 問題!"라고 규정하면서 자기 견해를 펼친다.

그리고 그 方法的 缺陷의 致命傷的 原因은 프로文學이 目標하는 社會性, 階級性이란 人物의 個性 事物의 個別性을 通하여서뿐 卽 그 社會性, 階級性이 個性 가운데 生生하게 具體化되는 데서만 發揮되는 것임에 不拘하고 푸로文學은 그것은 無視하고 다만 思想的 敎養과 世界觀的 體系를 準備하는 데서 그 社會性, 階級性이 自然히 솟아나리라는 偉大한 錯覺에서 오는 結果엿다. 또한 그 問題를 作家의 個性과 普遍性 問題와 關聯하야 볼 때에는 作家의 個性이 全然 無視되고 作家에게 思想과 方法論과 指令의 過大한 義務를 加하는 데서 그 죽은 思想에 依하여 作者를 傀儡와 가티 支配하려는 곳

에서 온 것이엇다! 그러므로 푸로文學의 作品에 잇서는 個性이 살지 못하고
個性의 人物, 事件은 다만 그 죽은 觀念과 思想과 讀書의 知識에 固定的으
로 縮小 傀儡化하엿던 것이다.22)

백철은 금일의 문학 발전을 위해서는 문학의 개성과 보편성의 관계를
해명하는 일이 매우 중요한 것으로 보았다. 과거 프롤레타리아 문학이 계
급성과 사회성을 추구한다는 의미에서 처음부터 보편성을 구하는 문학이
었으나 점차 사회적·계급적 보편성에 도달하기 위해 창조적 실천의 과
정을 무시하고 사상의 개념적 준비라는 쉬운 길을 택했다는 것이다. 또한
백철은, 프로문학은 유형화되고 고정화된 수법으로 인해 현실과 인간과
사물을 입체적으로 그리지 못하고 평면적으로 그렸으며, 창작 이전의 먼
저 산 현실을 관념화·규범화하며 개념화·고정화시키는 방법상의 오류
를 범했다고 지적하고 있다. 그래서 그는 프로문학의 이러한 개념화되고
고정화된 방법을 극복하기 위한 대안으로 개성과 보편성을 들고 나온 것
이다. 여기에서 그는 개성적인 삶에 대해 "산 現實을 通해 個性을 極度로
擴張할 때에 그 個性的 典型的 切迫美가 現實의 眞實, 普遍에 貫徹되고
그것에 肉迫해가는 것"23)이라고 역설한다. 즉 이는 인간의 주체적 진리
와 현실의 진리를 통일시켜야 한다는 논리에 다름 아니다. 이렇게 본다면
그가 주장하는 것은 결코 현실과 동떨어져 나온 것이 아님을 알 수 있다.
  이렇듯 백철이 이성적이고 과학적인 분석 비평에서 심정적이고 감상적
인 비평 방향으로 태도를 바꾸자 임화는「現代的 腐敗의 表徵인 人間探究
와 苦悶의 精神」(≪朝鮮中央日報≫, 1936. 6. 10~18)을 발표하여 백
철의 '인간탐구'와 그 핵심인 '고뇌의 정신'이 파시즘에 접근하고 있다고
비판한다.24) 그는, 백철이 중시하는 '인간탐구와 고뇌의 정신' 자체가 현

22) 백철,「創作에 잇서서의 個性과 普遍性」, ≪朝鮮日報≫, 1936. 6. 2.
23) 백철, 위의 글, 1936. 6. 11.
24) 여기에 관해서는 김윤식,『한국근대문예비평사연구』, 일지사, 1976 ; 권영민,「백철과
    인간탐구로서의 문학」, 앞의 글 ; 오세영,「30년대 휴머니즘 비평과 '생명파'」,『20세기

대문학이 부패하게 된 가장 큰 원인 중의 하나라고 했는데, 그가 이와 같이 주장하는 이유는 백철의 주장이 일반적인 문학의 유일한 테마가 아니라, 자본주의적·부패적 문학의 주요한 테마가 되는 것이라고 보기 때문이다. 또 백철의 이론은 일관된 흐름이 있는 것이 아니라고 한다. "그저 신(新)! 신(新)!"하는 새로움을 추종하는 것에 불과하다는 것이 임화의 주장이다. 그는 백철이 '국제작가회의'의 성과와 프랑스 행동주의 문학론 등에 대해 모두 잘못 이해하고 있으며, 그 결과 이제 단순히 프로문학의 반대자일 뿐만 아니라 문학에 나타나는 자유주의와 행동주의까지 모두 적대시하는 인물이 되고 말았다고 비판한다.

이러한 임화의 비판의 근저는 백철의 인간묘사론 내지 인간탐구론이 일정한 사상과 사조를 바탕으로 한 논리적 주장이라기보다는 무정견한 감정적 주장이라고 진단한 것에서 비롯된 것으로 볼 수 있다.25) 다른 한 편으로는 카프 해산 이후 문단 내에서의 협소해진 입지를 강화시키려는 의도에서였다는 점 또한 배제할 수 없다.

이 외에 김환태(金煥泰)26)와 김용제(金龍濟)27)도 백철의 인간탐구론에 대해 강한 비판적 어조로 진술하였다.

이처럼 임화에게 신랄한 공격을 받은 백철은 「批判과 中傷-最近의 批

한국시 연구』, 새문사, 1989 ; 하정일, 「1930년대 후반 휴머니즘 논쟁과 민족문학의 구도」, 이선영 편, 『1930년대 민족문학의 인식』, 한길사, 1990 ; 김영민, 앞의 책 ; 이훈, 「1930년대 임화의 문학론 연구」, 연세대 박사학위논문, 1993 참조.

25) 졸고, 「1930년대 후반 임화의 휴머니즘론 고찰」, 『육헌 한상수박사 화갑기념논총』, 대전문화사, 1998, 58~59쪽 참조.

26) 그는 「文藝時評」(『中央』, 1936. 9, 229쪽)에서 "白鐵氏의 文意를 읽을 때 우리는 그 곳에 조곰도 思考의 痕迹을 찾을 수가 없다. 그저 頭腦에 떠오르는 雜然한 生覺을 아무런 論理的 統制도 없이 그저 吐露하여 놓았을 뿐이다. 따라서 우리는 氏의 '人間探求論' 속에서, 實로 못思想을 찾아낼 수가 없다'라고 하여 백철의 비논리성에 대해 비판한다.

27) 백철의 이 글에 대해 나프 맹원이었던 김용제(金龍濟)는 「人間性의 問題와 近代的 文學精神」(≪朝鮮日報≫, 1937. 1. 9)을 통해 그의 인간탐구론이 "新時代에 新生活을 營爲하고 그것을 希望하는 人間層에 或은 社會的 個人에 잇는 것이 아니고 '空想的 人間의 瑣末한 個性만을 過重視하는 白鐵君 自信의 消極性 退嬰性 小市民性을 社會的으로 合理化하라는 '人間 白鐵의 欺瞞的 個性으로서 出發한 것'이라고 반박하였다.

評的 傾向」(≪朝鮮日報≫, 1936. 9. 16~23)을 통해 임화가 자신이 중시하는 '인간탐구와 고뇌의 정신'을 현대문학의 부패의 가장 중요한 원인이라고 비판한 데 대해 반박한다. 그는 이 글에서 평단의 비판이 그의 인간탐구론에 대한 정당한 비판이라기보다는 중상에 가까운 비난과 욕설이라고 단정한다. 이는 임화가 자신의 인간탐구론의 본질을 제대로 파악하지 못한 결과에서 파생된 것이라고 전제하면서 자신의 추구하고 있는 인간탐구론에 대해 진술한다.

> ……本來에 있서 나의 人間探求論은 맑스의 人間에 對한 理解인 限에서 그것을 反對하지 안을 뿐 아니라 嚴然히 그것을 攝取하면서 出發햇든 까닭이다. 내가 反對하고 出版한 것은 '맑스'의 人間見解에 對한 것이 아니고 人間에 對한 프로文學의 機械的 傾向에 對한 것이엇다는 것은 實로 明白한 事實이엇다. 그것은 '맑스'의 人間 理解와 그 評價에 對한 훌륭한 敎訓이엇음에 不拘하고 過去의 프로文學의 人間을 正當하게 理解 描寫하지 못할 뿐 아니라 人間을 類型化하고 抽象化하고 公式化하고 槪念化햇든 까닭이엇다.28)

여기에서 우리는 중요한 사실을 발견할 수 있는데, 그것은 백철이 마르크스주의 인간관을 부정하고 있지 않다는 점이다. 즉 그가 아직까지도 마르크스주의적 인간관에 대해 긍정적으로 이해하고 있으며 그 가치에 대해서도 '훌륭한 교훈'이었다고 할 정도로 호의적으로 평가하고 있다는 것이다.29) 이러한 점은 그의 휴머니즘 문학의 본질과 흐름을 파악하는 데 결정적인 단서를 제공한다. 그는 마르크스의 인간관에 대해 이렇듯 호감을 갖는 데에 반해 프로문학이 인간을 유형화, 추상화하고 개념화, 공식

---

28) 백철, 「批判과 中傷—最近의 批評的 傾向」, ≪朝鮮日報≫, 1936. 9. 19.
29) 이러한 면은 그의 자서전에서도 엿볼 수 있다. 즉 "나는 34년도 「人間描寫의 時代」로써 프로문학으로부터 이탈을 선언한 격이 되고 형무소에서 나와서는 더욱 그 방향전환의 뜻을 강조키 위하여 人間探求論 휴머니즘의 歡迎깃빨을 내세우고 있었으나 정말 객관적으로 내가 하고 있는 문학심리란 것은 본질적으로 변한 것이 아니었다."(355쪽)라고 한 데서 발견할 수 있다.

화한 것에 대해 신랄한 비판을 가하고 있는 것이다. 이러한 사실로 보아 프로문학과 마르크스주의의 인간관이 서로 다름을 인지할 수 있는데, 백철은 이와 같은 결과를 프로문학이 마르크스주의의 인간관을 제대로 인식하지 못한 데서 나온 것이라고 언급한다. 이어 그는 이러한 자신의 견해에 대한 타당성을 입증하기 위해 고리끼의 말 중 "同志로서의 人間은 그 人間 自身의 正體가 全然 消失되리만치 빗나는 光名 가운데 描出되고 敵으로서의 人間은 오직 單色 暗暗한 거이 全境遇가 患者로 描寫되고 잇다. 나는 그것을 正當하다고 생각할 수 업다."30)를 인용한다. 이 글에서 백철이 고리끼의 말을 인용하여 임화의 견해를 비판하고 프로문학의 인간관에 대한 잘못을 지적한 것은 결국 그의 휴머니즘 문학이 고리끼의 문학관과 동궤를 이루고 있음을 반영하는 것이다. 이를 통해 볼 때 전향 이후 그를 마르크스주의의 세계관에서 완전히 벗어난 것으로 평가하는 것은 잘못 파악한 것으로 여겨진다.

이렇듯 백철이 프로문학의 기계주의적이고 도식화된 인간관을 비판하여 다다른 곳은 인간의 개성과 특수성을 충분히 발휘하는 동시에 인간의 사회적 보편성을 충실하게 반영한 인간탐구론이다.

> 一般으로 流行하는그 不安性……이 아니고 不安하고 暗黑한 現實 가운데 自進하야 正面으로 當着하며 苦忍 苦鬪하는……精神"이며 "그 悲慘한 苦惱 가운데서 언제나 反逆의 精神을 不○하며 그 가운데서 一定한 未來에 그 苦惱에서 버서날 것을 豫見하며……그 苦痛 가운데서 自暴自棄에 떠러지지 안코 항상 慧智를 가지고 苦鬪"은 가는 人間을 말한 것이었다.31)

위 글에서 주목해야 할 것은 그가 추구하는 인간이 "一定한 未來에 그 苦惱에서 버서날 것을 豫見"하고, "未來의 光名을 探掘하는"32) 것인데,

---

30) 백철, 앞의 글, 「批判과 中傷―最近의 批評的 傾向」, 1936. 9. 20.
31) 위의 글, 1936. 9. 21.
32) 위의 글, 1936. 9. 22.

여기에서 백철의 인간탐구론이 미래지향적임을 알 수 있다. 이는 그가 유토피아 세계를 꿈꾸고 있었던 것으로 파악할 수 있게 해준다.

이러한 유토피아의식이 탄생하려면 일정 정도 조건을 필요로 한다. 그것은 근대란 무엇인가 하는 끊임없는 회의이다. 이러한 회의는 근대의 영광과 실패 사이에서 원자화된 근대적 인간들에게 계속해서 다가오는 비극적인 자기인식의 문제이다. 그들의 비극은 이 세계와 자연에 대하여 기술적 지배가 주는 위대성과 형이상학적인 영원성 관념의 결핍이 주는 비참 사이에서 온 것이었다.33) 이 위대성과 비참의 괴리가 주는 비극적 인식에서 변화된 시간의식에 의해 조정되는 근대성에 대한 비판적 성찰로서의 질서의식과 유토피아의식이 탄생한다.34) 여기에서 유토피아란 무엇인가. 이 유토피아의식은 기독교의 붕괴와 현 상태에 있어 세계의 불완전함에 대한 극심한 혐오로부터 싹튼 미래지향적인 의식을 일컫는다.35) 즉 끊임없이 전진하는 시간에 대한 미래에의 지각 실패와 파편화된 시간의식에서 배태된 근대에 대한 '위기'의 관념이 새로운 질서와 유토피아의 지향성으로 나타난 것이라 할 수 있다.36) 백철은 자기 나름대로 이러한 근대에 대한 불안에서 탈출할 목적으로 유토피아를 지향한 것이다.37) 구체적으로 타율적인 근대라 할 수 있는 식민지 지배체제 하에서 벗어난 세계, 즉 인간이 억압받지 않고 마음대로 자유를 구가할 수 있는 세계를 일컫는다. 이러한 세계를 이루기 위해 그는 현재의 인간의 고뇌상을 충실

---

33) 橫松涉 外, 『近代の超克論』, 講談社, 1989, 72쪽.
34) 송기한, 『한국 전후시와 시간의식』, 태학사, 1996, 48쪽.
35) M. Calinescu, 『모더니티의 다섯 얼굴』, 이영욱 외 옮김, 시각과 언어, 1993, 76~77쪽 참조.
36) 송기한, 앞의 책, 49쪽.
37) 이러한 유토피아 의식은 다음 구절에서도 볼 수 있다. 백철의 세 번째 공판 과정, 즉 "판사가 나를 향하여 어떻게 해서 공산주의 같은 신봉하게 되었느냐고 물었을 때에 나는 다른 피고들처럼 구구한 변명을 하지 않고 詩人은 꿈을 즐기는 사람이다. 그 어디인가 유토피아가 있는 것을 믿으며 그 유토피아를 찾아서 여행을 하는 사람들이라고 하였다."(그의 자서전, 329쪽)라고 한 데서 말이다.

하게 그려냈던 것이다.

또한 백철은, 문학자는 "決코 苦惱를 避하고 사양할 것이 아니라 도리혀 積極的으로 自進하야 그 苦惱 가운데 뛰여들고 거기서 苦腦와 어우러저 格鬪할 때에 文學者의 그 稀貴한 自己 抛棄의 地에 依하야 도리혀 그 苦腦를 克服하게 되는 過程"38)을 발견해야 한다고 언급한다. 여기에서 자기포기의 상태란 호연지기의 심혼을 체득하기 위하여 능히 현재의 혼을 자진하여 포기하는 상태에 도달하는 것을 말한다. 현재의 자신의 모든 것을 포기하고 새롭게 고민의 장으로 나아가야 한다는 것이다. 이러한 고민하는 수련을 통할 때, 그리고 심오한 고뇌를 겪고 죄의 심연에 침윤(沈淪)할 때, "人間은 自己의 眞實한 魂을 自覺하는 境地에 適至"39)하는 것이 가능하다는 것이다.

그가 이처럼 고민하는 인간의 모습을 추구했던 것은 프로문학작품에 등장하는 인물이 고민하는 인간형이 아닌 데에 대한 반발에 의한 것으로 파악할 수 있다. 또 여기에서 간과하지 말아야 할 것은 백철의 주체분열을 엿볼 수 있다는 것이다. 즉, 그는 의식적인 주체와 무의식적인 주체를 발견한 것이다. 의식적인 주체는 현재 고민하지 않고 주어진 현실대로 살아가는 자아를 말하는 것이요 무의식적 주체는 당대 현실적 모순을 극복하기 위해 고민하는 자아를 일컫는다. 이를 통해 볼 때 백철은 당시 식민지 현실 속에서 살아가는 문인들의 심리, 즉 식민지 모순이 점점 첨예화되고 일제가 군국주의의 본질을 노골적으로 드러내면서 나타난 문인들에 대한 탄압이 점점 심해지고 있을 때40)의 문인들의 심리를 정확하게 꿰뚫

---

38) 백철, 「批判과 中傷―最近의 批評的 傾向」, 《朝鮮日報》, 1936. 9. 22

39) 백철, 「苦憫과 文學」, 《朝鮮日報》, 1936. 4. 24.

40) 이 당시 문단 상황은 그의 자서전에도 나와 있다.
   "조선총독부 당국의 〈新聞編輯에 관한 희망 및 주의사항〉을 보면 제1항에 일본 皇室의 존엄을 모독할 염려가 있는 기사와 사진을 일체 취급하지 말 것을 비롯하여 "排日의 자료를 제공하는 기사, 日・韓合作을 비롯한 內鮮관계의 史料에서 비분강개의 文章字句……高麗말기의 충신・전사를 칭찬하는 문장으로써……병합전후의 상황을 비유하는 기사… 등은 게재해서는 안된다"고 하고 또 "內鮮一體 및 內鮮 융화에 관한 기사는 그 예

고 있음을 확인할 수 있다. 그래서 그는 과감히 의식적인 '현재의 자신을 포기하는 것'을 강조했던 것이다.

이와 같이 임화의 글에 대한 비판과 프로문학의 문제점을 지적한 그는 다음과 같이 언급한다.

> 果然 내가 認證한 그 모든 名句와 卓見에는 史的 史實로서 往往히 矛盾되는 境遇가 잇다고 하더라도 그 認證이 現實的으로 要求되는 課題를 追求하는 途程에 刺戟을 주고 確信을 復興한 점에 잇서는 充分히 現實的 意義를 保持한 것이라고 생각이 된다.41)

여기에서 그는 자신의 비평에 대한 한계와 모순을 인정42)하는 동시에 현실적으로 요구되는 과제를 제시하고 있다는 점에서 의의를 지닌다고 자평한다.43) 이처럼 자신의 인간탐구론에 대한 의의를 밝히는 이면에는 카프 문인들의 부정적인 시각을 일축하고자 하는 욕망이 자리하고 있었던 것으로 보인다. 따라서 이 시기 그의 휴머니즘 문학은 미래에 대한 낙관적인 전망을 견지한 채 고민하는 주체를 담아내고자 심혈을 기울였던 것으로 평가할 수 있다.

가 극히 적은 것이 유감이다. 이후로는 단지 형식적으로 흐르지 말고 성의를 가지고 차종의 선량한 기사를 취급할 것." 더욱이 다음과 같이 문학운동에 치명적인 강요가 된 것은 총독부의 國語(日本語)장려에 순응하여 이후 될 수 있는대로 국어기사를 다수 취급할 것이라는 항목이었다."(백철, 『진리와 현실』(상), 박영사, 1975, 364쪽)

41) 백철, 「批判과 中傷-最近의 批評的 傾向」, 앞의 글, 1936. 9. 18.

42) 그는 자서전에서도 자신의 글이 "체질적으로 論理性이 약하고 구조가 허술한 점"(백철, 위의 책, 348쪽)이 있다고 서술하고 있다.

43) 박용찬은, 백철의 인간탐구론이 비록 추상적이고 막연하긴 했지만 작가들의 자세문제와 평단의 이슈로 뚜렷한 논점을 제공한 것은 전형기 비평의 선구로서 손색이 없을 뿐 아니라 파시즘이 횡행하는 암흑의 시대에 인간성 옹호를 문제 삼았다는 점 또한 간과할 수 없다고 진술하고 있다. (박용찬, 「1930년대 백철 문학론 연구」, 경북대 석사학위논문, 1984, 67쪽)

2. 서구의 근대 극복으로서의 휴머니즘 문학과 동양정신

1) 서구 근대성 비판으로서의 휴머니즘

1930년대 초반에 사회주의 사상 및 그것과 결부된 민중운동에 집중적인 탄압을 가하던 일제는 1937년을 전후하여 점차 합법적인 민족주의운동도 철저히 탄압하기에 이른다.[44] 즉 일제는 이 시기 들어 조선의 민족운동을 철저히 탄압하여 '황민화=일본천황의 신민화(臣民化)'를 꾀하고, 한편으로 조선의 인적, 물적 자원을 최대한 전쟁에 동원하고자 했던 것이다. 이에 따라 조선의 문인들 중 '내선일체화'의 정책에 동조하는 경우가 많아졌다.

이러한 일본의 군국주의의 노골화와 서구에서의 파시즘의 확장에 의해 백철의 휴머니즘 문학은 또 한 차례 변모하기 시작한다. 이 시기 그의 휴머니즘은 서구 자본주의의 최후의 양상인 파시즘에 대한 비판 양상으로 나타난다.

백철이 근대를 가져왔던 부르조아지의 건전한 비판정신에 대해 언급한 것은 1932년경이다.

> ……今日의 그들(부르조아)의 文化的 危機를 생각할 째에도 注目해야 할 것은 부르조아 文化 및 藝術은 처음부터 今日과 가튼 危機의 深度를 갓고 잇지 아녓다는 것이다.
> 宮本顯治도 그의 論文「부르조아 作家 批判을 위하야」에서 正當히 指摘하고 잇는 바와 가티 '그들─부르조아 作家들이 封建的 心理와 觀念的 形態에 對한 批判으로서 나타나슬 째에는 進步的 任務를 갓고 잇섯다. ……그러나 부르조아지 階級으로서의 進步性을 喪失하고 反對로 自己의 對立物로서 나타난 프로레타리아트를 抑壓하는 것으로서 自己의 支配의 時日을 延長식히려고 하는 今日에는 이러한 文化的 諸形態도 客觀的으로는 부르조아지의 反

---

44) 강재언, 『한국근대사』, 한울, 1990, 199~209쪽 참조.

動的 支配의 것으로 存在하게 된다. 그리고 그들은 "前進을 中止하고 逆行을 시작하는 것을 意味하는"(부레하놉)歷史的 階段에 直面하고 잇는 것이다.

　　그것과 마찬가지로 부르조아지가 歷史的으로 生活의 進步性을 일키 시작하는 째에 부르조아 文化의 危機도 發生하기 시작되어 그의 一般的 矛盾이 擴大됨을 따라 現在와 가튼 深度에 發展되게 된 것이다.45)

위 인용문을 통해 부르조아 작가들이 처음에는 봉건적 심리와 관념적 형태에 대한 비판으로부터 출발했다는 사실을 알 수 있다. 즉 이는 자본주의가 태동하던 시기의 부르조아지의 건강성을 보여주는 것이라 할 수 있다. 여기에서 백철은 과거의 부르조아지와 금일의 부르조아지의 비교를 통해 초기 부르조아지가 지녔던 봉건주의에 대한 비판정신을 재발견하고자 하였는데, 이를 통해 백철이 서구의 근대성을 그 나름대로 정확하게 이해하고 있었음을 알 수 있다.

그렇다면 여기에서 말하는 '근대성(modernity)'46)이란 무엇인가. 이 근대성에 대한 해명은 백철이 서구의 근대성을 비판하고 전통으로의 회귀를 모색하여 새롭게 형성하려고 한 휴머니즘 문학을 이해하는 단초로 작용할 수 있다.

일반적으로 근대성은 모더니즘(modernism)47)과는 달리 어느 특정한 시기에 국한되는 것이 아니라 거의 전 시대에 걸쳐 나타나는 새로운 것(new), 전위적인 것, 진보적인 것으로 인식되고 있다. 이러한 것들은

---

45) 백철, 「滅亡하는 文學과 優越性 잇는 文學」, 『第一線』, 1932. 10, 92쪽.

46) 혹자는 모더니티를 '근대성'이라 번역하지 않고 '현대성'으로 번역하기도 하는데, 이는 모더니티의 현재적 영향력과 당위성을 강조하는 입장이다. 그리고 '근대성'이라 부르는 경우는 현재 모더니티에 대한 전면적인 성찰이 진행되고 있다는 점을 강조하면서 모더니티 전반에 걸친 비판적 검토를 중시여기는 입장이다.(장성만, 「개항기의 한국사회와 근대성의 형성」, 김성기 편, 『모더니티란 무엇인가』, 민음사, 1994, 261쪽) 백낙청 또한 '모더니티'를 '근대성'으로 번역하고 있다.(백낙청, 「문학과 예술에서의 근대성 문제」, 『창작과 비평』, 1993년 겨울호) 따라서 필자는 modern과 modernity를 16세기 이후 세계사적 보편성을 일컫는 근대와 근대성으로 번역하고자 한다.

47) 모더니즘의 개념은 어떤 특정 시기에 일어났던 일회적인 성격을 갖는다는 점에서 모더니티와 구별된다.

어떤 동질적인 모습을 갖고 반복되는 것이 아니라 A, B, C로 대표되는 각각의 시대마다 차별성을 가지면서 나타난다. 가령 이성과 합리성이 지배하는 사회에서 이성과 합리성이 그 시대의 모더니티였다면, 이성이 불신된 사회에서는 그 시대의 새로운 모더니티가 되는 것이다.48)

이러한 근대성은 계몽에 대한 충실한 믿음으로부터 출발하였다. 즉 호르크하이머와 아도르노가 "원래부터 계몽은 진보적인 사유의 가장 포괄적인 의미에서 인간들로부터 공포감을 없애주고 인간들을 주인으로서 설정하려는 목표를 추구해 왔다."고 언급한 것처럼 긍정적으로 시작되었다. 그러나 이는 "완전히 계몽된 지상이란 불행의 승리라는 징표를 비추고 있"49)었다. 즉 이성이 점차 생활세계로 침범해 들어옴으로써 인간들에게 의사소통적 위기를 초래하기에 이르렀던 것이다. 하버마스는 이를 이성이 본궤도에서 벗어난 도구화된 이성으로 보고 있다.50)

이처럼 근대성은 발전의 원칙, 과학과 기술의 가능성, 이성 숭배, 그리고 자유의 관념 등 무엇보다도 인간 이성에 대한 굳은 믿음과 더불어 세계가 전반적으로 합리화되어 간다는 것을 의미한다.51) 또 한편으로 이는 비정한 경제적 착취와 냉담한 사회적 무관심을 특징으로 하는 것이며, 야만적으로 소외되고 원자화된 사회가 등장함으로써 심각한 혼란과 불안정, 좌절과 분노 등을 가져오는 것이라 할 수 있다.52) 근대의 이러한 이중성, 모순성을 백철은 자기 나름대로 인식하고 있었던 것으로 보인다.

그래서 그는 서구의 근대에 대해 비판하게 되는데, 이는 결국 파시즘에 대한 거부를 의미한다. 파시즘은 서구 자본주의의 최후의 발전을 의미하

---

48) 송기한, 앞의 책, 43~44쪽 참조.
49) M. Horkheimer & T. W. Adorno, 『계몽의 변증법』, 김유동 외 역, 문예출판사, 1995, 17쪽.
50) J. Habermas, 『현대성의 철학적 담론』, 이진우 역, 문예출판사, 1994, 143~153쪽 참조.
51) Rovert B. Pippin, *Modernity as a Philosophical Problem*, Cambridge : Bacil Blackwell, 1991, 4~20면 참조.
52) Perry Anderson, 「근대성과 혁명」, 김영희 역, 『창작과 비평사』, 1993년 여름호, 338쪽.

는 것으로 그는 이를 '역행자'라고 비난한다. 이와 같은 그의 근대에 대한 부정적 인식으로 말미암아 금일에 일부 유행하는 파시즘 문학에 대해 "政治的 奴隷에 不過한 것"이라고 비판하고, "人間의 聖嚴한 精神을 代表하는 文學의 主流가 히틀러와 같은 野蠻人의 奴隷[53]일 수 없다고 하여 강력하게 부정한다. 이처럼 파시즘의 문학을 부인하는 것은 이 문학이 당시 현실에서는 불가능한 조건을 갖추었다고 하는 의미보다 근본으로 그것을 문학주류로 볼 수 없는 까닭이며, 그리고 정치현상에는 반드시 일정한 문학주류가 그대로 동반된다는 과거의 기계주의적 견해를 부인하는 것을 의미한다. 파시즘 문학에 대한 백철의 이러한 견해로 볼 때 이 시기 그의 문학관은 서구 근대성에 대한 비판적인 입장과 마르크스주의에 대한 긍정적인 입장을 동시에 견지하고 있었던 것으로 사료된다.

이 시기 백철의 휴머니즘론은 '지식의 옹호'라든가 '문화의 옹호'에서 점차 '인간성의 옹호', '인간생명의 옹호'라는 휴머니즘적 방향으로 선회한다. 그래서 그는 금일의 휴머니즘은 전체적인 것과 개인적인 것이 절실히 결합될 것을 강조한다.

먼저 그는 「우리 文壇과 휴매니즘-그 具體的 論議를 爲하야」(≪朝鮮日報≫, 1936. 12. 23~27)에서 르네상스 시기의 휴머니즘과 금일의 휴머니즘을 비교하면서 휴머니즘의 지향점을 찾고 있다.[54]

今日의 휴매니즘이 過去의 휴매니즘의 反復이 아닌 것만은 더 말할 것도 업거니와 적어도 主流로서 두 가지 휴매니즘의 非規定的 性格만은 共通된 것이엇다. 말하면 中世紀末이나 今日과 가튼 現實 가운데서 發生하는 文學은 그 主流로서 明確한 것을 가질 수 업다. 그것은 今日에 잇어 우리들이 現實에 對하야 寫實的으로 眞實한 것을 把握할 수도 업고 未來에 對하야도 明確한 通案을 가질 수 업는 時代인 때문이다.[55]

---

53) 백철, 「파시즘은 文學의 主流가 아니다」, 『三千里』, 1936. 6.
54) 이 글에서부터 백철은 '인간묘사' 혹은 '인간탐구'라는 용어를 '휴머니즘'으로 바꾸어 사용하기 시작한다.

또한 그는 휴머니즘의 가장 큰 특질을 '무규정, 무한정성'이라고 언급하고 있다. 이러한 그의 휴머니즘의 입장은 불과 몇 개월 전에 주장하던 '고뇌하는 주체'에서 일보 후퇴한 듯한 느낌을 준다. 그는 현 시대 자체가 불명확한 시대이므로, 이런 시대에서는 리얼리즘도 낭만주의도 그 의의를 상실할 수밖에 없으며, 단지 막연하고 무규정적인 특색을 드러내는 휴머니즘만이 존재하게 됨을 드러낸 것이다.

이에 대해 김오성은 휴머니즘이 무성격이 될 수 없다고 하면서 백철이 휴머니즘을 무성격, 무규정성으로 규정한 것에 대한 잘못을 지적한다. 이는 "만일 휴맨이즘이 純한 一時的 流行이 아니고 今日人의 切實한 現實的 要求 위에서 나타나는 것이라면 휴맨이즘은 지금의 無性格 狀態을 克復하고 世界觀的 人生觀的 思想的 根據를 獲得해야 할 것"56)이라고 지적한 데서 살펴볼 수 있다.

그러나 앞에서 백철이 휴머니즘을 '막연하고 무규정적'이라고 규정한 것은 휴머니즘에 대해 호도하고 있는 것이 아니라, 휴머니즘의 이러한 일반성과 막연성에 대한 자각을 통해 도리어 "個性的이요 規定的이요 積極的인 곳"까지 나아가는 것을 전제로 언급한 것이다. 그리하여 금일의 휴머니즘은 과거의 모든 인간적 주장에 대한 것에서 탈피하여 인도주의와 인간적 교양을 비판하고 새로운 인간을 탐구해야 한다고 주장한다. 이 시기의 휴머니즘은 "人間이 新生하는 積極的 意味"를 기저에 두고 있다는 점에서 역사적 의의를 지닌다. 우리는 백철의 휴머니즘이 구체적인 양상에서 점차 추상적인 색채를 보인 근거를 당시 문단의 침체된 상황에서 찾을 수 있다.

1937년 벽두에서부터 시작된 《朝鮮日報》의 「新年座談會」(1937.

---

55) 백철, 「우리 文壇과 휴매니즘─그 具體的 論議를 爲하야」(《朝鮮日報》, 1936. 12. 27.
56) 金午星, 「휴맨이즘 文學의 正常的 發展을 爲하야」, 『朝光』, 1937. 6, 319쪽.
　　그는, 이 글에서 휴머니즘 문학은 금일의 불안을 극복할 수 있는 주체적인 인간, 능동적 인간을 창조해야 하고, 이러한 창조적인 리얼리즘 위에 휴머니즘의 정신이 자리잡을 것이라고 진술하여 그의 휴머니즘 입장을 엿볼 수 있다.

1. 1)와 이후 ≪東亞日報≫의 기획특집 「文壇打診卽問卽答記」(1937. 6. 3~8)는 이러한 상황을 반영한다. 이 특집을 통해 휴머니즘에 대한 찬반 논의가 활발하게 전개된다. 먼저 조선일보 좌담회에서 백철은 불안과 암흑의 정세 아래에서 지식인이 양심적으로 살아가기 위해선 자연히 휴머니즘이 문제가 된다고 하여 그의 휴머니즘론이 지식인의 자세문제와 관련되어 있음을 밝힌 반면, 이헌구는 파시즘이 극도에 달한 조선에서는 휴머니즘이 논의될 수 없다고 보았다.

이헌구의 휴머니즘론에 대한 입장에 대해 백철은 오히려 파시즘이 극도에 달했으니까 이러한 파시즘을 극복하기 위해 휴머니즘을 논의해야 된다 라는 견해를 보여준다. 이 시기 그의 휴머니즘은 서구의 파시즘을 비판하기 위한 근대성의 논리와 결합되어 나타나기 시작한다.

먼저 백철은 「웰컴! 휴머니즘」(『朝光』, 1937. 1)에서 37년도 문단의 적극적인 주류가 있는 시기는 아니라고 하면서도 문단의 주류는 휴머니즘이 되어야 한다고 진술한다.

> 主流로서 明確하고 積極的인 것이 아니면서 一面으로는 個性的이고 積極的인 主流일 수 있는 것, 말하면 明確性이 缺如되어 있는 그곳에서 도리여 一個의 個性的인 것이 있을 수 있다는 것은 今日의 그 主流가 普遍的인 것과 個性的인 것을 同時에 表現하고 있는 것, 한편으로는 規定할 수 없는 것인 동시에 한편으로는 明白히 規定할 수 있는 性格을 갖인 主流일 것이다.
> 그렇게 생각할 때에 우리들은 쉽게 今日 文壇의 主流로서 휴먼이즘을 생각할 수 있다. 하나 그것은 내가 너무 意識的으로 휴먼이즘을 輸入하는 傾向으로 表現이 되어서는 안될 것이다."[57)

그는 휴머니즘에 대해 '명확하고 적극적인 것'이 아니면서도 '개성적이고 적극적인 것'이고 '규정할 수 없는 것'이면서도 명백히 '규정할 수 있는

---

57) 백철, 「웰컴! 휴머니즘」, 『朝光』, 1937. 1, 291쪽.

성격'을 지닌 것이라고 언급하고 있다. 여기에서 경계해야 될 것은 의식
적으로 휴머니즘을 수입하려는 경향이라는 것이다. 그래서 그는 프랑스
에서 유행한 서구의 휴머니즘을 제대로 수용해야 된다 라는 입장을 보여
준다. 왜냐하면 그는 금일의 휴머니즘이 불란서 중심으로 일어난 원인을
불란서문학의 전통에 의해서라기보다는 독일과 접경해 있는 인접국이라
는 데에서 찾고 있기 때문이다.58) 이는 서구 불란서 현실과 식민지 조선
의 현실이 엄연히 차이가 있음을 보여주는 것이고 또한 이는 금일의 서구
휴머니즘을 수입하되 조선현실에 맞게 수용해야 된다 라는 의미를 내포
하고 있다.

　금일의 휴머니즘에 대한 본질을 정확하게 드러내기 위해 그는 과거의
휴머니즘과 금일의 휴머니즘의 차이를 언급한다.

> 　文藝復興期의 휴먼이즘이라는 것은 古代社會와 그 人間에 對한 鄕愁的인
> 行動이었다. 今日의 휴먼이즘은 …… 過去의 어느 時代와 社會에 대한 追想
> 과 鄕望이 아니고 未來에 대한 追求精神의 表現이다.
> 　過去의 휴먼이즘이 現實的으로 消極的인 文學主流인데 代하야 今日의 휴
> 먼이즘은 現實的으로 積極的인 것이라고 볼 수 있는 것이다.59)

　문예부흥시대의 휴머니즘이라는 것이 고전을 통한 인간성에의 추구라
고 한다면, 새로운 문학에서의 휴머니즘은 그러한 향수의 태도에 의미가
있는 것이 아니라 미래에 대한 추구 정신의 표현이라는 것이다. 즉 휴머
니즘의 문학은 미래의 새로운 인간형을 탐구하는 것이라 할 수 있다.

---

58) 백철, 「우리 文壇과 휴매니즘—그 具體的 論議를 爲하야」, ≪朝鮮日報≫, 1936. 12. 24.
　　그는 금일의 휴머니즘이 외국에서 문단의 주류로 대두된 것이 현대 지식인들이 정치적
　　바바리즘 앞에서 그의 지식과 양심을 유지하지 못하게 될 때, 인간으로서 생명과 인간성
　　을 보지(保持)하지 못할 때에 나타난 적극적인 행동에 의해서가 아니라 정치적 바바리즘
　　을 반대하는 공유를 통해 금일의 인간의 모럴리즘과 행동성을 생각한 것에 의한 것이라
　　고 주장한다.
59) 백철, 「웰컴! 휴머니즘」, 앞의 글, 295쪽.

여기에서 미래에 대한 추구정신은 그가 말한 유토피아 정신을 일컫는 것으로, 이는 금일의 적극적인 대응양식으로서만 가능한 것이다. 여기에서 그의 현실 비판적인 문학관을 엿볼 수 있다. 즉 그는 철저한 리얼리스트이면서 현실에서는 불가능한 미래에 대한 유토피아 세계를 꿈꾼다. 그는 유럽과 일본 문단의 휴머니즘을 우리 문단의 적극적 주류로 맞아들여 "現狀에 對한 克服, 周圍의 壓力에 對한 反逆의 勇氣"를 가지는 한편 휴머니즘이란 "世界的 情熱 가운데" 뛰어들어야 한다고 본 것이다. 즉 그가 주장하는 휴머니즘 문학은 "今日 리얼리즘의 唯一한 進取의 길이며 거기에서 今日 리얼리즘은 비로서 深化가 되고 發展되리라고 생각한다."60)고 한 것처럼 리얼리즘 문학과의 밀접한 관련을 맺고 있다. 이러한 점으로 보아 그가 추구하는 휴머니즘은 당시 현실적인 바탕 위에 형성된 것임을 알 수 있다.

또한 그는 금일의 휴머니즘의 성격을 다음과 같이 부연하여 규정한다. 첫째, 뚜렷하고 명확성이 결여되어 있는 것, 둘째, 막연하고 일반적인 것이면서도 오직 개성에 의하여 규정되고 명확한 성격으로 표시된다는 것, 셋째, 과거의 휴머니즘이 현실적으로 소극적인 문학적 주류임에 비하여 오늘날의 휴머니즘은 현실로 가득찼다는 것이다.61) 이를 통해 백철은 인간이 전진하여 정치를 논하고 문화를 논하는 것보다 먼저 인간성의 유지와 생의 가능성을 요구하는 데에서 휴머니즘의 본질을 찾고 있다. 즉 그는 휴머니즘을 현실과의 공유 속에서 가능한 것으로 보면서도 현실보다는 인간성 옹호에 더 주안점을 두어야 하는 것으로 규정하고 있다.

이러한 그의 휴머니즘에 대한 견해는 「知識階級의 擁護-휴맨이즘의 名譽를 위하야」(≪朝鮮日報≫, 1937. 5. 25~30)에서도 엿볼 수 있다. 그는 여기에서 세 가지의 휴머니즘, 즉 러시아에서 진행 중인 코뮤니즘적 휴머니즘과 정반대로 독일 등에서 말하는 국민주의적 휴머니즘, 그리고

---

60) 백철, 「리얼리즘의 再考─그 '앤티·휴먼'의 傾向에 對하야」, 『四海公論』, 1937. 1, 49쪽.
61) 백철, 「웰컴! 휴먼이즘」, 앞의 글, 291~294쪽 참조.

불란서작가대회 등에서 제창해 온 인테리겐차의 휴머니즘으로 나눈 뒤,
지금 시점에서는 인테리겐차의 휴머니즘을 옹호해야 한다고 주장한다.
그러니까 그는 서구 근대의 부정성을 비판하기 위해 인테리겐차 휴머니
즘을 내세운 것이다. 그가 이와 같이 주장하게 된 배경에는 지드의 영향
이 크게 작용하게 된다.

> ……年前 지-드의 行爲에 對하야 世上의 시끄럽게 그의 轉向을 말할 때에
> 지-드가 "나의 態度에 關하야 敗○[北 : 인용자]이란 말은 當치 안타. 나는
> 지금것 한번도 方向을 轉換한 일이 업는 때문이다. 나는 언제나 自己의 길
> 을 바른데로 거러왓다. 그리고 지금도 그 거름(步)을 계속하고 잇을 뿐이
> 다…"라고 對答햇다면 이번에 反動說에 대하야도 가튼 意味에서 "나의 態度
> 에 對하야 反動이란 말은 當치 안타…"라고 對答할 수 있을 줄 안다.62)

여기에서 주목해야 될 것은 백철이 주장하는 휴머니즘에 대해 '반동'이
라고 하는 말이 타당치 않다는 점이다. 이것은 앙드레 지드가 전향한 사
실이 없다고 한 것처럼, 자신도 전향한 사실이 없거니와 그렇기 때문에
'반동'이란 말이 어울리지 않는다는 말이다.63) 이러한 그의 견해는 그가

---

62) 백철, 「知識階級의 擁護-휴맨이즘의 名譽를 위하야」, 《朝鮮日報》, 1937. 5. 25.

63) 이러한 견해는 "最近 지-드에 對하야 反動 云云하지만 지-드 自身의 생각이 아니라 우리
들의 立場에서 보더라도 그 行爲를 단순한 反動이 아니오 도리혀 하나의 進展하는 過程
이라고 볼만한 理由가 잇는 줄 안다 웨그러냐하면 지-드가 이상으로 생각햇든 그 歷史와
現在의 그 社會가 맛지 안흔 것을 機械的으로 合致시키느니보다도 一步 물러서서 그것을
諦觀하는 데서부터 再出發하는 것이 지-드가 良心的인 知識人으로서 콤뮤니즘에 接近하
는 唯一의 確實한 길이기 때문이다."[강조 : 인용자](위의 글, 1937. 5. 27)에서 구체
적으로 드러난다.

    이와 비슷한 맥락은 백철이 조선 문화의 한계를 논의하는 과정에서도 자신의 입장을
동일선상에서 피력하기 위해 지드의 말을 인용한 데서 엿볼 수 있다. 즉 "내 自身에 對하
야 말하면 나는 어데까지든지 佛蘭西人이면서 어데까지든디 國際主義者일 수 있다고 主
張하는 바이다. ……내가 衷心으로 컴뮤니즘에 贊同하면서 그 贊同 때문에 도리혀 어데
까지든지 個人主義者 일 수도 있다는 것을 主張하는 것과 마찬가지다. 무엇 때문이냐. 하
면 各人은 個性的인데서 비로서 最善으로 共同體에 奉仕할 수 있는 까닭이다."(백철, 「文
化의 조선의 限界性」, 『四海公論』, 1937. 3, 18~19쪽)이라고 한데서 말이다. 이를 통
해 볼 때 백철이 지드를 상당히 신봉하고 있었음을 알 수 있다.

줄곧 휴머니즘을 주장해 오면서 마르크스주의를 기계적으로 도입한 카프 문학에 대해 비판했을지라도 마르크스주의를 포기하지 않았던 점을 상기해 볼 때 수긍되는 면이 없지 않다. 그가 끊임없이 현실과 휴머니즘과의 밀접한 관계의 중요성을 여러 차례 언급한 사실을 감안해보면 그의 휴머니즘에 대한 모든 것을 '반동'으로 평가하는 카프 문인들의 견해는 고려해 볼 필요가 있다고 생각된다. 그러나 백철은 현실에 바탕을 둔 휴머니즘을 주장하면서도 인간성 옹호라는 측면을 더 부각시키고 있는데, 이 때문에 부정적으로 평가되는 점은 부인하기 어렵다.

여기에서 그는 휴머니즘에 대해 정의를 다시 내리고 있다. 즉 휴머니즘은 금일의 그런 불안과 위기와 패배에 저항하고 지식인이 재기하는 태도요, 분열된 자아와 지성을 재생시키려는 행위라는 것이다.64) 결국 이는 서구의 근대에 대한 비판에 주안점을 둔 것에 다름 아니다. 다시 말하면 서구의 파행적인 근대에 굴복하지 않고 저항하는 양심적인 지식인의 입장에서 휴머니즘을 전개하겠다는 의지를 반영한 것이라 할 수 있다. 이를 통해 볼 때 그의 휴머니즘은 그 나름대로의 견해를 분명히 간직하고 있었다고 할 수 있다.

이어 그는 서구의 파행적인 근대를 비판하기 위해 휴머니즘에 동양적인 전통을 결부시킬 것을 주장한다. 그는 "文學은 現在의 것인 同時에 傳統의 그것이다. …… 그 實質的 條件이 主體的으로 濃熟한 同時에 다시 傳統的으로 모든 것이 準備됨을 기다려서 비로소 그 生活은 眞實한 文學主流로 될 줄 생각한다."65)고 하여 휴머니즘이 문단의 주류로 정착하기 위해서는 현재의 실질적 조건과 전통적인 것의 준비가 필요하다는 것이다.

그러나 이에 대해 한설야는 그의 휴머니즘은 "다만 漠然히 東京文壇에서 論議를 그냥 가져오는 것으로도 볼 수 잇으나 그 곳에서 提唱되는 이른바 휴매니즘도 별로 들을 만한 뿌리의 깁이가 없다."66)고 공격한다.

---

64) 백철, 위의 글, 5. 30.
65) 백철, 「文壇主流論」, 『風林』, 1937. 2, 22쪽.

그리고 임화도 우리 논단에 휴머니즘 사상을 수입한 김오성, 백철이 다 같이 "歷史的 僞造 素朴한 先手"라며 "르넷산스를 僞造하면 僞造할수록 그 '휴마니즘'論은 觀念論과 抽象性을 增加할 뿐"[67]이라고 비판하였다. 김용제 또한 "東京文壇의 復古主義 一派의 휴맨니즘을 無批判的으로 輸 入하야 朝鮮文壇의 主流說을 說敎"[68]하고 있다고 신랄하게 논박하였다. 이들은 공통적으로 프롤레타리아 입장에서 휴머니즘을 제창할 것을 주장 한 것이다.

2) 풍류인간론

전통이란 무엇인가. 서구의 근대화가 진행되면 될수록 계몽의 이념이 확장되면 될수록 과거(전통)는 근대의 세계에서 이단적이라는 것으로 인 식되어 왔다. 그러나 이러한 전통적인 것들을 밀어낸 서구의 합리화의 이 념들은 봉건적인 인습들을 타파했다는 긍정적인 면 이외에 물질만능주 의, 인간성 상실 등 부정적인 면을 노출시켰다. 그리하여 인식 주체들은 파편화되고 불확실한 현실 속에서 유토피아 세계를 충동적으로 갈망하게 되었던 것이다. 이로 말미암아 유토피아적 사유의 근원으로서 과거의 전 범들이 역사의 전면에 등장하게 되었다.

이러한 유토피아적 사유의 근원으로서 안과 밖, 심리적인 것과 정치적 인 것 사이에서 근본적인 매개자 역할을 하는 것은 바로 기억이다. 비록 개인의 마음에 남아있는 그 선사시대의 낙원에 대한 흐릿하고 무의식적 인 종류의 기억이라 할지라도, 아무튼 기억이 심원한 정신요법적, 인식론 적 내지 정치적 역할까지도 수행해 낼 수 있는 것은, 바로 우리가 생의 출발에서 충만한 심적 충족을 경험한 바 있기 때문이며, 어떤 억압도 아

---

66) 韓雪野, 「文壇主流論에 對하야─휴매니즘에 對한 一考察」, 《朝鮮日報》, 1937. 3. 24.
67) 林和, 「'르넷산스'와 新휴마니즘론」, 『朝鮮文學』, 1937. 4, 172쪽.
68) 金龍齊, 「朝鮮文學의 新世代─리얼리즘으로 본 휴맨이즘」, 《東亞日報》, 1937. 6. 15.

직 생겨나지 않았던 때, 즉 쉴러의 자연에서처럼 그 후의 보다 세련된 의식의 정교한 분화가 일어나지 않았던 때라든가 아직 주관이 객관에서 분리되지도 않았던 때도 경험한 바 있기 때문이다.69) 이러한 면에서 과거의 이미지는 역사적인 기능을 하기보다는 해석학적인 기능을 한다고 할수 있다.70)

이와 같이 과거가 해석학적인 기능으로 현재에서 재구성될 때, 그것은 반근대성의 영역에 속하는 것이 아니라 근대성의 영역으로 옮아오게 된다. 즉 과거는 인식 주체의 자의적인 배제와 선택의 원리를 통해 현재와 미래에 대한 합목적적인 총체성의 형성에 해석학적 기능을 함으로써 미래적인 성격을 획득하는 것이다.71) 전통은 흐르지 않는 우물처럼 고여 있는 정체적인 것이 아니라 미래로 흐르는 유동적인 것이다. 그것이 바로 역방향에서의 진보이다.72) 이처럼 전진하는 시간의식에 대한 비판과 현재에 대한 앎의 의지는 그동안 합리성의 이념에 의해 철저하게 배제되었던 과거로 대표되는 전통에 대한 관심을 새롭게 환기시키는 계기로 작용한다.73)

백철이 전통에 대해 관심을 갖기 시작한 것은 이러한 맥락으로 이해할 수 있다. 그리고 그가 추구하는 전통은 역사의식74)을 바탕으로 획득되는 것인 바, 이러한 전통의 개념은 현대의 사회적 상황에 대한 문명비판적 안목을 요구한다.75)

---

69) F. Jameson, 『변증법적 문학이론의 전개』, 여홍상·김영희 공역, 창작과비평사, 1992, 122쪽.
70) F. Jameson, 위의 책, 95쪽.
71) 송기한, 앞의 책, 52쪽.
72) J. P. Sartre, 『시인의 운명과 선택』, 박익재 역, 문학과지성사, 1985, 181쪽.
73) 송기한, 앞의 책, 49쪽.
74) 이는 무의식적이며 초자연적인 실체인 전통에 다가설 수 있는 의식적인 통로라 할 수 있다.(김동식, 「T. S. 엘리어트의 비평에 대한 몇 가지 주석」, 김용직 편, 『모더니즘 연구』, 자유세계, 1993, 110쪽)
75) T. S. Eliot, 「전통과 개인의 재능」, 『엘리엇선집』, 을유문화사, 1979, 373쪽 참조. 부언하면 이 전통이 지니는 역사적 의식은 "과거의 과거성에 대한 인식뿐 아니라 그 현재

이러한 전통의식을 지닌 그는 이른바 휴머니즘론의 토착화를 표방하면서 변모를 보이기 시작한다. 즉 그는 프로문학 계열의 르네상스적 휴머니즘론에 대한 비판과 새로운 휴머니즘론의 구체성 결여, 그리고 무조건적 서구사상의 수입이라는 비판에 대한 하나의 대안으로서 '동양적 인간' 또는 '풍류 인간'이라는 전통을 내세운다. 이는 그의 휴머니즘론이 고뇌의 정신을 내포한 인간의 탐구에서 동양정신의 풍류적 인간을 추구하는 방향, 즉 복고주의를 지향하는 방향으로 선회하였음을 시사한다.

여기에서 한 가지 중요한 사실은 그의 복고주의적 지향이 일본의 문단과 밀접한 관련을 맺고 있다는 것이다. 주지하다시피 그의 문학세계의 변모는 거대한 담론인 일본이라는 '타자'와 밀접하게 연관을 맺은 상태에서 전개되었는데, 이 시기 백철의 풍류적 인간론도 동경문단의 복고사상과 무관하지 않다.76)

이 시기 동경문단에서는 佐佐木信綱의 「萬葉集槪說」, 森山啓의 「萬葉に還れの意義」(『文藝』5권 5호, 1937)가 한창 논의되었으며, 한편 小林秀雄이 「現代文藝思潮の對立」(『文藝』5권 3호)에서, 복고사상으로서의 일본주의를 '파쇼형 이데올로기'의 침입이라 하여 경고하고 있을 무렵에 해당된다.77) 백철이 이렇듯 일본문단 내에서 한창 논의되는 복고사상을 끌어들여 조선의 전통과 풍류성을 진술한 것은 국내 문단 내에서 주도권

성에 대한 인식을 내포하고 있다. ……일시적인 것에 대한 의식인 동시에 항구적인 것에 대한 의식이요, 일시적인 것과 영구적인 것을 함께 인식하는 의식"이라는 것이다.

76) 金龍齊, 「朝鮮文學의 新世代—리얼리즘으로 본 휴맨이즘」, 《東亞日報》, 1937. 6. 15. 그는 "누구나 그의 日常的 社會生活에서 體驗하는 바와 같이 우리는 朝鮮的 現實에 적지 안흔 苦痛을 겨고 잇다. 日本 內地에서 文學의 問題인 民族文化問題도 朝鮮에 잇어서의 그것과 氷炭의 相異가 잇는 것을 잘 알고 잇다. 그곳에 휴맨이즘의 現實的 意味도 東京文壇의 그것과 多少의 客觀的 特殊性이 잇는 거시다. 그런데도 불구하고 白鐵君은 그의 現實를 逃避하는 意○ 下에서 휴맨니즘의 性格이 一般的이며 漠然하다는 正義 下에서 東京文壇의 復古主義 一派의 휴맨니즘을 無批判的으로 輸入하야 朝鮮文壇의 主流說을 說敎하고 잇지 안는가?"[강조 : 인용자]라고 진술하고 있다.

77) 小林秀雄, 「現代文藝思潮의 對立」, 『文藝』5권 3호, 1937, 4면.(김윤식, 『한국근대문예비평사연구』, 일지사, 1976, 327쪽 재인용)

(권력)을 잡으려는 욕망에 다름 아닌데, 그럼에도 그의 전통론과 풍류인
간론은 당시 전통론에 대한 논의를 활성화시키는 데 충분한 역할을 한다.
이러한 전통으로의 복귀, 즉 역사로의 도피는 일제에 굴복하기를 원치 않
으면서도 현실적으로 그에 저항할 힘이 없는 그런 진실된 작가들이 작가
로 남을 수 있는 가능성을 제공해 주는 하나의 보호색의 구실을 한 것으로
볼 수 있다.78) 이러한 시각으로 그의 전통 지향에 대해 접근할 때 백철의
진면목, 즉 서구 근대 문명에 대한 비판의식을 발견할 수 있을 것이다.

이 같은 근대 문명에 대한 비판의식을 담은 전통 지향의 모습은 「文化
의 朝鮮的 限界性」(『四海公論』, 1937. 3), 「東洋人間과 風流性-朝鮮文
學傳統의 一考」(『朝光』, 1937. 5), 「風流人間의 文學-消極的 人間의
批判」(『朝光』 第20號, 1937. 6) 등에서 엿볼 수 있다. 여기에서 그는
단군적인 것으로 대표되는 고유성 강조와 풍류적 인간성의 긍정적인 양
상을 통해 전통을 강조하고 있다.

이에 앞서 그는 「文化의 擁護와 朝鮮文化의 問題」(『四海公論』, 1936.
12)라는 글을 통해 당시 현실과 문화의 옹호 문제에 관해 진술한 바 있
다. 그는 '국제작가대회'가 금일의 암울하고 불안한 현실, 즉 진보적이고
비독일적인 교수와 학자가 추방당하고, 진보적 사상가와 정치인이 학살
당하는 현실 속에서, 자국 문화를 옹호하려는 움직임 속에서 결성되었다
고 보고 있다. 이 대회는 "나치스의 暴政에 대한 抗議'이면서도 한편으로
는 "人間性의 擁護 새롭은 휴맨리즘 問題'를 내포하고 있다고 그는 보았
다.79) 이러한 근저에는 "人間으로서의 生存하려는 意慾", "人間的 디그니
티(존엄성)"을 보지(保持)하기 위한 것이 잠재해 있다. 그래서 그는 이러

---

78) 이러한 입장은 독일 작가들이 히틀러의 나찌즘 하에서 민족 사상 최악의 몰락으로 치닫
   는 위기의 본질과 원인, 그리고 그 뿌리를 역사적으로 형성된 독일 민족성 자체 내에서
   문학적으로 발견해 냄으로써 독일 역사를 전환 및 변혁시킬 수 있는 가능성을 발견한 것
   과 밀접한 관련이 있다.(G. Lucas, 『독일문학사』, 반성완 역, 심설당, 1987, 265~
   268쪽 참조)
79) 백철, 「文化의 擁護와 朝鮮文化의 問題」, 『四海公論』, 1936. 12, 23~24쪽 참조.

한 암흑기에 문화를 옹호하기 위해 지식계급은 인간으로서 참된 가치와 적극적 의의를 발휘해 나갈 시기라고 강하게 어필하고 있는 것이다. 결국 그는 모든 자유가 구속된 현실 속에서 문화를 옹호하기 위해선 휴머니즘의 참된 의미와 가치를 되살려야 한다는 입장을 보여주고 있다고 할 수 있다.

그리고 '조선 문화의 문제'에 관한 부분은 「文化의 조선적 限界性」(『四海公論』, 1937. 3)에서 논의된다. 그는 조선문화의 근원을 순수한 조선적인 근원인 단군(檀君)적인 것과 다분히 비(非)조선적인 기자(箕子)적인 것으로 양분한 뒤 단군적인 문화의 정신을 귀중한 조선적인 정신으로 보고 있다.

그러나 조선 문화의 문제는 이러한 단군적인 조선의 문화가 아닌 사대주의를 일삼는 기자적인 것이 상대적인 우위를 점하고 있다는 데에 있다고 기술한다.

> 그 無力한 事大精神에서 생긴 依賴精神 거기서 涯生한 頹廢에 각갑은 樂天性, 自信을 버리고 運命觀에 떨어진 無力性은 조선文化에 뚜렷한 傳統性을 갖게 하지 못하고 또한 그 文化에 獨創的인 것을 保持하지 못하였고 다만 外來의 文化가 그데로 朝鮮에 移植된 것에 不過한 것이었다."[80]

인용문에서 볼 수 있는 것처럼 조선의 문화는 사대주의의 이식문화에 지나지 않다는 것이다. 이와 같이 조선문화의 발전이 비전통적이고 의례적인 것은 우리 민족들이 과거의 조선문화의 한계성을 무시했기 때문이라고 보고 있다. 그래서 그는 이러한 한계성을 가지고 "箕子的 外來의 文化精神에 對하야 取捨와 選擇을 하는 가운데 自己 것을 살려가고 豊富히 해"[81] 나갈 것을 강조한다. 여기에서 백철은 과거의 조선문화의 한계성

---

80) 백철, 「文化의 조선적 限界性」, 『四海公論』, 1937. 3, 14~15쪽.
81) 위의 글, 18쪽.

을 파악하여 새로운 조선문화를 창조해야 함을 역설하고 있다.

좀더 구체적으로 동양정신의 풍류적 인간을 표방하고 있는 글은 「東洋
人間과 風流性-朝鮮文學傳統의 一考」(『朝光』, 1937. 5)이다. 그의 풍
류인간론은 조선 고유의 전통이 무엇인가를 밝히기 위한 그 나름대로의
시도이면서 동시에 조선에서의 휴머니즘 논의는 서양에서의 그것과는 다
른 조건 아래 있다는 견해의 구체적인 표현에 해당한다.82)

먼저 그는 태고적부터 전해져 오던 풍류적인 문학이 근세 이후 조선문
학에서 단절되었다고 화두를 던진다.

> "우리들의 先祖는 어느나라의 人間들보다도 가장 豊富한 風流性을 가지
> 고 있었다고 보혀지는 意味에서 近世 以來의 朝鮮文學이 風流의인 傳統을
> 後繼하지 못한 것은 그것이 어떤 社會的 原因에 依因했든간에 朝鮮文學이
> 潤澤性을 잃고 貧困해진 커다란 損失인 줄 안다."83)

그리하여 조선문학이 '윤택성'을 잃고 빈곤해졌다고 진술한다. 태초에
단군을 위시한 '백(白)'의 종족은 국가의 공사와 풍류를 즐기는 것을 동일
하게 생각하여 생활 속에서 풍류를 즐겼다는 것이다. 따라서 우리 민족은
"어느 나라 民族보다도 風流的인 人間들"84)이었다고 한다. 또한 신라인
들도 풍류를 즐겼는데, 이러한 신라의 풍류성이 전형적으로 표현된 것이
'화랑도(花郎徒)'라는 것이다.

그러나 우리 민족의 풍류성이 또 다른 풍류성에 의해 패배한 역사적인
사건이 있었는데, 그것은 "支那文學의 渡來와 그 以來 文學에 陶醉한 때
에는 風流性의 人間이 豫想하지 못한 一個의 倫理的 文學이 이땅우에 樹
植되었기 때문"85)이라는 것이다. 즉 중국의 동양적인 선악에 대한 일종

---

82) 황종연, 「한국문학의 근대와 반근대」, 동국대 박사학위논문, 1992, 53쪽.
83) 백철, 「東洋人間과 風流性-朝鮮文學傳統의 一考」, 『朝光』, 1937. 5, 266~267쪽.
84) 백철, 위의 글, 269쪽.
85) 위의 글, 273쪽.

의 운명적인 인생관을 비판한 것이다. 이 같은 문학사상이 반영된 것은 이조시대의 문학으로, 그는 이를 신랄하게 비판한다. 또한 자신이 봉건적인 인습과 예법의 환경에 자랐음에도 불구하고 조선시대의 고대에 대해 증오를 느낀 것은 "健全한 倫理觀"때문이라고 한다.

　　李朝의 歌人輩가 事大의 精神에 醉하야 意識的으로 支那의 忠孝와 五輪을 노래하려고 했음에 不拘하고 그 五輪이 朝鮮의 詩歌精神과 融合하지 못하고 아무 感激을 주지 못하는 하나의 稗卒한 啓蒙詩에 떨어졌다는 것 그 倫理思想이 根本的으로 風流人間과 서로 反撥되는 것이 있었을는지 모른다.86)

　이렇듯 그는 조선시대의 사대주의 문학이 가져온 폐해, 즉 조선의 시가 정신과 융합하지 못하고 치졸한 계몽시로 전락했다는 점과 그것이 우리 민족의 풍류성과 결부되지 못했다는 점 등을 지적하고 있다. 백철이 이와 같은 조선의 사대주의 문학을 강한 어조로 비판하면서 내세운 것은 정몽주, 성삼문의 시 등이다.

　　"이몸이 죽고 주거 一百番 고처 주거 白骨이 塵土되어 넉시라도 있고 없고 님 向한 一片丹心이야 가실 줄이 있스랴"의 鄭夢周의 詩와 "이몸이 주거 나서 무어시 될다고 하니 蓬萊山 第一峰에 落落長松되였다가 白雪이 滿乾坤할제 獨也靑靑 하리라!"의 成三問의 時調는 그 內容의 純然이 너무 露骨的으로 表面化한데서 詩歌로서는 도리혀 稗卒할는지 모르나 그 赤裸裸한 忠君의 情熱에 感激을 늦기지 않을 수 없다. 여기서 우리들은 그 時代의 하나의 人間的 苦憫을 차저볼 수 있다.
　　古代의 그 政治的인 詩歌 딴편에서는 壯士의 律調를 가지고 나타났다. "朔風은 나무 끝에 불고 明月은 눈 속에 찬데 萬里長城에 一長劍 집고서서 긴파람 큰 한소리에 거칠거시 없세라!"
　　이 有名한 時調句를 李殷相氏編의 歌鬪의 朗讀에 귀를 기우리면서 今日의 少年壯士들이 어떤 感懷를 늦길는지 모르나 이 出塞의 詩, 그 蕭蕭한 朔

---

86) 위의 글, 276쪽.

風과 寒寂無氣味한 邊境을 눈앞에 늦기게 하는 壯士調의 氣槪가 차임는 詩
韻에는 우리들이 저절로 衣襟을 바르게 할 것이 있다. 여기에 그 時代의 政
治詩의 一風貌가 있었다."[87]

우리는 여기에서 백철이 왜 이들의 시편을 인용했을까하는 것을 추론
하기는 어렵지 않다. 즉 그는 사대주의에 입각한 시를 비판하면서 우리
민족의 혼을 담은 시를 치켜세우고자 하였는데, 그것은 그들의 시에는 그
시대의 '인간적 고민'이 내재하고 있었기 때문이었다. 여기에서 백철은 정
몽주와 성삼문의 시를 통해 일편단심 하겠다는 굳은 각오를 되새기고자
했던 것이다. 그가 당시 조선총독부 당국이 내린 '신문편집에 관한 희망
및 주의사항'에 나오는 "비분강개의 문장, 고려말기의 충신·전사를 칭찬
하는 문장 등은 게재해서는 안 된다."[88]라는 것을 위반하면서까지 글을
쓰게 된 배경에는 결국 친일하지 않고 이중적인 삶을 살지 않겠다 라는
강한 의지가 내포되어 있다. 결국 그는 '전통'적인 것을 찾기 위해 단군사
상, 신라의 풍류에서 그 뿌리를 찾고 있지만, 사실 이는 외세에 의해 정
치적 윤리적 감염이 되지 않은 민족적인 것에서 그 식민지를 극복하기 위
한 대안을 찾기 위해 일종의 패러디를 한 것으로 여겨진다. 그리고 중국
의 사대주의 비판도 결국은 일제에 대한 비판으로 은유적 표현을 빌려 글
을 개진한 것이라 할 수 있다.

결론적으로 그는 전통적 풍류인의 마음속에서 조선문학의 역사를 관류
한 하나의 인간적 정신을 찾는 것이 가능하다고 보고 이를 우리 민족이 어
느 민족보다도 "가장 豊富한 風流性을 가지고 있었다"라는 전제에서 찾고
있었다. 이를 통해 그가 말하려는 골자는 이러한 풍부한 풍류적 전통을 계
승하여 그 바탕 위에 휴머니즘 정신을 심어야 한다는 데에 있다.

계속해서 그는 「風流人間의 文學－消極的 人間의 批判」(『朝光』 제20

---

87) 위의 글, 278쪽.
88) 백철, 『진리와 현실』(상), 앞의 책, 364쪽.

호, 1937. 6)을 발표하여 동양적 인간성으로서의 풍류성을 추구하여 그
것을 휴머니즘과 연결시켜야 된다는 기존의 입장을 지속시키고 있다.

그에 따르면 풍류인간이라는 전통적 인간형은 무엇보다도 현실을 경멸
하고 그 곳에서 도피하려는 인간들이라는 것이다. 그들의 문학도 또한 현
실에 대한 태도와 도피의 문학으로 귀결될 수 없음을 밝힌다.

> 風流的인 人間이 그와 같이 現實을 輕蔑하고 逃避하야 隱居하는 生活을
> 했다는 데는 그들이 本來에 있어 自然兒인 때문이라고 생각한다. 自然의 품
> 에서 自然과 同居하고 自然을 憧憬하고 自然 그것에서 人生의 意義를 생각
> 하는 純粹만 自然兒 때문이라고 생각한다. ……事實에 있어 東洋的인 人間
> 의 文化體系로서 그것의 最高最大의 基本概念은 永遠과 普遍에 대한 探究요
> 設定이라고 볼 수 있다.89)

여기에서 동양적인 인간의 문화체계의 기본 개념이 영원과 보편의 탐구
에 있다는 것을 알 수 있다. 이어 그는 동양적인 인간관의 특성을 강조하
기 위해 서양적인 인간관을 끌어들여 차이점을 밝힌다. 즉, 동양적인 풍
류인간은 자연에 반역하거나 대립하지 않고 그 자연을 신뢰하고 자연에
의지한 반면, 서양적인 인간은 자연과 대립된 관계를 지니고 있다는 것이
다. 그래서 풍류적인 인간이 서구적인 인간에 비해 현실과 생에 대해 극히
소극적인 인간이면서도 자연을 동경하고 생에 대한 환희와 행복을 무의식
중에 느낀 소박미를 지니고 있다고 그는 강조한다. 이러한 풍류인간적인
의미로서의 '자연아(自然兒)'는 "現實을 避하기 위한 自然이요 母體와 같
은 自然을 憧憬하는 意味의 鄕愁的인 歸還"90)이라고 그는 주장한다.

또한 그는 일본문단에서 수입한 이론에 불과하다는 혐의를 벗기 위해
자신이 주장하는 풍류문학과 일본 동경의 풍류문학과의 차이점을 소상하

---

89) 백철, 「風流人間의 文學—消極的 人間의 批判」, 『朝光』 제20호, 1937. 6, 271쪽.
90) 백철, 위의 글, 272쪽.

게 밝히고 있다. 최근 동경문단에서 운위되는 "'萬葉'으로 歸還하라!"는 그들의 민족문학의 성격을 찾는 것이라고 그는 서술한다.91) 그러나 풍류적인 인간으로 귀환한다는 것은 현대의 것을 버리고 봉건적인 것에 돌아가 머무르기 위한 것이 아니라 "現代의 것을 救하기 爲하야 自己의 肉體에 남은 過去의 要素를 淸算하고 아니 적어도 그것 中의 낡은 大部分을 버리고 그 中의 一部分의 眞理를 發展시켜서 今日의 現代的인 것에 到達"92)하기 위한 것이라고 주장한다. 그가 동양적인 인간성으로 풍류적인 것을 추구한 것은 이를 금일의 휴머니즘과 긴밀하게 연결시키려고 했던 것으로 볼 수 있다.

그래서 그는 동양적인 풍류적 인간이 소극적 인간임은 분명하나, 그 소극성이란 동양적인 환경과 장구한 봉건적인 분위기에서 생성된 것이요 그 소극성은 역사적인 현실에 처해서는 얼마든지 개혁할 수 있는 인간성이라고 주장한다. 따라서 동양의 전통적 인간형인 "風流的인 風趣를 죽이지 말고 온전히 積極的인 人間性으로 發展시켜 가는 것"93)이 중요하다고 주장하였다.

이는 서구의 휴머니즘과 같이 금일의 암담한 현실에서는 지식계급이 압박되는 인간성에 대해 그 옹호와 재생을 요구하는 양심적인 행위 이전에, 문예인으로서 동양의 지식계급을 대표해 온 풍류의 봉건적 인간성을 비판 섭취하는 것이 더 중요하다는 것을 보여주는 것이다. 즉 오늘날의 휴머니즘은 동양적 인간관 위에서 성립 가능하다는 것이다. 다시 말하면 동양정신의 풍류성에다 서구의 휴머니즘의 긍정적인 요소를 부합시킬 때만이 온전한 휴머니즘 문학을 형성할 수 있다는 것이다. 이 시기 그는 동양정신의 풍류성과 휴머니즘의 결합을 주장하여 또 한번의 변모를 시도한다.

---

91) 위의 글, 279쪽 참조.
92) 위의 글, 279쪽.
93) 위의 글, 279~280쪽 참조.

이러한 전통적인 풍류성을 살리는 동시에 그 바탕 위에 휴머니즘의 정
신을 결합시켜야 한다는 백철의 주장은 일단 서구 사조의 영향과 수입에
의존해서 이루어진 문학론에 자기 인식의 뚜렷한 방향을 제시한 점에서
그 나름의 가치 있는 일이라 할 수 있다.

또한 「倫理問題의 새 吟味-現世代 휴매니즘의 本質」(≪朝鮮日報≫, 1937.
9. 3~9. 9)에서도 동양정신의 풍류성과 휴머니즘을 결합해야 된다는 논지
를 계속 전개시킨다. 이 글에서 휴머니즘은 비인도적 대우에 대하여 항거
하는 반항이자 운동으로 인도주의와 휴머니즘이 서로 만날 수 있다고 그
는 주장하고 있다.

> 휴맨이즘의 文學은 正面으로 하나의 倫理問題에 倒着한다고 생각한다.
> 이것은 휴맨이즘을 人道主義로 譯하고 그 中에서 便宜하게 人道的 側面을
> 取하야 任意로 倫理態度를 設定한 것이 아니라 本來에 잇서 휴맨이즘은 歷
> 史的으로 發生하는 것이 大槪 當時의 現行하고 잇는 社會的 道德的 法則에
> 對한 反對의 要素로서 表現된다는 것을 생각하고 잇스며 그와 同時에 直接
> 으로 今日의 文學과 倫理問題를 볼 때에 그 倫理란 以上에 말한 그 휴맨이
> 즘을 發生시킨 非人道的인 現實에 對한 道德的 決意를 除하고 存在할 곳이
> 업다고 생각하기 때문이다.94)

그는 휴머니즘을 윤리문제로 보고 있으며 사회의 도덕률과 문학자의
윤리가 서로 차이가 있음을 밝힌다. 그 차이란 사회적인 도덕률이 사회에
서의 정사선악(正邪善惡)에 대한 판단으로서의 도덕적인 윤리라면, 문학
자의 윤리는 자기의 품성을 일관된 진솔한 성실성으로 관철하고 통일해
가는 일종의 극기정신이라는 것이다. 이러한 차이점을 인식하여 새로운
문학을 탐구하고 창조하는 정신을 배양해야 함을 강조한다.

그러면서 그는 동양인간으로서의 소극성이 문학에 비윤리적으로 나타

---

94) 백철, 「倫理問題의 새 吟味-現世代 휴매니즘의 本質」, ≪朝鮮日報≫, 1937. 9. 3.

난 것을 참된 자아인 '나'를 발견하지 못한 데서 찾고 있다. 이를 통해 볼 때 조선 문학이 나아가야 할 방향은 다름 아닌 명확히 자아를 발견하는 데에 있다고 할 수 있다. 이는 결국 동양정신의 풍류성에서 참된 자아를 발견하여 휴머니즘과 연결시킬 것을 시사하는 것이다.

그러나 이와 같은 그의 주장은 민족의 역사와 전통에 대한 구체적 이해와 실천에까지 확장되지 못해 더 이상의 진전을 보이지 못하게 된다.

백철의 이러한 견해에 대해 김남천은 「告發의 精神과 作家-新創作理論의 具體化를 爲하야」(≪朝鮮日報≫, 1937. 5. 30~6. 5)를 통해 백철의 휴머니즘론이 전통주의와 국수주의에의 탐닉에 불과하다고 지적하였고, 「古典에의 歸還」(『朝光』, 1937. 9)을 통해서도 헛되이 고대로 거슬러 올라가 역사를 왜곡하고 주관적 풍류성으로 귀환할 것을 부르짖는 것은 한낱 복고적 퇴영주의에 지나지 않는다고 혹독하게 비판한다. 그러나 이 같은 김남천의 비판은 충분하지 않은데, 그것은 백철이 풍류인간 등을 주장하는 것은 자연에 귀의하는 풍류인간의 소극성을 비판 "문학의 성립"의 인간으로 돌아가는 적극성을 말한 것이며 또한 단순히 과거로 돌아가기 위한 것이 아니라, 오히려 전통적, 동양적인 것을 주장하며 서구의 근대를 비판하는 현대의 새로운 신화를 세운다는 것에 관련되기 때문이다. 그것은 오히려 근대의 합리주의나 "사회과학적 상식"을 거부하는 것과 관련이 있다.95) 또한 임화는 「復古現象의 再興-휴매니즘論議의 注目할 一趨向」(≪東亞日報≫, 1937. 7. 15~18)이라는 글을 통해 전진이 정지되었을 때 취할 길은 역행밖에 없다는 말로 공격을 시작하며 그의 문화적 조선주의의 허구성을 공격한다. 이원조도 「朝鮮文學의 傳說과 風流」(≪朝鮮日報≫, 1937. 6. 25)에서 풍류를 조선 문학의 전통으로 보기 어렵다고 비판한다. 그는 조선문학의 전통은, 조선문학의 한계를 정한 다음에 조선문학의 고전이라는 것을 결정해야 됨에도 백철이 조선문학의

95) 이경훈, 「백철의 친일문학론 연구」, 『원우론집』 제21호, 연세대 대학원 총학생회, 1994, 108~109쪽.

전통을 향가와 시조로 본 것은 급조에 의한 실수였던 것 같다고 언급한
다. 그리고 그의 동양적인 풍류성에 대한 대상 및 규범이 너무 주관적이
라고 지적하였다. 그런데 이러한 풍류인간론이 방법론상의 미비와 조급
한 단정과 이론 자체의 불모성으로 인해 철학적 비평가 및 사가들의 배척
을 받았는데, 이것은 고전론의 결벽성과도 관계되어 있다. 그리고 신남철
은 「特殊文化와 世界文化」(《東亞日報》, 1937. 6. 25)에서 "白鐵에 의
해 너무 엄청난 不謹愼의 態度로 論議되고 있다. ……白鐵의 「朝鮮의 朝
鮮的 限界性」「東洋人間의 風流性」등은 反科學的, 反文化的인 論文이라
斷定……"라고 비판했다.

　백철은 「人間問題를 中心하야－文藝時辯三四項」(『朝光』 제25호, 1937.
11)이라는 글을 통해 그 동안 자신의 이론을 공격했던 안함광, 임화, 김
남천, 김문집 등의 주장에 대해 항변한다. 그는 문화의 자유는 안함광의
주장처럼 전진하는 것이 아니고 자신의 독자적인 지위와 긍지를 가지는
데서 얻을 수 있다고 보았다. 그래서 그는 문학자의 참된 긍지를 "他人의
것과 다른 것, 自己만의 獨特한 새 眞理를 創造하는 精神"[96]이라고 주장
하여 자신의 견해를 뒷받침한다. 이러한 맥락에서 그는 문학인의 임무를
밝혀놓고 있다.

　　文學者가 努力할 것은 過去의 價値있는 文學에 比하야 우리들은 얼마나
　　進步된 藝術을 쓸가 하는 虛榮心을 가질 것이 아니라 過去의 藝術에 比하야
　　나는 그것과 어떠케 다른 어떠케 特殊한 새 것을 차저 쓰겠느냐 그리고 그
　　것은 얼마나 깊고 얼마나 높겠느냐 하는데 努力할 것이라고 생각한다.[97]

　위에서 보듯 그는 이미 진보된 예술에 대한 관심보다는 단지 과거의 예
술보다 어떻게 새롭게 창작하느냐에 역점을 두고 있다. 또한 그는 비평에

---

96) 백철, 「人間問題를 中心하야－文藝時辯三四項」, 『朝光』, 1937. 11, 229쪽.
97) 백철, 위의 글, 231쪽.

대해서도 언급하고 있다. 그는 비평의 성격을 자기의 재능을 발휘하고 자
기의 개성을 살리는 데서 작품인상과 비평가 자신의 창작의욕을 개성적
으로 통일할 수 있다고 진술한다. 여기에서 그가 개인의 개성을 상당히
중시하고 있음을 알 수 있다.

이 시기부터 그의 글에는 현실주의적 문학관이 좀처럼 보이지 않는다.
이는 식민지 현실이라는 객관적 정세가 점점 더 악화되어 가고 있다는 사
실과 심리적 변화의 징후를 반영해 주는 것이라 할 수 있다. 즉, '일어사
용 강화'(37. 3. 17), 「황국신민(皇國臣民)의 서사(誓詞)」 강요'(37.
10. 1) 등에 의한 것이라는 측면을 부인하긴 어렵다. 그러나 한편으로
이러한 현실적 상황에 의한 그의 심리적 변화, 즉 무의식적 욕망이 변화
하고 있음을 우리는 간파할 수 있다. 이 시기 그는 휴머니즘에 대한 자신
의 견해에 대해 함구하고 있었던 바 이는 휴머니즘에 대한 새로운 입장을
마련하기 위한 휴지기를 가졌기 때문이라고 사료된다.

이 시기 그는 순수문화에 대한 입장을 「純粹文化의 立場－政治와 文化
의 關係, 純粹文學의 不純性等」(『朝光』, 1938. 4)에서 밝히고 있다.

> 政治性을 通하야 政治에 接近하는 것이 아니고 影響을 通하야 政治와 接
> 近하는 限에서 그 影響이 크면 클사록 政治는 文學에 損害가 될 것이 아니
> 라 도리혀 큰 利益이 될 것이며 文學의 內容을 豊穰케 하는 좋은 營養素가
> 될 것이다. 그리고 이 影響인 限에서 政治와 文學의 關係는 하나의 羞恥스
> 럽든 屈從도 敵도 아니고 實로『괴-테』의 意味한『選擇에 依한 親和』일 것
> 이다.98)

백철이 카프에 대해 비판하는 근거로 카프의 이념에 의해 희생되는 인
간성과 개성에 대한 옹호를 들었듯이 여기에서도 그는 문화가 정치에 예

---

98) 백철, 「純粹文化의 立場－政治와 文化의 關係, 純粹文學의 不純性等」, 『朝光』, 1938. 4,
322쪽.

속되는 것이 아니라 일체의 정치적인 간섭에서 벗어나야 한다는 입장을 밝히고 있다.99) 문화의 하위 범주인 문학에 대해서도 마찬가지로 그는 문학과 정치가 종속관계가 아닌 상호 영향관계임을 역설한다. 그래서 정치와 문학의 관계는 '선택에 의한 친화'라는 것이다. 이때의 '선택'이란 물론 뒤에 언급될 "시대적 우연의 수리"와 통하는 것인데, 이러한 입장은 백철이 말하는 순수문학을 규정하는 것이기도 하다. 그는 순수문학을 "合理的이고 論理的인 것"뿐만 아니라 "背理的인 것과 偶然的인 것"으로 규정100)지으면서, 후자도 중요하게 취급되어야 한다 라고 주장한다. 그가 말하는 순수문학은 불순한 것으로서 이는 불순한 세계를 취하여 문학의 내용으로 삼기 때문이라고 진술한다. 이 같은 그의 주장은 휴머니즘에 대한 이해를 근거로 한다. 그것은 근대의 물질문명에 대한 비판과 생에 대한 옹호를 강하게 주장하는 데서 찾을 수 있다.

> ……그 히트러的인 野蠻性이 直接 人間의 生命에 對한 脅迫으로 되여오는 情勢에 對하야 現代의 인테리겐처는 文化의 擁護보다도 위선 自身네의 生命 그것에 對한 擁護요 抗議이엇든 것이다. ……그런데 近代의 物質文明은 人間의 이와 같은 特徵을 無視하고 人間을 一般化하고 一律化하는데 있다. 여기에 對하야 人間은 커다란 反省과 하나의 反逆이 없을 수 없다고 생각한다. 그 意味에 現代의 휴-먼이즘은 生의 元素的인 要求에 刺戟이 되면서 나가서는 近代文明에 對한 하나의 史的인 意義를 가지게 되는 人間的인 反逆이라고 생각이 된다.101)

---

99) 이와 같은 그의 입장은 당시 동경문단의 영향을 받고 있음을 다음 구절에서 알 수 있다. 즉 "東京文人 中의 한 見解로서는 月前(十二月) 讀賣新聞紙에서 尾崎士郞氏가 「文學 自由의 無限」을 論하면서 「今日의 中間的인 自由主義의 批評的 精神 가운데 根據를 두고 있는 政治性에 文學의 本質이 있다고 생각하는 것 만치 現實을 속이는 것은 없다. 文學을 指導하는 것은 文學이요 政治는 아니다」라고 말하고 있는데 이것은 政治에서 文學을 解放하야 그 純粹한 立場을 主張하는 意味가 아닐 수 없으며 더구나 그런 文學, 文學擁護의 見解가 最近 外國文化人들에게 反映되어 있는 現象은 注目할 만한 것이 있다."(위의 글, 318~319쪽)라고 한 데서 엿볼 수 있다.

100) 백철, 위의 글, 323쪽 참조.

101) 위의 글, 317~318쪽.

여기에서 지식인은 나찌즘, 파시즘 하에서 문화의 옹호보다 생명에 대한 옹호에 더 치중할 수밖에 없는 현실에 처해있다는 것이다. 그러나 그는, 이 생에 대한 옹호는 '불건강한 시대', '우연의 시대', '최악의 정치'라고 일컬어지는 당대의 상황에서는 어쩌면 당연한 것으로 귀결될 수도 있다고 진술한다. 그래서 지식인의 적극적인 태도로서 지식과 현실을 통일시킬 수 있는 장소를 생의 문제에서 찾고 있다. 이러한 그의 생에 대한 강한 애착은 "『지금까지 내가 자랑하든 知識을 眞心으로 鬱悶하게 되엿다. ……나는 다른 自己를 發見하얏다. 오오 나는 얼마나 큰 歡喜를 발견한 것일까?』그 歡喜란 生에 대한 歡喜다."102)에서 드러난다. 여기에서 '다른 자기를 발견'했다는 것은 무엇을 의미하는가. 그가 건강한 시대에 미처 발견하지 못한 '다른 주체'를 의미한다. 이는 그의 이면에 존재하는 무의식적 욕망을 지닌 주체로서 생에 대한 강한 욕망을 지니고 있다. 생에 대한 강한 욕망을 지닌 주체는 1935년 그가 제 2차 검거사건으로 연루되어 '비애의 성'에 수감되어 있을 때에도 등장한 바 있다.103) 이는 결국 생사의 경계가 분명할 때 당시 현실을 인내하기 어려운 지점에 다다랐을 때 생겨나는 것임을 알 수 있다. 특히 백철처럼 자유주의적 성격이 강한 소유자일수록 더욱 그러할 것이다. 이러한 사실로 보아 이 시기 백철의 무의식적 욕망이 전통의 추구를 통한 휴머니즘문학을 표방하던 것에서 점차 생을 요구하는 현실과 이상의 조화의 방향으로 나아가고 있음을 인지할 수 있다.

이렇듯 지식과 현실을 통일하는 장소로서 생의 문제를 다루던 그는 현실과 이상과의 문제를 제시한다. 현실과 이상, 이 양자의 모순과 거리를 신축성 있게 잴 척도가 '휴머니티'라고 전제한다. 그 이유로 "近年 우리 知

---

102) 백철, 「知識階級論-知識과 肉體와 生의 問題」, 《朝鮮日報》, 1938. 6. 9.
103) 이러한 생에 대한 애착은 1935년에 그가 '비애의 성'에서 나온 소감을 적은 「悲哀의 城舍」에서도 확인할 수 있다. 즉 "살아야 한다! 生! 그것은 永遠한 眞理다! ……暗黑의 生活 가운데서도 항상 生을 要求하고 追求하는 것이 그의 正直한 心理的 眞實"이라고 한 데서 드러난다.(4장1 참조)

識人이 精神이 缺如된 事實과 主觀的인 行爲의 世紀에 대하야 抗議한 것은 휴맨이티를 救하는 運命이엇는데 그 휴맨이티를 救하는 길이 必定的으로 調和를 구하는 理想에 通햇기 때문"104)이라는 것이다. 그런 의미에서 금일의 휴머니즘은 처음부터 조화와 균형을 기약하는 운동이었다고 주장한다. 결국 이는 현실과 이상의 조화를 주장하기 위한 것에 다름 아니다. 그는, 현실과 이상의 조화를 위해 지식인은 현실을 강요하는 데에 방임하는 태도와 현실 일체를 부정하는 태도에 편중되는 것을 경계해야 한다고 언급한다. 이 시기 휴머니즘 문학은 생의 문제와 결부되어 그 생을 이해하고 가지는 데서 가능한 것으로 보고 있음을 알 수 있다.

이를 설명하기 위해 그는 '국제작가대회'와 '지적협력국제협회'의 공통점과 차이점을 밝히고 있다. 공통점은 현대 휴머니즘 문제였다는 것이고 차이점은 전자가 휴머니즘에 대한 시초였기 때문에 막연한 반면 후자는 휴머니즘 문제가 구체적인 과제로서 '현대인의 형성문제'로 제기되었다는 것이다. 백철은 이 현대인의 형성문제를 휴머니즘이 본격화할 구체화된 양태로 보고 있다.105) 이 현대인의 형성과정에 대해 그는 "現代人의 形成보다도 現代人의 改造"106)라고 정의내리고 있다. 즉 이 시기를 살아가는 인간은 모순과 불균형의 인간이기 때문에 개조해야 된다는 것이다.

　이 事實의 世紀에서 사는 人間이란 그 事實 過濫의 偏重된 짐을 지고 있는 人間으로서의 矛盾과 不均衡의 人間들이다. 우리들은 그 現象을 가르쳐 오늘날 知識人들은 知的인 것과 肉體가 서로 離叛되여 있다고 指定하고 있다. 或은 近年에 와서 精神의 危機 詩의 減入, 知的의 敗北 같은 것이 모두 이 偏重된 人間的 現象에 대한 反省, 懷疑 等 抗議 等의 表現이 있든 것이다.

104) 백철, 「知識階級論-휴마니즘 問題의 行方」, ≪朝鮮日報≫, 1938. 6. 4.
105) 백철, 「휴마니즘의 本格的 傾向-現代人의 形成 問題」, 『靑色紙』, 1938. 8, 12쪽 참조.
106) 백철, 위의 글, 13쪽.

그런 까닭에 今日에 있어 人間을 探究하고 現代 人間을 改造하야 新人間
을 形成한다면 그것은 이 事實의 世紀에 對하야 價値의 世紀, 그 未來의 理
想時代의 人間일 것이다. 그리고 그 理想時代의 人間的 內容은 첫째로 知와
肉體가 서로 相反되지 안는 均衡, 調和的인 人間임을 意味하는 것이다.107)

여기에서 그는 신인간을 형성해야 한다고 언급하고 있는데, 신인간이
란 미래의 이상시대의 인간을 의미한다. 즉 지와 육체가 서로 이반되지
않는 균형, 조화로운 인간을 의미하고 있다.108) 이러한 인간은 현세의
인간이 아니라 미래의 인간이다. 현실의 모순과 불균형에 대해 저항하는
인간이 아니라 그것에 대해 조화를 이루는 인간이 오늘날의 휴머니즘이
지향하는 인간형이라는 것이다.109) 이는 당시 그의 휴머니즘의 단면을
시사하는 것으로 이 인간상은 자신의 내면 자아를 의미하는 것이기도 하
다. 즉 현실과 이상과의 조화를 꿈꾸는 그의 무의식적 욕망을 보여준 것
이라 할 수 있다. 여기에서 말하는 이상은 결국 유토피아 세계를 의미하
는 것으로 당시의 우연적 사실이 나아갈 세계를 함축하고 있다. 우연적
사실을 내포한 이 세계 지향은 그가 동양적인 정신인 풍류성을 통해, 그
리고 전통을 통해 휴머니즘을 표방했던 것에서 점점 이탈하고 있음을 보
여주는 것이다.

현실과 이상의 조화를 꿈꾸던 백철이 다다른 곳은 우연적 사실을 수리
(受理)해야 한다는 지점이다. 결국 그는 「時代的 偶然의 受理-事實에 對
한 精神의 態度」(≪朝鮮日報≫, 1938. 12. 2~7)를 통해 이러한 자신의
입장을 개진한다.

---

107) 위의 글, 13쪽.
108) 그는 이러한 신인간을 형성하기 위해서는 두 가지 교육이 필요한데, 그것은 "情熱的인
    것이 知의 冷去을 通하야 洗練되는 것과 知的인 것이 情熱의 燃燒를 通하야 洗練되는
    것"이라고 진술한다.(위의 글, 14쪽)
109) 김영민, 앞의 책, 503쪽.

……正常이든 아니든간에 偶然도 하나의 公然한 事實인 限에서 우리들은
一次는 그 現實을 受理해야 할 문제인 줄 안다. 그리고 知識人의 實質的인
일은 그 現實을 受理한 뒤에 오는 問題다. 知識人은 그 偶然의 現實에서 偶
然과 事實 以上의 眞理인 側面을 차자서 하나의 精神的 意味를 指摘하는 데
잇다.110)

지식인은 역사적인 현상을 무시하고 등장하는 '우연'의 현실 속에서
도 진리를 찾아 정신적 의미를 추출해야 한다고 역설한다. 즉, 진리보
다는 속사(俗事)가, 질과 필연보다는 양과 우연이 지배하는 오늘날의
현실 속에서 지식인이 그 현실을 수리하여 좌표를 마련해야 한다는 것
이다. '총명한 정신'을 지닌 지식인이라면 그 우연적인 현실에 대해서도
진리를 발견할 수 있다고 언급한다. 이는 아무리 최악의 정치 상황 속
에서도 항상 진리는 내포되어 있음을 반영하는 것이라 할 수 있다. 그
래서 그는 정치 현실에 대해 "지금 狀態와 다르기를 希望하는 것이 아
니고 그것이 어떤 性質의 政治든간에 그 現實이 歷史的 所産으로서 可
能한 構造의 內容을 設定하야 最大限度로 有利한 要素를 擇하고 그 要
素를 中心하고 主體的으로 必然的인 것을 맨드는 곳에 그 時代의 現實
을 살려내는 『最上』의 解決案"111)이 있다고 진술한다. 이를 통해 볼 때
그는 우연적 현실을 수리하는 입장으로 선회하고 있음을 알 수 있다.
즉 그는 자신이 적극적으로 대응하고자 하며 문제 삼았던 군국주의에
서서히 접근하고 있는 양상을 드러내기 시작한다. 이와 같은 양상은 문
화와 정치의 입장에서도 볼 수 있는데, 그는 문화가 처음에는 자기 영
역을 고수하고 독자적 입장을 지니되, 그 다음에는 정치와 결탁해야만
된다고 보았다. 그래서 급기야는 중국의 '북경', '상해' 등이 함락되는 것
을 보고 "旣往 허물어질 城門이면 하루라도 速히 허물어져 버리는 것이

---

110) 백철, 「時代的 偶然의 受理—事實에 對한 精神의 態度」, 《朝鮮日報》, 1938. 12. 2.
111) 위의 글, 1938. 12. 2.

歷史的으로 進步하는"112) 것이라고 하여 그가 친일논리로 귀결되고 있음을 볼 수 있다. 이후 백철은 한국문학사의 오점이라 할 수 있는 친일문학의 길로 접어들게 된다.

---

112) 위의 글, 12. 4.

제5장 백철 휴머니즘 문학의 비평사적 의의

1930년대 문학은 우리 근대문학 중에서 가장 다양한 성과들과 많은 주요한 문제들을 지니고 있다는 점에서 그동안 많은 연구자들에 의해 다각적으로 조명되어 왔다. 이 시기에 나온 작품 수량은 다른 시기에 비해 월등한데, 그것은 1920년대보다 3배가 훨씬 넘고 1940년대보다 2배가 넘으며, 1950년대보다도 많은 것에서 확인할 수 있다.[1] 이처럼 풍부한 작품 수량은 생산량의 증가뿐만 아니라 다양한 문제제기를 가져다주었다. 이는 특히 비평분야에서 부각되어 사실주의론, 풍자문학론, 고발문학론, 휴머니즘론, 행동주의론, 전통론, 세대론, 순수문학론 등을 낳았다.

이와 같은 1930년대 문학 상황에서 동경 유학시절부터 시창작과 비평행위를 통해 마르크스주의적 휴머니즘을 보여준 백철은 1933년 이후 사회주의 리얼리즘을 본받아 '인간묘사론', '인간탐구론'을 주장하였다. 그리고 1930년대 중반 이후 서구의 근대성을 비판한 그는 동양정신의 풍류성을 끌어들여 동양적 휴머니즘을 구체화하기 시작하였다. 그러나 이후 객관적 정세의 악화 등 여러 조건들에 의해 급기야는 친일논리의 휴머니즘을 지향함으로써 그가 진정으로 식민지 현실을 극복할 수 있는 대안으로 내세운 본래의 휴머니즘의 본질과 의미는 퇴색하고 만다.

---

1) 이선영 편, 『1930년대 민족문학의 인식』, 한길사, 1990, 3쪽 참조.

이처럼 그가 1930년대에 줄곧 표방한 휴머니즘 문학의 비평사적 의의를 다음과 같이 추출할 수 있다.

첫째, 일제라는 거대한 타자가 자리잡은 식민지 현실 속에서 그는 인간성을 되찾기 위한 모색을 하였다는 점이다. 동경 유학시절부터 친일하기 이전까지 그는 작품을 통해 일제에 의해 말살된 인간성을 회복하려고 부단히 노력하였던 것이다.

둘째, 1933년에 그가 내세운 '인간묘사론', '인간탐구론'은 카프문인들의 강한 비판에도 불구하고 카프문학의 창작방법론에 대한 재고의 여지를 가져다주었다는 점이다. 그가 주장한 휴머니즘 문학은 러시아에서 창작방법론으로 제기된 사회주의 리얼리즘의 "살아있는 인간의 묘사"에서 착안한 것으로 이를 통해 카프 자체 내에서 사회주의 리얼리즘을 중심으로 창작방법론에 대한 논의가 활발히 진행되었다.

셋째, 1930년대 초반까지 마르크스주의적 휴머니즘 문학을 통해 서구의 근대성에 대한 비판과 부정의식을 끊임없이 보여주었다는 점이다. 그는 인간이 본래 지니고 있던 고유의 인간성을 말살시킨 서구의 파행적인 근대에 대해 비판하고 마르크스주의적 휴머니즘을 통해 인간성의 회복을 지속적으로 주장한 것이다. 이는 식민지 조선인의 인간성을 송두리째 빼앗아간 거대한 타자의 담론인 일제를 비판하기 위한 것에 다름 아니었다.

넷째, 1930년대 중반 이후에는 서구의 근대성에 대한 하나의 대안을 서구의 휴머니즘이 아닌 동양의 휴머니즘에서 찾고자 했다는 점이다. 이 시기 객관적 정세의 악화로 이전의 휴머니즘 문학형태를 진술하기 어렵게 되자 그는 풍류성에 입각한 동양정신에 눈을 돌려 그 정신과 휴머니즘을 접목시켜야 한다고 주장한다. 동양적인 것 중에서도 사대주의를 비판하면서 대신에 우리의 전통사상이라 할 수 있는 단군사상을 내세운다. 우리 고유의 단군사상이 점점 중국의 사대주의사상에 함몰되면서 우리의 주체적인 모습이 퇴색되었다는 점을 강조하여 이 정신과 휴머니즘이 결합되어야 함을 강조하였다.

다섯째, 백철은 일본의 문단, 특히 나프에서 유행했던 사조를 우리나라에 소개하여 당시 문단에 활기를 불어넣었다는 점이다. 일본에서 유학을 했고, 그 곳에서 마르크스주의적 휴머니즘 문학을 표방했던 그에게 일본 문단(좌익 문단)의 유행사조는 하나의 지침서처럼 다가왔던 것이다. 그래서 그는 끊임없이 일본문단에 눈을 돌려 유행 사조를 수입하고자 하였다. 그의 이러한 작업은 당시 일제에 의해 침체기에 빠져있던 문단에 새로운 논의를 가져다 준 계기가 된다. 특히, 1930년대 초 藏原惟人의 농민문학론을 끌어들여 안함광의 농민문학 문제를 비판한 점이라든가 1930년대 중반 이후 일본의 복고주의를 끌어들여 동양정신과 휴머니즘을 결부시켜야 한다고 주장한 점 등은 주목할 만하다.

이러한 그의 휴머니즘 문학에 대한 비평사적 의의 이면에 한계 또한 없지 않다.

첫째, 비평사적 의의의 다섯째와 연결되는 부분으로 그가 근대의 절정에 달한 서구문단과 일본문단에서 유행하는 새로운 것들을 그대로 소개하여 비논리적인 부분과 논리적 허점을 보여주었다는 점이다. 그래서 임화는 「현대적 부패의 표징인 인간탐구와 고민의 정신」에서 백철의 이론이 "그저 新! 新! 하는 새로움을 추종하는 것에 불과하다"고 혹평한 바 있다. 특히 앙드레 지드의 전향논리를 그대로 수입하여 자신의 경우와 일치시키는 경우 등이 이에 해당된다.

둘째, 그의 휴머니즘 문학에 대한 논의가 지식인들에게 국한된 점을 들 수 있다. 이 부분은 그의 창작과도 연결되는 것으로, 백철은 1930년대 초반까지 시를 발표하여 그의 휴머니즘 문학의 이론과 실제를 그 나름대로 보여 주었다. 그러나 이후 시를 발표하지 않고 지식인(문인)들에게 이론만을 제시해 휴머니즘 이론과 실제가 서로 부합하지 못한 양상을 보여 주었다.

셋째, 그의 휴머니즘 문학을 지속시켜 온 비판적 리얼리즘의 입장을 끝까지 유지하지 못하고 1930년대 말기에 가서 친일논리를 지닌 휴머니즘 문학을 표방했다는 점이다. 이러한 그의 친일문학은 그가 우리 문학사에 많은 공적을 남겼음에도 불구하고 종종 평가절하 받기도 하는 부분이다.

이상과 같은 백철의 휴머니즘에 대한 비평사적 의의를 통해 우리 문학사에서 백철이 차지하는 비중을 실감할 수 있다.

본고는 1930년대 백철의 휴머니즘 문학의 본질과 변모과정, 그리고 변모의 추동력은 무엇인지를 고구하는 데에 초점을 맞추었다. 이 글에서는 그의 휴머니즘 문학을 카프에서의 이념적 이탈 양상으로, 그리고 전향 이후 순수문학적 회귀로 보려는 기존의 시각에서 탈피하여 새롭게 분석하고자 하였다. 그 결과 동경 유학시절 그의 문학작품을 통해 일제에 대한 비판의식과 식민지 치하에서 핍박받는 민족에 대한 사랑인 휴머니티와 카프에 가담한 후에도 비판적 현실주의의 경향을 띤 휴머니즘을, 그리고 1930년대 중반 이후에 서구의 파행적인 근대를 비판하기 위한 방편으로 휴머니즘에 동양정신을 결합시킨 측면 등을 확인할 수 있었다. 이러한 측면을 확인하는 과정에서 모든 것이 억압된 식민지 현실로 말미암아 발생한 분열된 주체의 욕망, 즉 백철의 무의식적 욕망에 대한 측면과 당시 문단의 상황 파악 능력이 뛰어난 그가 문단의 주도권을 쟁취하기 위한 권력욕망을 드러내고 있었다는 것도 간파할 수 있었다.

그의 휴머니즘 문학을 살펴본 결과 다음과 같은 결론을 얻을 수 있었다.

첫째, 그의 휴머니즘은 천도교의 영향으로 형성된 민족의식이 기저층에 내재한 독특한 마르크스주의적 휴머니즘이라 할 수 있다.

유년시절부터 천도교의 영향을 받고 성장한 백철에게 이 천도교는 단순히 마르크스주의에서 배격하는 종교의 한 형태가 아닌 민족의식을 고취시키기 위한 하나의 사상으로 다가왔다. 그리하여 천도교 사상과 마르크스주의가 조우했을 때 상쇄관계가 아닌 길항관계로 나타난 것이다. 이 두 사상이 상보적으로 존재한 것이 백철의 휴머니즘 문학의 특징이라 할 수 있다.

둘째, 동경 유학시절 그는 문학작품을 통해 마르크스주의적 휴머니즘 요소를 보여주었다.

이 시기 그는 가족사의 비극과 소외의식을 극복하기 위해 마르크스주의를 선택한다. 그가 마르크스를 택한 또 하나의 이유는 당시 사상사적, 문학사적 흐름을 정확하게 파악한 그의 마음속에 문단의 주도권을 잡겠다는 욕망이 자리하고 있었기 때문이다. 그래서 그는 이 시기 휴머니즘과 마르크스주의를 결합시켜 마르크스주의적 휴머니즘을 표방한 것이다.

이러한 측면은 「우박이 내리던 날」이나 「누이여」라는 작품에서 확인할 수 있는 바, 여기에서 민초들의 애환을 따뜻한 시선으로 포착해 내고 있다. 또한 「추도」, 「스미다가와, 석양」에서는 그의 현실비판 의식이 점차 노동자의 단합된 힘을 추구하는 정신으로 나아감을 엿볼 수 있다. 동경 유학시절 그의 문학활동에서 드러난 바와 같이 그는 이 시기 민족의식을 바탕한 마르크스주의 문학을 지향했다는 점, 이를 통해 식민지 민족 모순과 계급적 모순을 극복하려 한 점 등은 이 시기 백철의 휴머니즘 문학의 단초를 마련한다.

셋째, 그는 당시 카프문학에 나타난 이데올로기의 경직성을 극복하기 위해 사회주의 리얼리즘의 '전형성'을 수용하여 '인간묘사론', '인간탐구론'을 제창했다.

그가 이처럼 '인간탐구론'을 내세우는 심층적 층위에는 이미 카프에 대한 불만이 나타나기 시작하였던 것이다. 이는 마르크스주의 문학에 대한 회의감보다도 카프문인들이 개성과 휴머니티에 대해 소홀히 한 데서 파생된 것이라 할 수 있다. 그리고 이 시기 나프에 대한 탄압에 의해 문단의 장의 판도가 마르크스주의 문학에서 점차 순수문학으로 바뀌고 있는 동경의 문단 상황을 간파하게 되는데, 이를 통해 그의 무의식적 욕망이 점차 변한 것을 알 수 있다. 그러나 그는 유물변증법적 창작방법의 '산 인간'에 대해 재정립한 뒤 러시아 사회주의 리얼리즘이 정립되는 과정에서 제기된 바 있는 "살아있는 인간의 묘사"를 바탕으로 '인간묘사론', '인간탐구론'을 주장한다. 이를 통해 그는 마르크스주의에 대한 입장을 재강화하고 카프문단 내에서 입지를 확대하고자 했던 것이다.

넷째, 1935년 출감한 그는 카프에 대한 비판을 통해 개성과 보편성, 그리고 고뇌하는 주체를 강조했다.

'신건설사 사건'으로 검거된 그는 「비애의 성사(城舍)」를 통해 감옥생활의 참상을 보여준다. 많은 연구자들이 이 글을 기점으로 하여 전향 논리의 근거로 삼고 있으나 이후에 발표된 그의 글들을 본 결과 기존의 마르크스주의적 휴머니즘 입장을 계속 노정시키고 있음을 알 수 있었다. 그러니까 이 시기 그의 마르크스주의적 휴머니즘 입장이 카프 활동기보다 희석화된 것이지 이전의 정신적 지향이나 신념을 바꾸고 다른 방향으로 나아간 것은 아니라는 것이다. 이 시기에 나온 고뇌의 정신은 다름 아닌 근대적 이성에 의해 만들어진 이성 중심주의적인 사유구조에 대한 반발로 나온 것으로 이는 서구의 근대에 대한 부정의식, 즉 파시즘과 같은 파행적인 근대에 대한 부정성에 의해 나온 것이다. 이렇듯 그는 이 시기에 기존의 마르크스주의적 휴머니즘을 서구 근대성에 대한 비판을 통해, 그리고 인간의 고뇌의 정신과 개성의 강조를 통해 표출시켰던 것이다.

다섯째, 그는 서구의 근대성에 대한 비판과 부정을 통해 동양정신의 풍류성과 전통을 휴머니즘과 결합시키고자 하였다.

그는 지속적으로 추구해 온 마르크스주의적 휴머니즘 정신에 전통적인 풍류성을 가미시킨다. 왜냐하면 그는 점점 더 심해지는 객관적 정세로 인해 마르크스주의적 휴머니즘을 더 이상 진전시킬 수 없었기 때문이다. 그래서 그는 동경문단의 복고주의 영향을 받아 오랫동안 우리 민족을 지배해 온 봉건윤리를 비판하면서 단군사상의 풍류성에서 전통의식을 찾아낸다. 여기에 서구 휴머니즘을 접목시키고자 하였다. 이러한 측면은 「문화의 조선적 한계성」, 「동양인간과 풍류성」, 「풍류인간의 문학」등을 통해 확인할 수 있는데, 여기에서 그가 강조하려고 한 것은 서양의 윤리의식과 봉건 윤리의식에서 탈피하여 우리 고유의 전통의식을 찾아내 휴머니즘과 연결시켜야 한다는 것이었다. 우리 고유의 전통의식과 휴머니즘을 결부시키려는 그의 의지는 여러 조건들에 의해 큰 성과를 거두지 못했다 하더라도 전통에 대한 새로운 인식 틀의 계기를 마련했다는 의의를 지닌다.

여섯째, 우리 민족정서에 맞는 고유의 풍류성을 통한 휴머니즘 문학을 견지하지 못하고 객관적 정세의 악화로 인해 중일전쟁과 내선일체를 강요하는 친일로 나아갔다.

1938년 이후 발표된 「인간문제를 중심하야」, 「순수문화의 입장」, 「지식계급론」, 「휴머니즘의 본격적 경향」을 볼 때 그의 휴머니즘 문학의 주조를 이룬 비판적 현실주의의 입장이 퇴조한 것을 알 수 있다. 이 글을 통해 그는 정치와 문화가 종속관계가 아닌 영향관계가 되어야 함을 밝히고 있다. 그리고 오늘날의 순수문학을 "합리적이고 논리적인 것"이 아니라 "배리(背理)적이고 우연적인 것"이라고 규정지으면서 후자 또한 중요하게 취급해야 한다고 하여 "시대적 우연의 수리(受理)"의 정당성을 주장했다. 이 시기 이러한 주장을 통해 그의 문학은 서서히 친일문학의 방향으로 선회했다.

이상과 같이 백철의 휴머니즘 문학의 변모과정을 규명해 보았다. 본고는 백철의 휴머니즘 문학의 주축이 된 식민지 시대에 논의의 초점을 맞추었기 때문에 그의 문학 세계를 전반적으로 살피지 못한 점이 아쉬움으로 남는다. 이 부분은 차후의 작업을 통해 보완하고자 한다.

참고문헌

1. 기본자료

『동아일보』,『조선일보』,『조선중앙일보』,『동경신문』,『동광』,『문예』,『문화창조』,『사해공론』,
『삼천리』,『신계단』,『신여성』,『戰旗』,『전위시인』,『제일선』,『조광』,『조선문학』,『중앙』,『지
상낙원』,『청색지』,『풍림』,『프롤레타리아 시』,『형상』,『카프시인집』 등.
권영민 편,『한국현대문 학비평사자료집』 1~6권, 단국대출판부, 1981.
김성윤 편,『카프시전집』(1·2), 시대평론, 1988.
김시태 편,『식민지시대의 비평문학』, 이우출판사, 1982.
백 철 편,『현대평론수필선집』, 한성도서주식회사, 1955.
백 철,『20세기 문예』, 박우사, 1964.
_____,『문학자서전-진리와 현실』(상, 하), 박영사, 1975.
_____,『백철문학전집』 1-4, 신구문화사, 1968.
_____,『비평의 이해』, 민중서관, 1968.
_____,『신문학사조사』, 신구문화사, 1980.
_____,『인간탐구의 문학』, 창미사, 1985.
_____,『조선신문학사조사』(현대편), 백양당, 1949.
_____,『조선신문학사조사』, 수선사, 1948.
_____,『한국문학의 이론』, 정음사, 1964.
임규찬·한기형 편,『카프비평자료총서』 1~8권, 태학사, 1990.
편집부 편,『1930년대 한국문예비평자료집』, 한일문화사, 1987.

2. 논문

강영주,「1930년대 휴머니즘논고」,『관악어문연구』제2집, 서울대 국어국문학과, 1977.
강태근,「백철 문학의 비평사적 의의」,『초강 송백헌박사 화갑기념논총』, 학예인쇄사, 1995.
권성우,「1920~1930년대 문학비평에 나타난 타자성 연구」, 서울대 박사학위논문, 1994.
권영민,「백철과 인간탐구로서의 문학-1930년대 휴머니즘문학론 비판」,『소설문학』, 1983.
         8~10.
_____,「카프의 조직과 해체」,『문예중앙』, 1988년 봄~겨울호.
_____,「1930년대 일본 프로시단에서의 백철」,『문학사상』 203호, 1989. 9.
_____,「1930년대 한국 문단의 휴머니즘 문학론」,『예술문화연구』 창간호, 서울대 인문대학 예
         술문화연구소, 1991.
_____,「비평가 백철과 일본 동경의 <지상낙원>시대」,『문학사상』 304호, 1998. 2.

김기한, 「백철의 30년대 비평 연구」, 건국대 석사학위논문, 1988.

김수정, 「1930년대 휴머니즘론 연구」, 고려대 석사학위논문, 1993.

김외곤, 「1930년대 후반 한국문학과 반파시즘 인민전선」, 『외국문학』, 1991년 가을호.

_____, 「김남천 문학에 나타난 주체 개념의 변모과정 연구」, 서울대 박사학위논문, 1995.

김용직, 「한국휴머니즘문학론」, 『문학과 지성』 제3권 제2호, 1972년 여름호.

김 윤, 「백철의 문학사 기술방법 비판을 위한 시론」, 『한신어문연구』 1, 1985.

김윤식, 「백철 연구를 위한 하나의 각서」, 『청파문학』 제7집, 숙명여대 국어국문학회, 1967.

김재홍, 「백철의 생애와 문학」, 『문학사상』, 1985. 11.

김종대, 「1930년대 휴머니즘논쟁에 대한 일고찰」, 『어문논집』 19집, 중앙대 국어국문학과, 1985.

김종욱, 「백철의 초기문학론에 대한 비판적 고찰」, 『목원어문학』 제11집, 목원대 국어교육과, 1992.

김주일, 「백철문학론 연구」, 『목원어문학』 12집, 목원대 국어교육학과, 1993.

김현정, 「백철의 휴머니즘론에 나타난 주체의 욕망과 변모과정 연구」, 『한국언어문학』 제43, 한국언어문학회, 1999.

김현주, 「1930년대 후반 휴머니즘논쟁 연구」 연세대 석사학위논문, 1990.

남송우, 「1930년대 전환기 비평의 해석학적 연구」, 부산대 박사학위논문, 1990.

남송우, 「1930년대 백철 비평의 해석학적 연구」, 『한국문학논총』 제16집, 한국문학회, 1995. 12.

도정일, 「자크 라캉이라는 좌절/유혹의 기표」, 『세계의 문학』, 1990년 여름호.

박경수, 「백철의 일본에서의 문학활동 연구」, 『실헌 이동영교수 정년퇴임기념논문집』, 부산대학교 출판부, 1998.

박명용, 「일제 말기 한국문학의 역사적 의미」, 『인문과학논문집』 제12권 제1호, 대전대 인문과학연구소, 1993.

박수연, 「김수영 시 연구」, 충남대 박사학위논문, 1999.

박용찬, 「1930년대 백철문학론 연구」, 경북대 석사학위논문, 1984.

박호영, 「휴머니즘론 연구」, 『운당 구인환선생 화갑기념 논문집』, 한샘출판사, 1989.

백낙청, 「문학과 예술에서의 근대성 문제」, 『창작과비평』, 1993년 겨울호.

유문선, 「1930년대 초반 '유물변증법적 창작방법' 논의에 관하여」, 『관악어문연구』 15, 서울대 국어국문학과, 1990.

유보선, 「1930년대 후반기 문학비평 연구」, 서울대 박사학위논문, 1996.

윤여탁, 「1930년대 서술시에 대한 연구」, 『국어국문학』 제101호, 국어국문학회, 1989.

이경훈, 「백철의 친일문학론 연구」, 『연세대 원우논집』 제21집, 연세대 대학원, 1994.

이명재, 「백철문학연구서설」, 『어문논집』 제19집, 중앙대 국문과, 1985.

이해년, 「1930년대 한국행동주의 문학론 연구」, 부산대 박사학위논문, 1994.

이현식, 「1930년대 후반 한국 문예비평이론 연구」, 연세대 박사학위논문, 1995.

이 훈, 「1930년대 임화의 문학론 연구」, 서울대 박사학위논문, 1993.

임종수, 「백철 연구」, 충남대 박사학위논문, 1991.

정명호, 「백철문학론 연구」, 『명지어문학』 제22집, 명지대 명지어문학회, 1995.

정명호, 「백철의 초기문학론 연구」, 『명지어문학』 제23집, 명지대 명지어문학회, 1996.

_____, 「백철 비평문학론 연구」, 명지대 박사학위논문, 1997.

정영호, 「1930년대 문예비평관 연구」, 동아대 박사학위논문, 1991.

정의홍, 「정지용 시의 연구」, 동국대 박사학위논문, 1991.

정재찬, 「백철의 신비평 수용에 관한 연구」, 『한국국어교육연구회논문집』, 한국국어교육연구회, 1996.

조남철, 「일제하 한국 농민소설 연구」, 연세대 박사학위논문, 1985.

진영백, 「백철 문학론 연구」, 『우암어문논집』 제8호, 부산외대 국어국문학과, 1997.

_____, 「백철 초기비평의 연구」, 『우암어문논집』 제9호, 부산외대 국어국문학과, 1999.

최유찬, 「1930년대 한국 리얼리즘론 연구」, 연세대 박사학위논문, 1986.

홍성암, 「백철 비평 연구」, 『동대논총』 25, 1995.

홍준기, 「정신분석학과 맑스주의─라깡과 알뛰쎄를 중심으로」, 『창작과비평』, 1994년 여름호.

황종연, 「한국문학의 근대와 반근대」, 동국대 박사학위논문, 1992.

Anderson, Perry, 「근대성과 혁명」, 김영희 역, 『창작과 비평』, 1993년 여름호.

大村益夫, 「詩人金龍濟の軌跡」, 『三千里』, 1978년 봄호.

3. 단행본

강재언, 『한국근대사』, 한울, 1990.

권영민, 『한국민족문학론 연구』, 민음사, 1988.

김문집, 『비평문학』, 청색지사, 1938.

김병걸·김규동 편, 『친일문학작품선집』 1, 2, 실천문학사, 1986.

김성기 편, 『모더니티란 무엇인가』, 민음사, 1994.

김영민, 『한국문학비평논쟁사』, 한길사, 1992.

김영택, 『한국근대소설론』, 민지사, 1991.

_____, 『우리 문학의 비평적 이해』, 이회, 1996.

김용직 편, 『모더니즘 연구』, 자유세계, 1993.

김윤식, 『한국근대문예비평사연구』, 일지사, 1976.

_____, 『한국근대문학사상사』, 한길사, 1984.

_____, 『임화연구』, 문학사상사, 1989.

김재용·이현식 엮음, 『안함광평론선집』, 박이정, 1998.

김팔봉, 『김팔봉문학전집』, 문학과지성사, 1989.

김학성·최원식 외, 『한국근대문학사의 쟁점』, 창작과비평사, 1990.

김형효, 『구조주의의 사유체계와 사상』, 인간사랑, 1989.

김환태, 『김환태전집』, 문학사상사, 1988.

문덕수, 『현실과 휴머니즘문학』, 성문각, 1985.

맥락과 비평 현대문학연구회 편저, 『라깡과 문학』, 예림기획, 1998.

민족문학사연구 엮음,『민족문학과 근대성』, 문학과 지성사, 1995.

박명용,『한국 프롤레타리아문학 연구』, 글벗사, 1992.

백철·이병기 공저,『국문학전사』, 신구문화사, 1975.

서울대학교 인문과학연구소 편,『휴머니즘 연구』, 서울대학교출판부, 1988.

송기한,『한국 전후시와 시간의식』, 태학사, 1996.

_____,『문학비평의 욕망과 절제』, 국학자료원, 1998.

송민호,『일제말 암흑기문학 연구』, 새문사, 1991.

송백헌,『진실과 허구』, 민음사, 1989.

_____,『한국근대소설연구』, 삼지원, 1994.

신동욱,『한국현대비평사』(증보판), 시인사, 1988.

역사문제연구소 문학사연구모임,『카프문학운동 연구』, 역사비평사, 1989.

오세영,『20세기 한국시 연구』, 새문사, 1989.

_____,『한국근대문학론과 근대시』, 민음사, 1996.

우동수,『세계현대사』, 청아출판사, 1987.

윤여탁,『리얼리즘시의 이론과 실제』, 태학사, 1994.

윤평중,『포스트 모더니즘의 철학과 포스트 마르크시즘』, 서광사, 1992.

이경훈,『이광수의 친일문학 연구』, 태학사, 1998.

이선영·김영민·강은교·최유찬 공저,『한국 근대문학비평사 연구』, 세계, 1989.

이선영 편,『1930년대 민족문학의 인식』, 한길사, 1990.

이진경·신현준 외,『철학의 탈주』, 새길, 1995.

임규찬 엮음,『일본프로문학과 한국문학』, 연구사, 1987.

임헌영·홍정선 편,『한국 근대비평사의 쟁점』, 동성사, 1986.

임 화,『문학의 논리』, 학예사, 1940.

임종국,『친일문학론』, 평화출판사, 1966.

조정환,『민주주의 민족문학론과 자기비판』, 연구사, 1989.

최재서,『문학과 지성』, 인문사, 1938.

_____,『최재서평론집』, 청운출판사, 1961.

한계전 외,『한국 현대시론사 연구』, 문학과 지성사, 1998.

한국사특강편찬위원회,『한국사특강』, 서울대출판부, 1990.

한국산업사회연구회,『탈현대사상의 궤적』, 새길, 1995.

Berman, Marshall, *All That Is Solid Melts into Air : The Experience of Modernity*, 윤호병·이만식 역,『현대성의 경험』, 현대미학사, 1995.

Bourdieu, Pierre, *Questions de sociologie*, 문경자 역,『혼돈을 일으키는 과학』, 솔, 1994.

Calinescu, M., *Five Faces of Modernity*, 이영욱·백한울·오무석·백지숙 역,『모더니티의 다섯 얼굴』, 시각과 언어, 1993.

Corliss, Lamont, *Humanism as a Philosophy*, 박영식 역,『휴우머니즘』, 정음사, 1975.

Decombes, Vincent, *Le Même et L'Autre*, 박성창 역,『동일자와 타자 : 현대프랑스철학(1933~

1978)』, 인간사랑, 1991.

Edward, Paul, *The Encyclopedia of Philosophy*, N. Y. : The MacMilan Company, 1978.

Eliot, T. S., 『엘리엇선집』, 이창배 역, 을유문화사, 1979.

Ermolaev, H., 『소비에뜨 문학이론』, 김민인 역, 열린책들, 1989.

Freud, Sigmund, *Beyond Pleasure Principle*, 박찬부 역, 『쾌락원칙을 넘어서』, 열린책들, 1997.

Fromm, Erich, *On Disobedience and Other Essays*, 홍순권 역, 『휴머니즘의 재발견』, 한벗, 1983.

Habermas, J., *Der philosophische Diskurs der Moderne*, 이진우 역, 『현대성의 철학적 담론』, 문예출판사, 1994.

Horkheimer, M. & Adorno, T.W., *Dialektik der Aufklärung*, 김유동 · 주경식 · 이상훈 역, 『계몽의 변증법』, 문예출판사, 1995.

Hulme, T. E., *Speculation*, 박상규 역, 『휴머니즘과 예술철학에 관한 성찰』, 현대미학사, 1993.

Jameson, F., *The Political Unconscious : Narrative as a Socially Symbolic Act*, Ithaca University Press, 1981.

_____, F., Marxism and Form, 여홍상 · 김영희 역, 『변증법적 문학이론의 전개』, 창작과 비평사, 1992.

Jauß, Hans, Robert, *Literaturgeschichte als Provokation*, 장영태 역, 『도전으로서의 문학사』, 문학과 지성사, 1986.

Kamenka, Eugene, *Maxaism and ethics*, 이재현 역, 『마르크시즘과 윤리학』, 새밭, 1984

Kimmerle, Heinz, *Modelle der Materialistischen Dialektik*, 심광현 · 김경수 역, 『유물변증법』, 문예출판사, 1987.

Lacan, J., 『욕망이론』, 권택영 편역, 문예출판사, 1994.

____, J., *Ecrit : Selection*, tr by A. Sheridan, W. W. Norton, 1977.

Lemaire, Anika, *Jacques Lacan*, 이미선 역, 『자크 라캉』, 문예출판사, 1994.

Lucas, G., 『독일문학사』, 반성완 역, 심설당, 1987.

Lunacharskii, A. V. 외, 『사회주의 리얼리즘—세계관과 창작방법의 문제』, 김휴 편역, 일월서각, 1987.

Marx, K. & Engels, F., *Communist Manifesto*, 남상일 역, 『공산당선언』, 백산서당, 1989.

Mitchell, R. H., *Thought Control in Prewar Japan*, 김윤식 역, 『일제의 사상통제』, 일지사, 1982.

Pippin, Rovert, B., *Modernity as a Philosophical Problem*, Cambridge : Bacil Blackwell, 1991.

Sartre, J. P., *L'existentialisme est un Humanisme*, 방곤 역, 『실존주의는 휴머니즘이다』, 문예출판사, 1981.

_____, 『시인의 운명과 선택』, 박익재 역, 문학과지성사, 1985.

Schaff, A., *Marxism and The Human Individual*, 김영숙 역, 『마르크주의와 개인』, 중원문화, 1984.

Shils, Edward, *Tradition*, 김병서 · 신현순 역, 『전통』, 민음사, 1992.

Widmer, Peter, *Subversion des Begehrens*, 홍준기 · 이승미 역, 『욕망의 전복』, 한울아카데미, 1998.

伊東勉, 『리얼리즘이란 무엇인가』, 이현석 역, 세계, 1987.

今村仁司, 『近代性の構造』, 이수정 역, 『근대성의 구조』, 민음사, 1999.

務台理作, 『현대의 휴머니즘』, 풀빛편집부 역, 풀빛, 1982.

柄谷行人, 『日本近代文學の起源』, 박유하 역, 『일본근대문학의 기원』, 민음사, 1997.

任展慧, 『日本における朝鮮人の文學の歷史』, 法政大學出版局, 1994.

藏原惟人, 『藝術論』, 金永錫・金萬・羅漢 譯, 開拓社, 1948.

_____, 『藏原惟人評論集』, 新日本出版社, 1968.

橫松涉 外, 『近代の超克論』, 講談社, 1989.

제 2 부

제1장 백철의 휴머니즘론에 나타난 주체의 욕망과 변모과정 연구

1. 식민지 현실에서의 탈주의 욕망

백철은 1930년대 초반부터 비평활동을 시작한 이래로 줄곧 휴머니즘 문학을 표방한 비평가로 널리 알려져 있다. 그의 휴머니즘론의 궁극적 지향점은 일제 강점기 하에서 상실되어 가는 인간성을 옹호하기 위한 것으로 그는 '인간묘사', '인간탐구', '휴매니티' 등을 통해 휴머니즘론을 다양하게 전개한다. 이 글에서는 그가 휴머니즘론을 통해 진정으로 추구하고자 했던 것은 무엇인지에 대해 살펴보고자 한다. 이는 비평텍스트 이면에 깔려 있는 무의식적 욕망1)을 추출하는 작업을 통해 가능하리라 본다.

백철의 휴머니즘론에 관한 선행 연구2)를 보면 거의 그의 비평텍스트

---

1) 이는 라깡이 "무의식은 언어처럼 구조화되어 있다"(에끄리)라고 말한 것에 기초해 살펴볼 수 있는 것으로 백철 또한 자신의 무의식적 욕망을 텍스트 속에 투영시켰을 것으로 추측할 수 있다. 이는 의식의 고리가 헐거워질 때 더 분출하려는 속성을 지니고 있다.

2) 김윤식, 「휴머니즘론」, 『한국근대문예비평사연구』, 일지사, 1976 ; 권영민, 「백철과 인간탐구로서의 문학—1930년대 휴머니즘문학론 비판」, 『소설문학』, 1983. 8~10 ; 오세영, 「30년대 휴머니즘 비평과 '생명파'」, 『20세기 한국시 연구』, 새문사, 1989 ; 하정일, 「1930년대 후반 휴머니즘 논쟁과 민족문학의 구도」, 이선영 편, 『1930년대 민족문학의 인식』, 한길사, 1990 ; 권영민, 「1930년대 한국 문단의 휴머니즘 문학론」, 『예술문화연구』 창간호, 서울대 예술문화연구소, 1991 ; 김영민, 「파시즘에 대한 저항과 휴머니즘

를 분석하여 그를 부르조아 휴머니스트로 규정하는 차원에 그친 감이 없지 않다. 이는 기존 연구의 방향이 그의 휴머니즘론 자체에 대한 평가 작업에 국한되어 그의 내적, 논리적 궤적을 소홀히 한 데서 연유한다. 따라서 이 글에서는 기존 연구에서 소홀히 다룬 그의 무의식적 측면을 다루어 보고자 한다.

1930년대는 한국 민족운동사를 통해볼 때 가장 불행한 시기로 일컬어진다. 그것은 이 시기에 들어와서 일제가 만주사변을 시발로 하여 조선에 대한 병참기지화 및 황민화 정책을 본격적으로 실시하는 등 군국주의적 본질을 노골화하였기 때문이다. 그에 따른 기존의 문화정책이 폐기됨에 따라 모든 합법운동은 금지되면서 일제에 대한 저항운동은 철저한 탄압 국면으로 접어들기 시작했다.3) 이러한 탄압은 그 이전부터 카프문학운동에 파급되어 1931년, 1934년 두 차례 검거선풍이 일어나게 되었고 급기야는 카프문학의 해산을 가져오게 되었다.

이러한 상황을 체험한 문인들은 자신들의 무의식적 욕망을 제한적으로 표출시킬 수밖에 없었다. 그것은 '일제'라는 거대한 타자가 항상 곁에 자리하고 있었기 때문이다. 그래서 당시 문인들은 자신의 무의식적 욕망을 굴절시켜 다양한 양상으로 표출하기에 이르렀다. 이러한 제반 조건들은 그들을 자아 분열4)을 가져왔으며, 이와 같은 자아 분열상은 당시 작품들에 다양한 모습으로 반영되었다. 백철 또한 마찬가지였다.

논쟁」, 『한국문학비평논쟁사』, 한길사, 1992.
3) 강재언, 『일제하 40년사』, 풀빛, 1984, 130쪽 참조
4) 여기에서 분열이란 정신에서 가장 깊숙한 부분인 에고와 의식적인 담론, 행동, 문화의 주체로 나뉘는 것을 의미한다. 라깡에 의하면 이 분열에 의해 주체의 내부에 숨겨진 구조인 무의식이 만들어진다. 주체는 발화하는 '나'와 현존과 부재가 교차되는 발화에 의해 재현되는 심리적 실재 사이에서 분열된다.(아니카 르메르, 이미선 옮김, 『자크 라깡』, 문예출판사, 1994, 114~120쪽 참조). 주체는 발화하는 '나'와 발화되어지는 '나' 사이에 기표가 삽입됨으로써 분열된다. 여기에서 발화되어지는 '나'는 이 논문에서 주목하는 '무의식적 주체'와 동일하다.(맥락과 비평 심포지엄 자료집, 「라깡과 90년대 한국문학」, 1998, 4~7쪽 참조)

이 글에서 주목하고자 하는 것은 당시 나프(NAPF)의 회원이자 카프 맹원이었던 백철이 왜 전향하게 되었고 왜 그가 자신의 휴머니즘론을 통해 비평세계를 계속적으로 변화시켰는가 하는 점에 있다. 그것은 결국 표면에 드러나지 않는 무의식적 주체의 욕망이 변하고 있었음을, 그리고 무의식적 주체가 바뀌고 있었다는 것을 시사해주는 것이라 할 수 있다. 이는 결국 일제 강점기라는 시대상황과 당시 문학의 장(場)5)들과의 역학관계 속에서 자신의 입장을 견지하고자 한 태도에서 비롯된 것으로 판단된다6). 이 글에서는 이와 같은 문제의식으로 백철의 휴머니즘론을 규명해보고자 한다.

2. 사회주의 리얼리즘 추구로서의 주체

1930년대 초반에 백철은 '인간묘사론'으로 요약되는 그 자신의 독특한 창작방법론을 사회주의 리얼리즘에 관련시켜 주장한다.

이 시기 카프문학을 지향하고 있었기 때문에 그의 무의식적 주체의 욕망 또한 순수문학에 대한 비판적 입장을 지니고 있었다.

먼저 그는 「批評의 新任務」7)에서 비평가는 역사적 사회계급적 기준이

---

5) 장(場, champ)은 피에르 부르디외(Pierre Bourdieu)의 용어인데, 그는 장을 "게임이 일어나는 공간, 동일한 이해관계를 위해 경쟁하는 개인들이나 단체들 간의 객관적 관계의 장소"로 설명한다. 또한 장은 공시적으로 파악할 때 입장들(또는 지위들)의 구조화된 공간으로 드러난다.(피에르 부르디외, 「장(場)들의 몇 가지 특성」, 『혼돈을 일으키는 과학』, 솔, 1994, 127쪽 참조)

6) 이러한 시각은 자아는 단순히 하나의 원초적인 자아로 이루어진 것이 아니라, 여러 타자들의 복합적인 목소리에 의해 하나의 자아가 존재한다는 입장에 기대고 있다. 즉 이는 순수한 주체란 존재하지 않으며 타자와의 만남·융화·투쟁을 통해 비로소 한 주체가 존재한다는 논리에 힘입고 있다.(권성우, 「1920~1930년대 문학비평에 나타난 他者性 硏究」, 서울대 박사학위논문, 1994, 11쪽 참조).

7) 白鐵, 「批評의 新任務—基準批評과 鑑賞批評의 結合問題」, 《東亞日報》, 1933. 11. 15 ~19 참조.

있어야 하고, 참된 성과를 이루기 위해서는 작품의 구체적 조건을 정확히
이해해야 하는 과정을 거쳐야 한다고 말하고 있다. 여기에서 그는 현대
비평의 위기를 세계사적 입장에서 고려해 "個人主義 精神의 末期化'로 보
고 있다. 이러한 위기를 타개하기 위해서는 "프로文學 批評이라는 新批評
을 더 本格的으로 確立"해 나가야 한다는 입장을 지니고 있었던 것이다.
그러면서 프롤레타리아 비평이 나아갈 길을 제시하고 있는데, 그것은 "조
금도 基準이라는 尺度를 머리에 두지 않고 다만 熱心으로 鑑賞해"야 한다
라는 것이다. 결국 이는 프로문학 계열의 비평가들이 비평의 기준을 제시
하였지만 작품평이 미흡하고 소홀했음을 은연 중에 암시하고 있는 것이
라 할 수 있다.

　이러한 카프문학에 대한 비판적 징후는 그가 일본에서 귀국한 후 처음
발표한 「農民文學問題」8)에서 보이기 시작한다. 그는 나중에 휴머니즘
논쟁 과정에서 대척적인 입장을 보여주는 안함광의 「農民文學問題에 對
한 一考察」(1931년 8월 12~13일)에 대해 그의 오류를 지적한다. 그의
농민문학론은 안함광의 기계주의적 농민문학론을 비판함으로써 실상은
카프의 기계주의적 농민문학론을 비판한 것이라 할 수 있다.9) 특히 그
가, 농민문학의 제재가 다양하고 구체적이고 한국 농민의 역사적 조건을
고려해야 한다고 한 것은 주목할 만한 성과라 볼 수 있는데10), 여기에서
중요한 것은 그의 문학적 지향점이 어디로 귀착될 것인가 하는 비평적 징
후를 엿볼 수 있다는 점이다.

　이러한 비평적 징후가 비평행위로 노출되기 시작한 것은 그가 '인간묘
사론'를 주장하면서부터이다. 그의 인간묘사론은 유물변증법적 창작방법

---

8) 白鐵, 「農民文學問題」, 《朝鮮日報》, 1931. 10. 1~20.
9) 김윤식, 『임화연구』, 문학사상사, 1989, 373~376쪽 참조.
10) 그가 이와 같이 주장할 수 있었던 계기는 그가 일본 나프(NAPF)의 멤버로 있으면서
　　접한 3·1 테제와 당시 나프의 중추적 역할을 맡고 있던 藏原惟人·中野重治의 글이었
　　다. 백철의 일본 문단활동에 관해서는 권영민, 「1930년대 일본 프로시단에서의 백철」, 『문
　　학사상』, 1989. 9 참조.

론과 사회주의 리얼리즘론의 한 핵심으로 이루는데, 이때까지만 해도 그는 프롤레타리아에게 있어서는 막연한 인간은 문제되지 않으며, 다만 계급적 인간만이 문제가 될 따름이라고 주장한다.11) 그리고 그는 이 글에서 프로문학의 창작방법을 구체적으로 제시하고 있다. 즉 프로문학 작품은 주제가 계급적이어야 하고 제재가 현실 속에서 자유롭게 취재되어야 하며 구체적인 인간상을 그려내야 하고 일정한 대중생활이 살아있어야 한다고 주장한다. 이 글을 발표하던 시기까지만 해도 그는 부르조아적 성향과 자유주의의 속성을 노출시키지 않았다.

계급의식을 투철하게 보여주던 그가 점점 '소시민적 근성'을 드러내고 카프에 대한 회의감을 표출하기 시작한 것은 「인테리의 名譽」12)를 통해서이다. 그는 이 글에서 "인테리인 白鐵氏는 努力은 만히 하는 모양이나 結局은 납프에 利用을 당하는 이외에 아무 것도 아닙되다!"라는 말을 간접 인용하면서 자신의 심경을 토로하고 있는데, 이는 그의 무의식 속엔 이미 프로문학에 대한 회의가 일기 시작하였음을 암시해주는 것이라 할 수 있다.

이러한 프로문학에 대한 회의감을 품고 있던 그는 카프문학과의 거리두기에 대한 명분으로서 '인간묘사론'을 표방하게 되는데, 이와 같은 내용을 담고 있는 글이 「人間描寫時代」이다.13) 그는 여기에서 카프비평가라는 일면으로 내세우면서도, 카프에서 이탈하여 부르조아예술로 향하는 이중의 방식을 취하고 있었다고 할 수 있다.14)

文學에 잇어 現代는 人間描寫時代다……이 말을 가지고 내가 現在의 文

---

11) 白鐵, 「創作方法問題」, 《朝鮮日報》, 1932. 3. 6~19 참조.
12) 白鐵, 「인테리의 名譽—同伴者 作家에 對한 感想」, 《朝鮮日報》, 1933. 3. 3.
13) 백철은 이 글을 발표할 시기에 프로문학에 대한 회의와 비판적인 심리가 증폭되고 있었다고 후에 엮은 그의 전집에서 당시의 심정을 술회하고 있다.(白鐵, 『白鐵文學全集』2, 신구문화사, 1968, 82쪽 참조)
14) 김윤식, 앞의 책, 380쪽.

學的 性格을 說明하려고 하는 것은 直接으로는 現代에 와서 一般 作家의 注
意와 關心이 人間描寫에 集中되고 잇는 것(결론격)을 指摘하고 잇거니와 그
와 同時에 나는 本來부터 文學이란 것은 現代뿐이 아니고 過去에 잇서서도
일즉히 한 번도 그의 關心이 人間描寫에서 써나본 일은 업섯다는 것을 생각
하고 잇다.

(……)

지금까지의 文學이 恒常 人間描寫를 일삼아 왓다는 것은 우리들이 文學
史를 歷史의 諸側面의 하나로서 『이데오로기』의 歷史의 一面을 代表하고 잇
다는 것을 그리고 文學이란 結局 人間生活의 認識과 關係를 記錄한 것이라
는 것을 理解하면 고만이다.15)

위 인용문에서 알 수 있듯이 백철은 문학이란 결국 인간생활의 인식과
관계를 기록한 것으로 이해하고 있다. 그는 과거의 위대한 작품은 당대의
인간을 진실하게 묘사하고 있다고 진술하고 있는데, 이러한 인간은 시대
성과 역사성을 띤 인간, 경향적으로 묘사된 인간에 다름 아니다. 인간묘
사는 현대적 문학적 성격을 내포하는 것으로 하나는 사회주의 리얼리즘
이라는 창작방법으로, 한편은 심리주의적 리얼리즘이라는 문학적 수법이
라고 그는 주장한다. 이러한 것은 인간을 진실하게 묘사하고 산(生) 인
간, 구체적 인간을 구체화시킨다고 덧붙인다. 여기에서 백철은 어떠한 인
물을 창조하고 그 인물을 프롤레타리아 문학세계관과 어떻게 조화시킬
것인가에 대한 곳까지 나아가지 못하고 '인간묘사' 자체만으로 너무 광범
위하게 제시하는 한계를 보여준다.

한편, 이 글을 접한 임화, 박영희, 홍효민, 함대훈, 이헌구, 이동구 등
카프진영을 중심으로 한 평자들은 그의 비평에 대한 반박하는 글을 발표
한다. 즉 인간묘사에 대해 진실한 문학적 이해와 투시에 의해 바라보지
못하고 저급한 속인의 단견(短見)에 의해 무시되고 있다고 있다. 여기에
서 그들이 백철의 글의 논리적 허술함과 그의 소시민적 사유방식에 대한

---

15) 白鐵 「人間描寫時代」, 《朝鮮中央日報》 1933. 8. 29~30.

지적이라는 측면도 크지만 그보다는 카프조직의 손상에 대한 우려가 더
강했으리라 판단된다. 그는 이 글을 발표할 때까지만 해도 백철은 프로문
학의 우위성을 강조한다.

카프문인에게 적나라하게 비판받은 백철은 '인간묘사론'의 반박문에 대
한 재비판의 글로서 「人間探究의 途程」16)을 발표한다. 그가 이 글을 발
표하는 목적을 자신의 글을 비판한 평자들의 속견과 사해(邪解)에서 나
의 소론을 구하고자 한다고 밝히고 있다. 그러면서 인간탐구의 중요성을
한층 더 부각시킨다.

> ……프롤레타리아트만치 人間의 完全한 價値와 權利에 覺醒한 階級을 나
> 는 알지 못하며 眞實한 휴매니티가 프로文學에서만치 探求되야 할 것을 생
> 각할 수 없다. 그런 意味에서 프롤레타리아트에 依하여 招來될 時代를 나는
> 第二의 휴머니즘 時代라고 생각하며 그와 同一한 意味에서 프로文學의 全盛
> 時代를 第二의 文藝復興 時代로 豫想하고 잇는 것이다.(5. 26)

프롤레타리아 문학만이 인간의 가치와 권리를 창조해낼 수 있고 거기
에서 진실한 휴매니티를 추구할 수 있다고 그는 보고 있는 것이다. 그래
서 그는 프롤레타리아에 의해 다가올 시대를 '제2의 휴머니즘 시대'라고
언급하는데, 여기에서 그가 제2의 휴머니즘 시대라고 한 것은 결국 제 2
의 문예부흥시대를 염두에 둔 것이다. 그는 이 글에서 프로문학의 창작방
법이 나아가야 할 방향까지 노정시키고 있는데, 그가 이렇게 주장하는 이
면에는 기존의 프로문학 창작방법으로는 새로운 시대에 대응할 수 없다
라는 인식이 배태되어 있다. 그래서 백철은 프로문학이 이제부터 한층 진
실하게 "人間을 探求하야 描寫하며 거기에서 眞實한 文學의 確立"을 꾀해
야 한다고 주장하고 있다. 그리고 프로문학은 "가장 完全한 人間을 探求
하야 創造描寫해가는 文學"이라고 하여 프로문학이 변모해야 한다는 사

---

16) 白鐵,「人間探求의 途程」,《東亞日報》, 1934. 5. 24~6. 2.

실을 보여준다.

그는 이어 진실한 의미의 인간 탐구가 무엇인지를 주장한다.

> …充實한 人間 積極性과 創造性이 充溢한 人間描寫 探求하는 곳에 새롭
> 은 作家들의 人間探求의 途程이 잇으며 그러한 人間이 積極的으로 現實에
> 正面하야 實踐하며 行動하는 모든 複雜한 關係를 描寫探入하는 곳에 새롭은
> 人間 타입을 發見하야 確立하는 創作方法으로서의 프로文學의 眞實한 能動
> 的 리알리즘의 大道가 잇는 것이다.(6. 2)

즉 그는 현실을 바탕으로 한 적극적인 실천과정을 통해 인간탐구의 길
을 발견할 수 있다고 보고 있다. 이는 카프문학에 대한 그의 문학적 신념
을 다시 잡아보려는 마음과 전향의 경계에 있음을 은연중에 암시해 주는
것이라 할 수 있다. 그러나 이후 그의 무의식 속엔 전향하려는 욕망이 증
폭되어 가는데, 이는 다음 구절에서 엿볼 수 있다.

> ─思想的으로 良心的으로 苦悶하든 그가 그리고 文學에 잇어는 人間의 深
> 奧까지를 探求하려든 '도스트엡흐스키─'의 硏究者인 그가 近年에 와서 轉向
> 하엿든 敎訓的 事實을 알고 잇다. 누구보다도 苦悶하든 지-드가 結局에 잇어
> "人類의 밝은 炬火"를 發見하고 理性과 良心과 근노계급에 대한 希望을 가진
> 人間들의 새롭은 타입에 그의 自由商의 짐을 부리어놓게 되엇든 그는 '골키'에
> 나리지 않는 人間探求를 爲한 地上의 苦行者이엇든 것이다.(5. 30)

이와 같이 전향의 징후를 보인 그는 이러한 글을 발표한 뒤 일년을 버
티지 못하고 전향하게 된다. 그가 전향할 수밖에 없었던 이유는 여러 가
지가 있겠지만 그 중 하나가 자신이 가장 신뢰하고 좋아했던 카프문학의
아성에 균열이 가기 시작했다는 것이다. 그는 여기에서 새롭게 등장하는
순수문학의 장에 합류하고 싶은 무의식적 욕망을 드러내고 있다.

3. 고뇌하는 주체

1935년 이후의 인간탐구론은 '국제작가회의'와 제7차 코민테른의 성과에 힘입어 제기된 것이다. 그러나 이 시기의 인간탐구론은 '국제작가회의'에서 제기된 휴머니즘 문학의 정신이나 제 7차 코민테른에서 제시된 반파시즘인민전선이라는 논의의 본질을 올바르게 이해하지 못한 채 전개되었다. 특히 '국제작가회의'의 성과를 제대로 반영하지 못한 이유는 휴머니즘론에 대한 소개가 이념 동조의 차원보다는 단순히 외국이론 번역의 수준에서 이루어진 점, 논의의 주도적 이론가가 백철로 떠오른 점 등을 들 수 있다. 백철은 '국제작가회의'에서 주창된 휴머니즘 문학론의 본질을 직시하기보다는 이를 단지 그 용어상의 유사성을 빌미로 과거 자신의 인간묘사론을 부활시키는 일에 적극적으로 활용했다.[17]

카프 맹원 검거 사건으로 옥고를 치른 백철은 「悲哀의 城舍」[18]을 발표한다. 감옥에서의 생활이 비참한 나날들이었다고 술회한 글이다. 그는 이곳에 감금되었을 때 한편으로 말할 수 없을 정도로 어떤 모멸감과 수치심에 느끼기도 하지만 그보다도 카프문인들에 대한 실망감과 서운한 감정을 더 느끼게 된다.

> 所謂 思想과 傾向文學을 通하야 사귀여왔다는 벗들에게 쓴 글들이 二次, 三次까지 重複되여도 그들의 大部分은 端書 一 枚의 回答을 쓰는 寬大란 態度를 가지려고 하지 안엇다. 하물며 저날이즘을 通하야 서로 만나 親하는 그분들이야 本來부터 그 神聖한 部分에 잇는 貴한 身分으로서 獄舍에 잇는 一個의 囚人과 交誼를 계속할 羞恥를 가질 필요가 잇엇으랴?(12. 25)

이러한 카프문인들에 대한 실망감과 서운함은 출옥 후 그가 카프문인

---

17) 김영민, 『한국문학비평논쟁사』, 한길사, 1992, 478~9쪽 참조.
18) 白鐵 「悲哀의 城舍」, 《東亞日報》, 1935. 12. 22~27.

들과 의식적 결별을 하게 된 하나의 계기로 작용한다. 그리고 그가 수감
되어 있을 때 하나의 충격적인 소식을 접하는데 그것은 다름 아닌 카프의
해산 소식이었다. 그가 '인간묘사론'을 추구하면서도 일정 정도 카프문학
에 기대었던 것이 사실이다. 정신적 의존도가 높았던 카프문학의 해산은
그에게 정신적 공허함을 가져다주기에 충분했다.

> 또 한 번은 『카프』의 解散을 傳하는 L의 편지를 읽은 때다! 카프가 조선
> 의 文學에 功積을 남겼든 못남겼든 여기에는 親愛한 벗을 最後의 길에 보내
> 는 悲劇이 잇엇다. 이날 저녁 나는 슬픈마음으로 葬送曲 대신에 『브루터스』
> 의 最後의 心情을 그린 古詩의 一條目을 暗誦하엿다. 『캐시어스여! 어데를
> 갓느냐! 로-마는 망햇어라고』 (12. 26)

그래서 그는 비탄에 빠지게 된다. 자기 자신에 대한 수치심의 증폭과
절망감의 확대는 결국 그를 자살의 단계까지 이르게 한다. 이렇듯 나약한
모습을 보여주던 그는 전환의 계기를 맞이하게 되는데, 그것은 자신의 주
위를 둘러보고 자신을 반성하면서부터이다. 그래서 그는 "살어야 한다!
生! 그것은 人間의 永遠한 眞理다!"하여 '산인간'의 소중함을 깨닫고 "暗
黑의 生活 가운데서도 恒常 生을 要求하고 追求하는 것이 그의 正直한 心
理的 眞實"이라고 역설한다.[19] 그래서 그가 결국 궁극점에 다달은 곳은
"文學人이 過去와 같은 意味에서 政治主義를 버리고 맑스主義者의 態度
를 포기하는 것은 非難할 것이 아니라 文學을 위하여 도리혀 贊賀해야 할
現象이라고 나는 누구 앞에서도 公然히 宣言하고 싶다."라고 한 것처럼
휴머니즘 문학이었다.

이 글은 백철의 무의식적 욕망을 잘 드러내는 비평문으로, 그가 카프문

---

19) 프로이트는 『쾌락원칙을 넘어서』에서 욕망을 충족시키는 유일한 대상은 죽음뿐이라고 했
다. 그렇다면 욕망은 인간을 살아가게 하는 동력이라 할 수 있다. (자크 라캉, 권택영외
역, 『욕망이론』, 문예출판사, 1994, 11쪽). 이러한 맥락에서 백철이 '절망감'이나 '수치
심', 심지어는 '자살 충동'까지도 극복할 수 있었던 힘은 다름 아닌 '산 인간', 즉 '인간탐
구'에 대한 강렬한 욕망에 의해서였다고 할 수 있다.

인들과 결별할 것을 거의 공식적으로 드러내고 있으며, 나아가 글의 방향
이 어디로 전개될 것인지까지도 암시해 준다. 즉, 중요한 것은 '자연이 아
니라 역시 인간'이라는 표현을 사용하면서 그의 문학의 도정이 인간탐구
론으로 지속될 것을 내포한다. 여기에서 주목할 것은 이 글을 통해 백철의
무의식적 욕망이 전복되고 있음을 발견할 수 있다. 그러니까 전향하기 이
전까지만 해도 그의 무의식적 욕망은 일제에 대한 저항과 순수문학에 대
한 비판에 있었다. 그러나 전향 이후에는 일제에 대한 순응과 순수문학에
대한 옹호 쪽으로 백철의 무의식적 욕망이 전복되고 있음을 발견할 수 있
다. 이는 무의식적 주체가 카프문학을 옹호하는 주체에서 카프문학을 전
면적으로 비판하는 주체로 변모하는 것을 엿볼 수 있다.

백철이 전향의 길로 접어든 이후 처음으로 발표된 글이 「現代文學의
課題인 人間探求와 苦惱의 精神」[20]이다. 여기에서 그는 오늘날 문학의
절박한 과제는 공허한 기계론의 반복에 있는 것이 아니라 직접 문학적 대
상과 충돌하며 그 실제의 고투에서 새로운 인간형을 탐구하고 전형적 인
간을 묘사하는 일에 있다고 주장한다. 그의 이론의 핵심은 결국 문학과
정치적 이데올로기의 분리, 정치성과 사회성으로부터 문학의 독자성 옹
호, 외부의 불순한 조건에서 벗어난 순수한 인간성의 탐구 등이다.

먼저 그는 앙드레 지드의 영향으로 조선에서도 인간탐구에 대한 관심
이 고조되고 있다고 진술한다.

> 人間 描寫에 對한 傾向, 人間에 對한 探求, 人間에 對한 硏究, 個性의 問
> 題 等 나는 最近에 읽어본 諸氏의 主要한 論文과 感想文 가운데서 그 關心
> 이 높허가는 現象을 어데서나 指摘할 수 잇섯다. 그리하야 이 人間問題는
> 確實히 今日에는 우리들 文壇의 中心 토픽이 되여 流行되고 잇는 듯하
> 다.(1. 12)

---

20) 白鐵 「現代文學의 課題인 人間探求와 苦惱의 精神-創作에 잇서 個性과 普遍性 等」, 『朝
鮮日報』, 1936. 1. 12~21.

조선에서의 이와 같은 인간탐구에 대한 열정은 백철에게 커다란 힘과 용기를 가져다주는 계기가 된다. 이를 통해 그는 자신이 30년대 초반부터 구축해 온 '인간탐구론'이 오늘날에서야 결실을 보게 된 것이라고까지 자부하기에 이른다. 즉 그는 "今日은 새롭은 人間을 獲得하는 것이 위선 緊要하다"라는 앙드레 지드의 말을 인용하면서, 과거 자신의 인간묘사론이 사면초가의 형상을 면치 못했던 일을 떠올리며 스스로 감격한다. 아울러 그는 인간탐구론을 제시한 '국제작가회의'의 성과가 곧 문학과 정치적 이데올로기의 분리를 의미하는 것이라는 잘못된 해석을 내린다.21) 계속해서 그는 최근 유행하고 있는 행동주의는 하나의 감상주의에 불과하다고 언급한다.

> 그런 意味 等으로서 全般으로는 行動主義가 그대로 조선 文壇에 攝取될 수 업다는 定見을 나는 高持한다. 따라서 最近의 行動主義의 流行에 對하야는 그것은 한 感傷主義의 現象이라고 박게 볼 수 업다…… 또한 同一한 意味에서 『지이드』의 새롭은 人間獲得問題가 우리 文壇에 巨大한 影響을 加하고 잇는 現象에도 一定한 感傷主義가 嚴然히 流行되고 잇는 것을 看過할 수 업다는 것이다.(1. 16)

이처럼 그는 행동주의에 대해 부정적 견해를 가지고 있다. 그러면 그가 이러한 부정을 통해 추구하려고 했던 것은 무엇인가. 그것은 그가 지속적으로 주장하고 있는 '인간탐구의 길'이다. 문학인이 묘사해야 할 인간은 "漠然한 永遠의 人間性이 안이라 歷史的이며 限界的인 人間이며, 이를 탐구"해야 할 것이라 언급한다. 또한 그는 진정한 인간탐구의 길은 고뇌의 정신을 내포하고 있어야 한다고 주장한다.

여기에서 중요하게 대두되고 있는 '고뇌의 정신'이란 무엇인가. 이는 "消極的 意味에 絶望, 悲觀하는 意味의 것이 안이고 偏執과 堅忍으로 現

---

21) 김영민, 앞의 책, 472쪽 참조.

實에 대하는 積極的 態度"라고 할 수 있다. 이 진실한 고뇌의 정신은 언제나 이성과 지혜를 가지고 당시 암흑의 생활과 고투하며 동시에 가치있는 생활에 대하여 예견하는 곳에 있다는 것이다. 또한 이 고뇌의 정신의 길은 "새롭은 人間型을 探求하는 唯一의 血路"라고 결론을 맺고 있다.

결국 우리는 백철이 주장하는 인간탐구론의 핵심이 문학과 정치의 이데올로기를 분리하고, 정치성과 사회성으로부터 문학의 독자성을 옹호하며, 외부의 불순한 조건에서 벗어나 순수한 인간성을 탐구하는 것에 있다는 사실을 알 수 있다.

이와 같은 그의 문학적 지향은 「個性的 感想의 重要性」22)에서도 엿볼 수 있다. 이 글에서 그는 과거 프로문학의 비평 방식을 공포시대의 재단비평이라고 비판하면서 자신이 추구하는 비평방식인 감상비평의 태도를 보여준다.

……個性的 鑑賞을 重要視한다! 어데까지든지 個性的 鑑賞을 重要視한다. 여기에 對하야 君等이 個人主義 觀念主義를 附加하야 論難하는 것은 君等이 高尙한 趣味다! 하나 나로서는 이 以上 君等의 趣味에 비위를 맞추어가는 것은 여기서 明白히 拒絶한다. 나는 다만 나의 所信을 가지고 나의 批評態度를 贊微하련다. 그리하야 나는 現實인 作品에 對하야 가장 깁은 ○(感 : 인용자)激과 印象을 주는 部面 作品의 個性과 나의 個性이 嚴大限度로 合致되는 部分에서 批評의 『메-스』를 너으며 그 濃厚의 表象에 따라서 批評의 ○(進 : 인용자)路를 決定하려고 한다.(2. 13)

인용문에도 나와 있듯이 그는 과거의 프로문학이 지향했던 비평태도를 거부하고 개성과 인상을 중심으로 하는 비평의 입장을 견지하고자 하는 것이다. 여기에서 백철이 한때 자기가 몸담고 활동했던 프로문학의 지향점을 전복시키고 있음을 인지할 수 있다. 그동안 자신이 추구해오던 세계

22) 白鐵 「個性的 感想의 重要性」, ≪朝鮮日報≫, 1936. 2. 13.

관을 바꾼다는 것은 결국 무의식적 주체의 욕망이 전복되었음을 의미한다. 즉 그가 프로문학을 옹호하고 지향하던 시기에는 드러나지 않았던 부르조아적 성향이 발출된 것이라 할 수 있다. 여기에서 우리는 전향 이전 그의 프로문학 활동이 당시 나프, 카프라는 문단의 강력한 이데올로기에 의한 행동에 다름 아닌 것을 짐작할 수 있다.

이러한 그의 비평적 세계관의 변화는 「文藝旺盛을 期할 時代」(『中央』第4卷 3號, 1936. 3), 「文學의 聖林 人間으로 歸還하라」(『朝光』, 1936. 4), 「文學에 있어서의 개성과 보편성의 문제」(『조선일보』, 1936. 5. 31~6. 11), 「科學的 態度와 訣別하는 나의 批評體系」(『朝鮮日報』, 1936. 6. 28~7. 3) 등에 가서 더욱 확연하게 드러난다. 특히 그는 비평은 인상의 표현이며 그 자체가 하나의 예술품이라는 결론을 내린다.

> 近年에 와서 批評體系의 獨立(!)을 위하야 努力해 온 것은 그 批評態度에 잇서 될 수 잇는대로 心情的이고 感性的이려는 것이엇다. 그것은 過去에 主로 人間描寫論 以前에 잇서 批評에 對하야 取해온 態度 될 수 잇는대로 理性的이고 科學的이고 分析的이려는 그것과는 反對되는 것으로 그때까지 내가 그 所謂 辨證法的 理解에 義하야 나의 貧弱한 批評을 救하려고 努力한 것이 얼마나 내 自身의 性格과 才能에 反逆的이엇는가를 기피 反省한 곳에서 決定한 態度이엇다!(2. 13)

이 인용문을 통해 알 수 있듯이 백철은 과학적 비평태도가 잘못되었음을 절실히 시인하고 있다. 그가 이성적이고 과학적이고 분석적인 비평을 거부하고 심정적이고 감성적인 비평쪽으로 나아간 것은 지드의 주아적(主我的) 비평 혹은 A. 프랑스의 일락적(逸樂的) 비평의 영향도 있겠지만 그보다도 당대 문학의 장에서 자신의 비평적 목소리를 내고 싶은 소박한 욕망에서 비롯된 것으로 여겨진다. 즉 카프문인들에게 여러 차례 비판을 받아왔던 그는 더 이상 카프문학 공간 내에서는 결코 주도적 위치를 확보하지 못할 것이라고 판단하여 과학적 비평태도를 거부했던 것이다.

이렇듯 백철이 이성적이고 과학적인 분석 비평을 거부하고 심정적이고 감상적인 비평으로 나아가자 임화는 「現代的 腐敗의 表徵인 人間探究와 苦悶의 精神」23)을 발표하여 백철의 '인간탐구'와 그 핵심인 '고뇌의 정신'이 파시즘에 접근하고 있다고 비판한다.24)

이에 백철은 「批判과 中傷」25)을 통해 임화가 자신이 중시하는 '인간탐구와 고뇌의 정신'을 현대문학의 부패의 가장 중요한 원인이라고 비판한 데 대한 반박한다. 그는 이 글에서 프로문학이야말로 인간을 유형화, 추상화하고 개념화, 공식화시키는 이론이며 자신의 인간탐구론이 프로문학이론을 비판한 이유가 거기에 있다는 것이다. 현대문학이 추구해야 할 인간형은 개성과 특수성을 충분히 발휘하는 동시에 사회적 보편성을 상징하는 인간이 되어야 한다고 주장한다.

결국 이 장에서는 전향 이후 백철의 무의식적 욕망이 일제에 대한 저항과 순수문학에 대한 비판에서 일제에 대한 순응과 순수문학에 대한 옹호로 전복되어 가는 과정을 엿볼 수 있다.

4. 풍류를 추구하는 주체

1937년 중반에 들어서면서 백철은 이른바 휴머니즘론의 토착화를 표방하면서 변모를 보이기 시작한다. 즉 그는 프로문학 계열의 르네상스적

---

23) 林和, 「現代的 腐敗의 表徵인 人間探究와 苦悶의 精神」, ≪朝鮮中央日報≫, 1936. 6. 10~18.

24) 여기에 관해서는 김윤식, 『한국근대문예비평사연구』, 일지사, 1976 ; 권영민, 「백철과 인간탐구로서의 문학」, 『소설문학』, 1983. 10 ; 오세영, 「30년대 휴머니즘 비평과 '생명파'」, 『20세기 한국시 연구』, 새문사, 1989 ; 하정일, 「1930년대 후반 휴머니즘 논쟁과 민족문학의 구도」, 이선영 편, 『1930년대 민족문학의 인식』, 한길사, 1990 ; 김영민, 『한국문학비평논쟁사』, 한길사, 1992 ; 이훈, 「1930년대 임화의 문학론 연구」, 연세대 박사논문, 1993 참조.

25) 白鐵, 「批判과 中傷─最近의 批評的 傾向」, ≪朝鮮日報≫, 1936. 9. 16~23.

휴머니즘론에 대한 비판과 새로운 휴머니즘론의 구체성 결여, 그리고 무조건적 서구사상의 수입이라는 비판에 대한 하나의 대안으로서 '동양적 인간' 또는 '풍류 인간'을 내세운다. 이는 그가 복고주의를 지향하는 쪽으로 방향으로 나아가고 있음을 시사한다. 그의 휴머니즘론이 고뇌의 정신을 내포한 인간의 탐구에서 동양정신의 풍류적 인간을 추구하는 방향으로 선회한 것이다. 이는 '고뇌의 정신'을 추구하는 주체에서 동양 정신의 풍류를 되찾는 주체로 변모하는 양상을 드러내 주는 것에 다름 아니다.

이러한 동양정신의 풍류적 인간을 표방하고 있는 글은 「東洋人間과 風流性」26)이다. 그의 풍류인간론은 조선 고유의 전통이 무엇인가를 밝히기 위한 그 나름대로의 시도이면서 동시에 조선에서의 휴머니즘 논의는 서양에서의 그것과는 다른 조건 아래 있다는 그의 견해의 구체적인 표현에 해당한다.27) 그는 전통적 풍류인의 마음속에서 "朝鮮文學의 歷史를 貫流한 하나의 人間的 精神"을 찾는 것이 가능하다고 보고 있는데 이는 우리 민족이 어느 민족보다도 "가장 豊富한 風流性을 가지고 있었다"라는 전제에서 비롯될 수 있다. 따라서 그의 주장은 이러한 풍부한 풍류적 전통을 계승하여 그 바탕 위에 휴머니즘 정신을 심어야 한다는 것이다.

이에 대해 김남천은 「告發의 精神과 作家」28)를 통해 혹독하게 비판한다. 그는 백철의 휴머니즘론이 전통주의와 국수주의에의 탐닉에 불과하다고 말한다.29)

김남천의 이러한 비판에도 불구하고 백철은 「風流人間의 文學」30)을 발표하여 자신의 논의를 개진한다. 그는 이 글에서 동양적 인간성으로서

---

26) 白鐵 「東洋人間과 風流性－朝鮮文學傳統의 一考」, 『朝光』 第19號, 1937. 5.
27) 황종연, 「한국문학의 근대와 반근대」, 동국대 박사학위논문, 1992, 53쪽.
28) 金南天 「告發의 精神과 作家－新創作理論의 具體化를 爲하야」, ≪朝鮮日報≫, 1937. 5. 30~6. 5.
29) 여기에 관해서는 김외곤의 「김남천 문학에 나타난 주체 개념의 변모과정 연구」, 서울대 박사학위논문, 1995 참조.
30) 白鐵 「風流人間의 文學－消極的 人間의 批判」, 『朝光』 第20號, 1937. 6.

풍류적인 것을 추구하며 그것을 현대 휴머니즘과 연결시키려는 의지를 다시 한번 보여준다. 그의 주장에 따르면 풍류인간이라는 전통적 인간형은 "무엇보다도 現實을 輕蔑하고 現實을 逃避하는 人間들이다." 현실에 대한 적극적인 관심이 본래부터 없는 그들은 "閑寂한 田園에 돌아와 淸貧을 感受하고 自然을 즐기는 곳에서 참된 人生의 風趣를 찾으려 한다."는 것이다. 그는 이러한 풍류적 인간이 소극적 인간임은 분명하나, 그 소극성이란 동양적인 환경과 장구한 봉건적인 분위기에서 생성된 것이요 그 소극성은 역사적인 현실에 응하여는 얼마든지 개혁할 수 있는 인간성이라고 주장한다. 따라서 그는 동양의 전통적 인간형인 풍류적 풍취를 죽이지 말고 온전히 적극적인 인간성으로 발전시켜 나가는 것이 중요하다는 것이다.[31]

이에 대해 임화는 「復古現象의 再興」[32]이라는 글을 통해 전진이 정지되었을 때 취할 길은 역행밖에 없다는 말로 공격을 시작하며 그의 문화적 조선주의의 허구성을 공격한다. 김남천 역시 「古典에의 歸依」[33]를 통해 같은 견해를 제시한다. 헛되이 고대로 거슬러 올라가 역사를 왜곡하고 주관적 풍류성으로 귀환할 것을 부르짖는 것은 한낱 복고적 퇴영주의에 지나지 않는다고 것이다.

백철은 「人間問題를 中心하야」[34]라는 글을 통해 그동안 자신의 이론을 공격했던 안함광, 임화, 김남천 등의 주장에 대해 항변한다. 문화의 안함광의 주장처럼 정치나 경제에 귀속되는 대신에 자신의 독자적인 지위와 긍지를 가지는 데서 자유를 얻을 수 있다는 것이다. 그는 문학자의 참된 긍지는 다름 아닌 "他人의 것과 다른 것, 自己만의 獨特한 새 眞理를 創造하는 精神"이라고 주장한다. 이러한 맥락에서 그는 문학인의 임무를

---

31) 白鐵, 위의 글, 269~80쪽 참조.
32) 林和, 「復古現象의 再興-휴매니즘論議의 注目할 一趨向」, 《東亞日報》, 1937. 7. 15 ~18.
33) 金南天, 「古典에의 歸依」, 『朝光』 第23號, 1937. 9.
34) 白鐵, 「人間問題를 中心하야-文藝時辯三四項」, 『朝光』 第25號, 1937. 11.

밝혀놓고 있다.

> 文學者가 努力할 것은 過去의 價値있는 文學에 比하야 우리들은 얼마나 進
> 步된 藝術을 쓸가 하는 虛榮心을 가질 것이 아니라 過去의 藝術에 比하야 나는
> 그것과 어떠케 다른 어떠케 特殊한 새 것을 차저 쓰겠느냐 그리고 그것은 얼마
> 나 깊고 얼마나 높겠느냐 하는데 努力할 것이라고 생각한다.(231)

인용문에서 알 수 있듯이 그는 이미 진보된 예술에 대한 관심보다는 단
지 과거의 예술보다 어떻게 새롭게 창작하느냐에 역점을 두고 있다. 또한
그는 비평에 대해서도 언급하고 있다. 그는 비평의 성격을 "自己의 才能
을 發揮하고 自己의 個性을 살려가는데서 作品印象과 批評家 自身의 創
作意慾을 個性的으로 統一"하는 것으로 규정짓고 있다.

지금까지 살펴본 것처럼 백철의 휴머니즘론의 여정은 현실의 인간묘사
에서 복고주의로 다시 현실에 대한 안주로 돌아오는 것이다. 1930년대
막바지에 접어들면서부터 그의 휴머니즘론은 생에 대한 옹호와 근대의
물질문명에 대한 비판에 가 닿기도 하지만 결국 식민지하의 지배세력과
의 조화라는 친일문학론35)으로 귀결되고 만다.

5. 저항에서 협력으로

지금까지 그의 휴머니즘론이 사회주의 리얼리즘으로서의 주체 → 고뇌
하는 정신을 추구하는 주체 → 풍류를 추구하는 주체 → 친일문학 행위자
로서의 주체를 표방하면서 전개되었음을 살펴보았다.

---

35) 백철의 친일문학론에 관해서는 임종국, 『친일문학론』, 평화출판사, 1988 ; 송민호, 『일
제말 암흑기문학연구』, 새문사, 1991 ; 이경훈, 「백철의 친일문학론 연구」, 『원우론집』
제 21호, 연세대 대학원 총학생회, 1994 참조.

먼저 그는 '인간묘사'를 주장하던 카프맹원 시절에 궁극적 비판대상을 '일제'로 잡는다. 이때까지만 해도 그는 유물론적 창작방법론과 사회주의 리얼리즘에 많은 관심을 기울였기 때문에 분열된 주체의 모습을 좀처럼 드러나지 않는다. 이 시기에 그의 무의식적 욕망이 일제에 대한 저항과 순수문학에 대한 비판이었음을 간파할 수 있었다.

그러나 전향 이후에 그는 심리주의적이고 주관적인 성향인 부르조아 휴머니즘론을 서서히 드러낸다. 즉 그의 휴머니즘론이 사회주의 리얼리즘을 추구하는 인간형에서 고뇌하는 인간형으로 변화한 것이다. 그리고 그는 과거의 프로문학이 지향했던 비평태도를 거부하고 개성과 인상을 중시하는 비평태도로 나아간다. 여기에서 우리는 무의식적 주체의 욕망의 전복과정을 엿볼 수 있다. 즉 그의 무의식적 욕망이 일제에 대한 저항과 순수문학에 대한 비판에서 일제에 대한 순응과 순수문학에 대한 옹호쪽으로 나아갔음을 알 수 있었다.

1937년 중반부터 백철은 고뇌하는 인간형에서 풍류를 추구하는 복고주의적 인간형으로 탈바꿈하기에 이른다. 이 시기 또한 그의 무의식적 주체의 욕망이 변모하고 있음을 간접적으로 드러낸 것이라 할 수 있다. 이러한 끊임없는 그의 무의식적 주체의 변모는 결국 친일문학에까지 나아가고 있음을 살펴보았다.

따라서 그의 휴머니즘론은 무의식적 주체의 끊임없는 욕망의 변모과정 속에서 형성된 것이라 할 수 있다.

제2장 백철의 초기 문학에 나타난 휴머니즘
―동경 유학시절 문학활동을 중심으로

1. 문학과 현실, 그리고 인간

　백철(白鐵 : 1908～1985)은 한국문학사에 빼놓을 수 없는 비평가이
다. 그는 일제강점기에 나프(NAPF)와 카프(KAPF)에 가담하여 마르크
스주의에 입각하여 급진적인 비평활동을 꾸준히 보여주었고, 해방 이후
에도 '중간파' 입장에서 비평을 하였으며, 1950년대 이후에는 외국의 신
이론 등을 소개하는 등 한국의 근현대비평사에 커다란 족적을 남겼기 때
문이다. 그러나 그는 동시대에 활동했던 임화, 최재서, 김환태, 김문집,
이원조, 김기진, 박영희에 비해 업적을 제대로 평가받지 못하고 있다. 이
는 그가 친일문학을 한 오점이 지배적으로 작용한 결과라 할 수 있다. 그
러나 이러한 친일문학행위에 대한 지배적 논리는 자칫 당대 그의 문학의
긍정적 사실마저 부정적으로 읽힐 가능성 또한 배제할 수 없다. 특히 그
가 1920년대 말기 동경유학 시절 문학을 통해 일제에 대한 비판의식과
일제강점 하에서 핍박받는 민족에 대한 사랑 등을 보여주었다는 점은 재
고의 여지가 많다. 따라서 백철 초기 문학에 대한 연구의 필요성이 제기
된다.

　백철은 1930년대 초반부터 비평행위를 시작한 이래로 줄곧 휴머니즘

문학을 표방해 온 비평가라 할 수 있다. 그의 휴머니즘 문학은 '인간묘사', '인간탐구', '휴매니티' 등을 통해 다양하게 전개되었는데, 이는 궁극적으로 일제강점하에서 상실되어가는 인간성을 옹호하기 위한 것이라 할 수 있다.

그동안 백철의 휴머니즘 문학에 관한 연구는 거의 「인간묘사시대」(≪朝鮮中央日報≫, 1933. 8. 29)를 시발점으로 하여 그의 휴머니즘론의 변모양상을 다루고 있다.1) 그러나 이러한 연구들은 백철 문학의 기초적 인식틀을 마련했던 일본에서의 문학활동2)을 간과한 나머지 그의 휴머니즘론을 통시적으로 고찰하지 못하는 문제를 낳고 있다. 이러한 이유로는 그동안 일본 문단 시절에 대한 자료를 접하기가 쉽지 않았다는 점, 백철의 휴머니즘론의 전사(前史)라 할 수 있는 문학론에 대한 인식의 중요성이 결여되어 있었던 점을 들 수 있다.

따라서 본고에서는 그의 휴머니즘론이 시작되는 일본 동경유학시절, 즉 그가 일본에서 문단활동을 시작한 1929년부터 국내에서 활동하기 이전까지의 문학을 다루고자 한다.

---

1) 백철 문학에 대한 연구현황을 보면, 권영민에 의해 백철의 이 시기 문학활동에 대한 자료가 처음으로 발표되었으며, 박명용과 윤여탁에 의해 백철의 일어시와 비평이 부분적으로 분석된 바 있다.(권영민, 「1930년대 일본프로시단에서의 백철」, 『문학사상』 203호, 1989. 9 ; 권영민, 「비평가 백철과 일본 동경의 『지상낙원』 시대—일어어를 바탕으로 성립된 식민지 문화에 대한 도전」, 『문학사상』 304호, 1998. 2 ; 윤여탁, 「1930년대 서술시에 대한 연구—백철과 김용제를 중심으로」, 『국어국문학』 제101호, 국어국문학회, 1989. 5 ; 박명용, 『한국 프롤레타리아문학 연구』, 글벗사, 1992)
   이후에 발표된 박경수와 진영백의 논문은 이 시기의 백철에 대한 본격적인 연구라 할 수 있다.(박경수, 「백철의 일본에서의 문학활동 연구」, 『설헌 이동영교수 정년퇴임기념논문집』, 부산대학교 출판부, 1998 ; 진영백, 「백철 초기비평의 연구—일본 프롤레타리아 문학론을 중심으로」, 『우암어문논집』 제9호, 부산외국어대 국어국문학과, 1999). 그러나 이 논문들은 그의 시와 비평을 휴머니즘 문학과 연계시켜 분석하지 못한 아쉬움이 남는다.
2) 이 시기 백철 문학의 중요성은 그가 국내에 처음으로 발표한 「농민문학문제」를 포함한 그의 비평들이 거의 일본문단과 연계를 이루고 있다는 점, 그리고 그가 일본에서 익힌 마르크스주의의 문학관이 비평에 계속 표출되고 있다는 점에서 찾을 수 있다.

2. 휴머니즘의 급진적 표출

백철이 동경 유학을 하던 시절 그에게 먼저 다가온 것은 일본에서의 식
민지 조선인이라는 사실에 대한 현실적 자각과 그에 따른 소외의식이었
다. 백철은 이러한 식민지 모순과 소외의식을 극복하기 위해, 그리고 인
간애에 대한 충족을 위해 어떤 돌파구를 마련하고자 했다. 이러한 돌파구
로 마련한 것이 다름 아닌 마르크스주의사상이었다.

> 나의 高師 3학년, 그러니까 1929년 경부터 나는 어느새 마르크시즘의 근
> 처를 드나들고 있은 것이다. 교내에서 열리는 R·S라는 데도 가 앉아보고
> 『資本論』같은 것도 뒤져 보고, 그들의 사회활동에도 관심을 가져보고, 그쪽
> 에서 동정하는 좌익파의 級友들과도 접근하는 일이 많게 되었다. 조선 사람
> 과 같이 특수한 환경에서 자라난 사람들로서 먼저 그들에게 호감을 갖게 되
> 는 것은 그들의 인간적 태도였다. 그들에겐 민족적인 차별의식이 전혀 없고
> 동등한 동지의 입장으로서 대해 오는 그 태도에 친근미가 느꼈다.3)

위의 인용문에서 알 수 있듯 그는 이 시기에 마르크스주의와 일본 좌익
학생들에게 호감을 갖는데, 그것은 그들에게서 '동지적 인간미'를 느꼈기
때문이다. 그가 그토록 '동지적 인간미'에 매력을 느끼게 된 것은 식민지
조선인이라는 이유로 인한 일본학생들의 차별의식과 그에 따른 소외의식
에서 파급된 것으로 판단된다.

---

3) 백철, 『진리와 현실—백철의 생애 그 반성의 기록』(상), 박영사, 1975, 141쪽.
　이 자서전은 백철의 문학세계를 파악할 수 있는 중요한 단서이다. 특히 그의 전기적 배경
　과 문학세계의 변모과정을 살피는 데에 말이다. 그러나 여기에서 간과하지 말아야 할 것
　은 그의 비평세계의 변화가 있었던 1920년대 후반에서 해방 이전까지의 비평에 관한 그
　의 진술을 액면 그대로 신뢰하기 어렵다는 점이다. 왜냐하면 그가 과거를 회고하여 자서
　전을 집필하는 과정에서 집필할 때의 심정이 무의식적으로 투영되었을 것이기 때문이다.
　특히 그의 일본 동경 문단 시절(마르크스주의에 관심), 카프문학 활동 시기, 친일문학 시
　기에 해당되는 진술은 더욱 그러한 혐의가 짙다. 따라서 필자는 이러한 점을 고려하여 자
　서전의 진술 내용을 인용하고자 한다.

사실 그는 당시 의식적·무의식적으로 민족차별의식과 일본학생들로 부터 소외를 느끼고 있었다.4) 이러한 차별의식과 소외의식과 더불어 그 와 같은 고보 출신이고 동경고사 선배인 이석숭의 죽음은 그를 더욱 고아 의식에 사로잡히게 만든다. 설상가상으로 가족의 죽음, 즉 세걸 동생과 누이의 죽음은 그를 극도의 우울증에 빠지게 한다.5) 이와 같은 일련의 비극적인 사건들은 그에게 커다란 절망감과 허무감, 그리고 정신외상 (trauma)을 가져다준다. 따라서 그는 이 같은 '고아의식'과 '결여된 인간 미'를 치유하기 위해 '동지적 인간미'를 갈구하는 방향으로 나아갔던 것이 다. 그리고 자연스럽게 그는 결핍된 인간애를 충족시키기 위해 마르크스 주의 사상을 선택하게 된다. 이와 같은 결여된 인간애를 채우기 위한 욕 망으로 휴머니즘을 생겨났고, 이 바탕 위에 자연스럽게 마르크스주의 사 상이 결합된 것으로 볼 수 있다. 따라서 이렇듯 마르크스주의사상이 결부 된 그의 휴머니즘문학은 급진적인 양상을 띨 수밖에 없었다.

그가 마르크스주의에 관심을 갖게 된 또 하나의 계기는 일제 강점기라 는 시대상황과 당시 문학의 장(場)들과의 역학관계 속에서 자신의 입장 을 견지하고자 한 태도에서 비롯된 것으로 판단된다.6) 여기에서 장(場, champ)이란 피에르 부르디외(Pierre Bourdieu)의 용어로 "게임이 일

---

4) 일본 동경고사에 입학한 그는 한동안 "그들(일본 학생)이 모두 속으로는 朝鮮 사람으로서 의 나를 차별대우하는 것 같은 느낌이 들었다."고 술회하고 있다.(백철, 위의 책, 118 ~ 119쪽)

5) 백철, 위의 책, 131~132쪽. 그의 자서전에 의하면 그의 형제는 7남매였는데, 실제 세명 형(둘째)과 나 둘밖에 남지 않았다고 했다. 첫째 형과 셋째 형은 어려서 죽고, 다섯째 누 이 동생은 20세 즈음에 죽고, 여섯째인 세걸이는 19세에 죽고, 일곱 째 귀례는 여섯 살 때 이질로 죽었다. 특히 귀례의 죽음을 직접 목도한 백철은 크나큰 충격을 받게 되는데, 이는 그에게 커다란 정신외상을 가져다준다. 이와 같은 일련의 가족사의 비극은 그의 자 서전에 종종 등장한다.(백철, 같은 책, 50쪽. 80쪽)

6) 이러한 시각은 자아는 단순히 하나의 원초적인 자아로 이루어진 것이 아니라, 여러 타자 들의 복합적인 목소리에 의해 하나의 자아로 형성된다는 입장에 기대고 있다. 즉 이는 순 수한 주체란 존재하지 않으며 타자와의 만남·융화·투쟁을 통해 비로소 한 주체가 존재 한다는 논리에 힘입고 있다.(권성우, 「1920~1930년대 문학비평에 나타난 他者性 硏究」, 서울대 박사학위논문, 1994, 11쪽 참조)

어나는 공간, 동일한 이해관계를 위해 경쟁하는 개인들이나 단체들 간의
객관적 관계의 장소"를 일컫는다.7) 즉 백철은 문학의 장들과의 역학관계
속에서 마르크스주의 문학의 장에 자신을 편입시켜 식민지 치하라는 특
수한 상황 논리를 극복하려 하였고, 그 속에서 다른 문학의 진영을 전복
시키려고 했던 것으로 사료된다.

이를 통해 우리는 백철이 마르크주의 문학을 선택한 계기가 인간성의
회복(휴머니즘)과 일제강점기라는 상황에 의한 것임을 알 수 있다. 이러
한 점은 앞으로 전개될 그의 휴머니즘론을 이해하는 데 하나의 중요한 단
초를 마련한다.

3. 비판적 현실주의의 '인간형' 추구

그가 일본 동경에서 본격적으로 문학활동을 시작한 시기는 1929년이
다. 이미 한 해 전에 '지상낙원'에 가입한 그는 동인지『地上樂園』11월호
부터 거의 매달 작품을 발표하여 다음에 6월까지 시 9편과 평론 2편을
발표하는 왕성한 모습을 보여준다. 이 시기에 발표된 작품들의 경향은 대
체로 마르크스주의적 휴머니즘의 면모를 띤다. 시적 형상화 측면에서 볼
때 선전, 선동적인 구호로 일관되어 있지만 그 이면에는 식민지 조선인의
건강성을 담지하고 있다.

농민들의 애환을 절절하게 노래한 시 「우박이 내리던 날」(『地上樂園』
4권 11호, 1929. 11)을 살펴보자. 이 시에서 시인은 "가엾게도 그들이
자작농이나 소지주를 / 꿈꿔온 작은 희망은 이젠 사라지고 / 말없이 쓰러
져 있는 벼의 잔해를 바라보고 있다 / "그들은 지금 무엇을 생각해야 할

---

7) Pierre Bourdieu, 「장(場)들의 몇 가지 특성」, 『혼돈을 일으키는 과학』, 문경자 역, 솔, 1994, 127쪽.

것인가"라고 하여 농민들의 답답한 심정을 비교적 담담하게 표출하고 있다. 그는 자작농이나 소지주를 꿈꾸어 온 농민들의 작은 희망이 일순간에 사라지는 광경을 목격하면서도 과잉된 주관적인 목소리가 아닌 관찰자적 시점에 의한 객관적인 어조로 전달하고 있다. 이러한 시적 기법은 일종의 시적 리얼리티를 확보하기 위한 시인의 전략으로 볼 수 있다.[8] 그러나 이 시는 그 나름대로 민중문학의 성격을 띠고 있지만 불가피한 자연재해로 인한 소작농민의 비극적 현실에 초점을 맞춤으로서 소박한 문제제기 수준에 머무르고 있는 점이 한계로 지적된다.

이어 발표된 시 「누이여」(『地上樂園』 4권 12호, 1929. 12)에서는 소작인의 딸을 증오하는 누이의 잘못된 인식을 지적하고 소지주의 딸과 소작인의 딸이 똑같은 하나의 인격체임을 강조하여 마르크스주의적 휴머니즘의 면모를 보여주고 있다.

> 그러나 누이여,
> 네게 그런 경멸의 마음을 갖게 할 정도로 그녀들을 천하게 만든 놈은 누구인가.
> 돼지 새끼로까지 그녀들을 타락하게 만든 것은 어느 놈인가.
> 지금 여기에 앉아 있는 너 또한 그중 한 사람이 아니겠는가.
> (……)
> 그러니까 나는 지금,
> 돼지 새끼들 같은 그녀들을 너 이상의 아름다운 인간으로 만들기 위해서 이 일을 하는 것이다.
> 더 이상 너로부터 천대와 멸시를 받지 않게 하기 위해서
> 누이여
>
> ―「누이여」 부분

---

8) 박경수, 「백철의 일본에서의 문학활동 연구」, 『실헌 이동영교수 정년퇴임기념논문집』, 부산대출판부, 1998, 587쪽.

시적 화자는 소작인의 딸을 지칭하여 그들을 천하게 만들고 타락하게 만든 사람들이 다름 아닌 자신과 같은 소지주임을 폭로한다. 이는 소작인의 불행이 결국 가진 자들의 횡포에 의해 자행된 것임을 명확하게 인식하고 있음을 반영하는 것이다. 여기에서 우리는 소작인의 비참한 삶에 대한 화자의 따뜻한 시선에서 마르크스주의적 휴머니즘의 면모를 발견할 수 있다. 이를 통해 우리는 시인이 인간의 행복이 "인간을 행복하게 만든다는 의미가 아니라 일반적인 불행의 원인을 제거한다는 의미"9)를 인식하고 있었음을 알 수 있다. 그리고 시인이 "인간을 최고의 선으로 여기고 현실적으로 인간 행복을 위해서 최선의 조건을 보장해 주는 데 그 목표를 두고"10) 있었던 것도 인지할 수 있다. 이 시를 통해 나타난 휴머니즘에 대한 인식이 비록 미온적으로 형상화되었을지라도 그가 소작인의 불행 자체를 당시 일제 식민지 치하에 놓여 있던 조선 민족의 불행으로 인식한 점에서 휴머니즘적 실천의지를 엿볼 수 있다. 여기에서 당시 백철이 지주 대 소작인, 일제 대 조선이 동일한 대결구도 속에 놓여 있었다는 것을 철저하게 인식하였음을 알 수 있다.

이 같은 휴머니즘 요소는 노동자로 전락하여 일본으로 흘러 들어오는 조선 노동자들의 고초를 표출한 시 「그들 또한……」(『地上樂園』 5권 1호, 1930. 1)에서도 발견된다. 일제 식민지 공간에서 더 이상 살 수 없는 조선 민족들은 "몇 번이고 베어도 묵묵히 자라나는 잡초처럼 / 어떠한 방법을 써서라도 현해탄"을 넘어 일본으로 들어간다. 그러나 일제는 자국민들의 실업을 줄이기 위해 조선노동자들을 강제로 귀국시킨다. 이에 시인은 "두고 보라 / 그들의 분노와 복수에 타오르는 주먹이 / 너희들의 거만한 모습 앞에 들이닥칠 날이 올 것이다."라고 형상화하여 조선 민족의

---

9) A. Schaff, 『마르크스주의와 개인』, 김영숙 역, 중원문화, 1984, 202쪽.
   그는 모든 휴머니즘이 어떤 의미에서는 행복론이라고 한다. 왜냐하면 인간과 인간사에 대한 사상은 행복한 생활을 위한 조건을 논함에 있어서 결정을 이루어야 하기 때문이기 때문이다.(198쪽)
10) A. Schaff, 위의 책, 188쪽.

강한 저항의지를 보여준다. 여기에서 백철이 추구하는 휴머니즘은 "사실에 기초를 둔 하나의 확신으로, 하나의 이론이 아니라 인간의 사회적 에너지를 동원한다는 견지에서 높은 가능성과 엄청난 현실적 중요성을 지닌 동적인 가정"11)을 의미한다. 백철이 마르크스주의의 유토피아를 꿈꾼 것도 이런 맥락에서 이해해야 할 것이다.12)

이후에 발표된 「추도」(『地上樂園』 5권 3호, 1930. 3)와 「스미다가와, 석양」(『地上樂園』 5권 4호, 1930. 4) 등의 시에서는 백철의 휴머니즘을 바탕으로 한 현실비판의식이 점차 노동자의 단합된 힘을 추구하는 곳으로 나아가는 광경을 볼 수 있다.

이 동인지에 발표된 평론은 프롤레타리아 시의 형식문제를 다루고 있다. 「프롤레타리아 시의 현실문제에 대하여」(『地上樂園』 5권 5호, 1930. 5)에서 그는 프롤레타리아 시의 현실 문제를 제재의 탐구와 형식의 탐구로 나누어 프롤레타리아 시 운동의 침체상황에 대한 대안을 보여주고 있다. 그리고 「프롤레타리아 시론의 구체적 검토」(『地上樂園』 5권 6호, 1930. 6)에서는 프롤레타리아 시 형식의 약점이 비대중성에 있다고 지적한다. 프롤레타리아 시형식의 민요채용설에 대해 시대의 생산형식에 규정되는 민요의 형식은 필연적으로 봉건시대의 생활양식을 반영하고 있는 것으로 보고 비판을 가한다.13) 이 두 편의 글은 기본적으로 예술이 노동자 대중에게 어떻게 하면 효율적으로 접근할 수 있을까하는 기술적

---

11) 위의 책, 198쪽.
12) 이러한 그의 마르크스주의 유토피아의 추구는 김기림이 「朝鮮文學에의 反省-現代朝鮮文學의 한 課題」(『人文評論』, 1940. 10)에서 언급했듯이 "우리밖에 있는 '놀라운 세 世界', 즉 문명사회로 향하여 호기와 경이의 눈을 뜨"면서 생긴 것이라 할 수 있다. 그래서 정비석은 백철의 이 유토피아에 대해 "콤민이즘이라는 아름다운 꿈은 憧憬하는 情熱의 汜濫을 이겨날 수 없어 外部에 對하여 부르지즌 것"이라고 언급한 바 있다.(鄭飛石, 「作家가 본 評家-白鐵」, 『風林』第6輯, 1937. 5, 24쪽)
13) 백철이 민요를 단지 봉건 유제로만 파악한 것은 타당한 견해라 보기 어렵다. 왜냐하면 레닌의 유산 계승론을 따르면 민요가 적어도 지난 시대 학대받는 민중의 사상 감정을 담고 있는 것임을 제대로 이해하여 그것을 오늘날 대중의 정서에 맞게 적절히 선별해내어 계승해야 하는 것임에도 백철은 이 점을 몰각하고 있었기 때문이다.

차원의 볼셰비키적 대중화 논의와 프롤레타리아 작가의 볼셰비키화 수용
양상에 대한 것이라 할 수 있다.14)

4. 볼셰비키화의 '인간형' 지향

『지상낙원』에 발표된 작품들의 경향, 즉 일제에 대한 저항의지의 표출,
일제와 조선과의 모순 인식 등은 마르크스주의 휴머니즘에 근접해 있음
을 시사하는 것이라 할 수 있다. 이러한 그의 문학적 지향은 결국 동인
대부분이 진부한 시풍을 가지고 한인적(閑人的)인 안이성을 노래하고 일
본 재담이나 일삼는 '지상낙원'과 결별하게 만든다.15)

'지상낙원'과 결별한 뒤 그는 '전위시인(前衛詩人)'에 가담하여 시 2편
과 평론 1편을 『전위시인』에 발표한다. 여기에서 주목할 부분은 그가 '지
상낙원'을 탈퇴한 뒤에도 계속 그 동인지에 글을 발표했다는 사실이
다.16) 이와 같은 사실은 두 가지로 생각해 볼 수 있다. 첫째는 그의 우유

---

14) 진영백, 「백철 초기비평의 연구—일본 프롤레타리아 문학론을 중심으로」, 『우암어문논집』
   제9호, 부산외국어대 국어국문학과, 1992, 104쪽.
15) 그는 자서전에서 "내가 『地上樂園』에 동인으로 머문 것은 약 1년간. 차츰 이 地上樂園派
   에 대하여 싫증을 느끼게 되었다. 거기 모인 시인들은 대개가 농촌 자연을 따르는 自然派
   로서, 젊은 사람의 눈에는 그 詩風이 이미 낡아빠진 것을 감촉하게 되었을뿐더러 내가 개
   인적으로 더 취미가 閑人的인 안이성의 것으로 도무지 진지한 경건성을 느낄 수 없는 일
   이었다."라고 기록하고 있다.(백철, 앞의 책, 141쪽)
16) 다음은 『지상낙원』과 『전위시인』에 발표된 작품목록이다.
   〈『지상낙원』〉
   시 : 「우박이 내리던 날」(4권 11호, 1929. 11), 「누이여」(4권 12호, 1929. 12), 「그들
   또한……」(5권 1호, 1930. 1), 「추도(追悼)」, 5권 3호, 1930. 3), 「스미다가와, 석양」
   (5권 4호, 1930. 4), 「×당한 동무에게」(5권 5호, 1930. 5), 「갈매기떼」(5권 5호,
   1930. 5), 「봄과 ×당한 동지」(5권 6호, 1930. 6), 「송림(松林)」(5권 6호, 1930. 6)
   평론 : 「프롤레타리아 시의 현실문제에 관하여」(5권 5호, 1930. 5), 「프롤레타리아 시
   론의 구체적 검토」(5권 6호, 1930. 6)
   〈『전위시인』〉
   시 : 「나는 알았다, 삐라의 의미를」(2호, 1930. 4), 「9월 1일」(7호, 1930. 9)

부단한 성격상 '전위시인'에 가담한 이후에도 그들과 완전히 결별한 것은 아니라는 점이고, 둘째는 그가 '지상낙원'의 모든 것에 염증을 느낀 것은 아니라는 점이다. 즉 그가 마르크스주의에 관심을 갖기 시작하면서도 "지방문화의 향상에도 관심을 기울인" 지상낙원의 시적 경향이 완전한 거부감으로 와 닿지 않았던 것으로 판단된다.

'전위시인'은 일본 프롤레타리아 시인인 森山啓, 川口明, 伊藤信吉, 石井秀, 中田忠太郎 등이 주축이 되어 구성한 시 동인으로, 1930년 3월부터 10월까지 '전위시인'이라는 제명으로 8권의 동인지를 간행한 바 있다. 그는 이 동인에서 주도적인 위치를 차지한다.

이 동인지에 발표된 시 「나는 알았다. 삐라의 의미를」(『前衛詩人』, 1930. 4)은 조선인 노동자와 일본인 노동자의 단결된 모습을 형상화하고 있다.17) 화자는 자신들을 착취하고 모욕하는 일제의 행위가 식민지 민족에 대한 차별의 문제에서 비롯된 것이 아니라 자본가 계급과 노동자 계급의 차별에 의한 것임을 인식하게 된다. 만국의 프롤레타리아는 동일한 이익, 동일한 적, 그리고 동일한 투쟁을 가지고, 대다수가 본성적으로 민족적 편견을 가지지 않음으로써 본성적으로 국제적이라는 마르크시즘과 맥을 같이 한다고 볼 수 있다.18) 이 시의 "그대들의 적은 이국인이나 이민족이 아니다. / 그대들을 착취하고 괴롭히는 자본가 계급이다."라는 구절에서도 드러나듯 시적 화자는 인간적인 삶을 파괴하는 대상을 명확하게 인식하고 있다. 여기에서도 인간의 행복은 이러한 불행의 원인을 간파하여 극복해야만 얻을 수 있다는 그의 마르크스주의적 휴머니즘을 엿볼 수 있다.

백철은 계급투쟁에 대한 국제적 연대의식을 '쉬프레히 콜'이란 극시 형

평론 : 「프롤레타리아 시인과 실천문제」(6호, 1930. 8)

17) 이 시에 대해 권영민은 백철의 이상주의적 계급의식이 투영된 것으로, 그리고 백철의 문학적 지향이 현실의 지배논리를 벗어난 이상주의에 머물러 있다고 비판하였다. (권영민, 「1930년대 일본 프로시단에서의 백철」, 『문학사상』, 1989. 9, 134쪽)

18) 박명용, 『한국 프롤레타리아문학 연구』, 글벗사, 1992, 123쪽.

태를 빌려 형상화하기 시작하기도 한다.19) 이러한 형식을 빌려 쓴 작품
이 「9월 1일」(「九月一日」)(『前衛詩人』, 1930. 9)인데, 이 기법은 일단
의 사람들이 한 대사를 노래 부르는 것이 아니고, 억양과 곡조를 붙여 낭
창하는 표현양식으로 세계 1차대전 후 독일에서 사회주의적, 공산주의적
청년운동과 결부되었다. 그리고 박력이 있고 어떤 종류의 모토나 슬로건
을 인상지우는 데 효과적이었기에 좌익운동이나 정치 연설이나 데모 등
에 많이 쓰여진 창작기법이다. 백철은 이 '쉬프레히 콜'이라는 대중합창시
의 형식을 도입하여 "일본인 노동자와 조선인 노동자들을 A·B·C·D·
E의 주인공들로 한 민족을 초월한 계급적인 동지로서 협동전선을 부르짖
는 선동詩篇"20)을 발표하였던 것이다. 이 시는 관동 대지진사건을 회상
하여 낭송시 형태로 쓴 작품으로 노동계급의 새로운 승리를 노래하고 있
다. 이 작품에서도 노동자계급의 국제적인 연대성의 확립과 그 단결을 주
장하고 있는 선동적인 성격이 투영되어 있다. 그리고 일제 강점기 하에서
조선 민족이 겪는 고통을 체험하고 있었던 그는 민족적 모순과 계급적 모
순을 동시에 극복할 수 있는 혁명적 방법을 실현하고자 했던 것이다.21)

그는 「프롤레타리아 시인과 실천문제」(『前衛詩人』, 1930. 8)에서 시
인은 노동자, 농민을 위한 작품을 써야 한다는 기술적 창작의 당위성과
프롤레타리아 작가의 계급문제를 구체적으로 진술하고 있다. 그리고 시
인의 창작적 실천문제에 있어서도 프롤레타리아의 현실의 요구에 적응할
수 있는 예술운동을 펼쳐야 하고, 또한 노동자 농민이 공감할 수 있는 작
품을 생산해야 한다고 주장하고 있다. 따라서 '전위시인' 동인 활동 시기
에 백철은 노동계급의 국제적 연대성 확립과 예술운동의 볼셰비키화라는
시대적 요구에 부응하고 있었다고 할 수 있다.

---

19) 이에 대해서는 윤여탁, 「1930년대 서술시에 대한 연구—백철과 김용제를 중심으로」, 『국
　어국문학』 제101호, 국어국문학회, 178~179쪽과 박명용, 위의 책, 126~127쪽에서
　논의된 바 있다.
20) 백철, 앞의 책, 144쪽.
21) 권영민, 「1930년대 일본프로시단에서의 백철」, 『문학사상』 203호, 1989. 9, 139쪽.

'전위시인'이 해체된 후 나프의 산하에 있는 시분과 모임에서 1930년 9월에 '프롤레타리아 시인회'를 결성했는데, 이는 기존의 좌익 시단을 통합한 조직이라 할 수 있다. 백철은 이 조직에 가담하면서부터 동경문단 내에서 널리 인정을 받게 되는데[22] 당시 나프의 강령은 다음과 같다.

① 전위활동을 이해시키고, 그것에 관심을 집중시키는 작품
② 사회민주주의의 본질을 폭로한 작품
③ 프롤레타리아의 영웅주의를 정당하게 현실화시킨 작품
④ 조합 스트라이크를 묘사한 작품
⑤ 대공장 내의 반대파, 쇄신동맹조직을 묘사한 작품
⑥ 농민투쟁의 성과를 노동자의 투쟁과 결부시킨 작품
⑦ 농어민의 대대적 투쟁의 의의를 명확히 한 작품
⑧ 부르조아 정치, 경제과정의 현상을 마르크스주의적으로 파악, 그것을 프롤레타리아의 투쟁과 결부시킨 작품
⑨ 전쟁, 반파쇼, 반제국주의 투쟁을 내용으로 하는 작품
⑩ 식민지 프롤레타리아와 국내 프롤레타리아의 연대를 강화한 작품[23]

이와 같이 정치 우위의 볼셰비키적 강령을 통해 볼 때 정치적 측면의 내용은 강화된 반면 예술 미학적인 측면에서는 상대적으로 약화된 것을 알 수 있다.

그는 시 「다시 봉기하라」(『프롤레타리아詩』, 1931. 1)를 발표하여 일본 프로 시단에 주도적인 위치를 차지하고 '나프' 중앙위원회의 추천을 받아 정식으로 '나프'의 맹원이 된다.[24] 이 시는 일종의 서술시의 형식을

---

22) 임화 또한 이 시기 백철에 대해 "그때 이 '그룹' 가운데서 지금은 囹圄의 몸이 된 金龍濟와 함께 가장 그 前途에 期待를 갓게 하든 ××〔革命〕的 民族詩人"의 한 사람으로 높이 평가하였다.(林和, 「同志 白鐵君을 論함-그의 詩作과 評論에 對하야-」, 《朝鮮日報》, 1933. 6. 14). 그러나 김윤식은, 백철은 철저하게 조직훈련을 받은 김용제에 비해 한갓 시인에 지나지 않았고, 과격한 시를 썼지만 조직훈련을 전혀 받지 않은 한갓 책상물림에 지나지 않는다고 평가하였다.(김윤식, 『임화연구』, 문학사상사, 1989, 371쪽)
23) 나프 작가동맹 중앙위원회, 「예술대중화에 관한 결의」, 『戰旗』, 1930. 7.

띤 작품으로 1930년 7월 조선 단천에서 일어났던 봉기사건을 소재로 하여 형상화하였다. 그는 이 시에서 "온돌방 - 그것은 죽음과 같은 냉장고다! / 그것은 이미 사람을 녹여주지 못한다 - . / 이 매서운 추위를 막아줄 나무가 없다. / 우리들의 겨울을 / 언제나 아늑하게 해주던 땔감이 - . / 연기가 나지 않는 겨울의 마을 / 생활의 맥박이 끊겨가는 참담한 북조선의 마을 / 으슴프레한 방구석에 움츠리고 있는 / 누이여! 아버지여! 또한 어머니여, 어린 동생이여!"라고 하여 나무를 베지 못해 추위에 떠는 조선 단천 농민들의 참담한 풍경을 그리고 있다. 이러한 농민들의 참담한 광경을 통해 그는 식민지 모순을 폭로하고 있다.

나프의 기관지에 발표된 「3월 1일을 위하여」(『프롤레타리아詩』3호, 1931. 3)는 3·1운동을 기념하여 1929년에 발생한 원산 노동자 파업을 다루고 있는 작품이다. 원산 부두 노동자 총파업은 1928년 9월 영국인이 경영하고 있던 라이징 선(Rising Sun) 석유회사 문평유조소에서 일하는 일본인 현장감독의 난폭한 행동에서 비롯되었다. 조선인 노동자들은 걸핏하면 구타하는 감독에게 불만을 품어오다가 이달 초 또다시 구타사건이 일어나자 노동자들이 감독의 파면 등 5개항을 요구조건으로 내걸고 파업에 들어갔다.25) 이 파업은 경찰, 군대, 소방대원 등에 의해 겨우 수습되었지만 파업하는 과정에서 보여준 노동자들의 단합된 모습은 일제에 대한 민족적 저항이라는 측면에서 시사하는 바가 크다. 백철은 이처럼 일제에 항거한 역사적 사건을 차용하여 시로 형상화시키고 있는데, 이는 일제에 대한 저항정신을 되살리려는 의지의 표현이라 할 수 있다.

---

24) 백철은 이에 대해 "그 전 같으면 굉장한 명예같이 느껴졌을 텐데 그런 감격이 되지 않고 그저 심상하게 생각되었다. 그만치 프로文學運動에 대한 내 태도가 모호해 지기 시작한 것을 보인 것인지 모른다."라고 술회한 것을 보면 나프에 대한 생각이 점점 변하고 있었던 것 같다.(백철, 앞의 책, 185쪽) 그러나 한편으로 1931년 조선일보에 발표된 그의 「농민문학문제」라는 글에서, 나프 맹원들(藏原惟人, 中野重治 등)의 글을 인용하고 그들의 노선을 지지하는 것을 보면, 그는 나프 맹원인 것에 대해 나름대로 자부심을 느끼고 있었던 것으로 판단된다.

25) 《東亞日報》, 1928. 9. 19.

이 시에서는 "눈과 코가 얼어붙어 아파 저려오고 / 속옷도 없는 저고리에 아랫배가 차갑다."에서처럼 원산부두에서 일하는 노동자들의 추위에 떠는 모습과 "그러나 내일의 봉화를 기다리는 우리들에게는 / 이천 명의 가슴과 가슴에 투쟁의 불길이 타오르니"에서처럼 노동자들의 가슴에 투쟁의 불길이 타오르는 모습을 대조적으로 보여주어 선동시로서의 구체성을 획득하고 있다.

또한 「국경을 넘어서」(「國境を越えて」)(『프롤레타리아詩』 제4호, 1931. 4)에서는 모스크바 코민테른의 지령을 받고 국경의 강을 건너는 힘찬 한 젊은이를 형상화하고 있다. '나'는 국경에서 수없이 죽어간 전우들의 원한을 생각하며 비장한 각오로 국경을 넘고 있는 화자이다. 이 '국경'은 "착취없는 로시아 같은 세상낙원"인 유토피아의 공간과 "×에 굶주린 지옥의 피안"인 조선의 현실의 공간을 양분하고 있는 매개물이다. 화자는 식민지 조선을 '착취없는 세상'으로 바꾸기 위해 위험을 무릅쓰고 국경을 넘고 있는 것이다. 이 화자는 인간이 인간답게 살 수 있는 지상낙원과 같은 세상을 만들기 위해 모든 전체적 불행의 원인을 일격에 없애버리는 것이 아니라 점진적으로 제거해야 함을 역설하고 있는데, 여기에서도 백철의 마르크스주의적 휴머니즘을 읽을 수 있다.

그밖에 「유물변증법적 이해와 시의 창작」(『프롤레타리아詩』, 1931. 10)에서는 시적 주제의 당파성과 연관지어 제재의 계급성에 대해서 논의하면서 프롤레타리아 작가의 좌익적 편향과 우익적 편향을 동시에 비판하고 있다. 즉 그는 도식주의 혹은 기계주의를 일삼는 좌익적 편향과 제재의 이해방식에 오류가 있는 우익적 편향에 대해 일침을 가하고 있는 것이다. 이는 나프 맹원들이 중심을 이루는 일본 프롤레타리아 시인의 기술적인 면에서의 대중화에 관한 논의와 잘못된 세계관에 의한 인식방법을 비판한 글이라 할 수 있다. 이 글의 논의 방향은 그가 귀국하여 쓴 「창작방법문제－계급적 분석과 시의 창작문제」(≪朝鮮日報≫, 1932. 3. 9∼

10)라는 글로 이어진다.

동경 유학시절의 문학활동에서 드러난 바와 같이 그는 당시 문단의 지배적인 사조인 마르크스주의를 통해 식민지 민족 모순과 계급적 모순을 동시에 극복하려 했던 것이다. 그가 이와 같은 사상을 휴머니즘과 결부시켜 문학적으로 형상화하려 한 점이 이 시기 그의 문학의 특징이라 할 수 있다. 그의 마르크스주의 휴머니즘에 입각한 문학관은 이후에도 끊임없이 지속된다.

5. '인간을 위한 문학'을 꿈꾸며

식민지 시대 백철의 휴머니즘 문학을 연구하기 위한 작업으로 백철의 일본에서의 문단활동에 대한 부분을 빼놓을 수 없다. 이 시기에 1930년대 한창 논의가 벌어진 백철의 휴머니즘 문학의 기틀을 마련하기 때문이다. 그는 민족차별의식과 소외의식, 그리고 결핍된 인간애를 극복하기 위해 '동지적 인간미'를 찾게 되었고, 이러한 휴머니즘 정신의 기초 위에 마르크스주의 사상이 침윤되었던 것이다.

백철의 초기 휴머니즘 문학의 양상은 1929년부터 일본 문단에 발표한 글을 통해 드러나기 시작하였다. 처음에는 비판적 현실주의의 색채를 띤 인간형을 추구하는 모습에서 현현되었다.

당시 농민들의 고난상을 담담하게 그린 「우박이 내리던 날」이나 소지주의 딸과 소작인의 딸이 하나의 같은 인격체임을 그린 「누이여」라는 작품에서 민초들의 애환을 따뜻한 시선으로 포착해 내고 있다. 여기에서 휴머니즘 부분을 지나치게 강조하다보면 감정이 과잉되어 객관성이 떨어지고 그것을 감추려다 보면 공감을 얻기 힘들다는 부분을 백철은 휴머니즘에 바탕한 리얼리즘 기법으로 극복하고 있다. 또한 「추도」, 「스미다가와,

석양」에서는 그의 현실비판의식이 점차 노동자의 단합된 힘을 추구하는 정신으로 나아감을 엿볼 수 있는데, 이는 그의 현실비판의식이 점차 그것을 극복하기 위한 행동양식으로 나타남을 의미한다.

이러한 휴머니즘에 기초한 마르크스주의의 실천의지는 「프롤레타리아 시의 현실문제에 대하여」, 「프롤레타리아 시론의 구체적 검토」 등의 시론을 통해 확인할 수 있다. 어떻게 하면 대중에게 쉽게 접근할 수 있을까 하는 프롤레타리아 작가의 볼셰비키화에 대해 다루고 있는 글로써 휴머니즘 요소가 투영되어 있음을 알 수 있다. 특히 '민요의 형식'을 봉건시대의 생활양식이라 비판하고 있는 후자의 글은 그가 1930년대 후반에 서구 근대 비판의 대안으로서 표방하는 풍류사상과 전통의 문제와 연관된다는 점에서 시사하는 바가 크다.

그가 '지상낙원'과 결별한 뒤 '전위시인'에 가담하여 휴머니즘에 입각한 마르크스주의 사상을 좀더 구체화시킨다. 「나는 알았다. 뻬라의 의미를」에서 민족차별의식을 없애기 위한 노동자의 국제적 연대투쟁을 그림으로써 볼셰비키화의 단계로 나아간다. 민족차별의식, 소외의식을 극복하기 위해 가졌던 휴머니즘 요소가 이제는 점점 마르크스주의 사상으로 표출되고 있는 것이다. 그는 이러한 점을 노동자들의 현실참여로 유도하기 위해, 강한 선전, 선동의 시적 장치로서 '쉬프레히콜'이란 극시 형태를 차용하였다. 이러한 '쉬프레히콜'의 형태를 띤 「9월 1일」은 일제 강점기의 민족적 모순과 계급적 모순을 동시에 극복할 수 있는 혁명적 방법을 제시한 시로, 그는 국내에 귀국한 뒤에도 이러한 기법을 차용하여 「국민당 제26로군」, 「재건에」, 「수도를 것는 무리」 등을 형상화한다. 한편 「유물변증법적 이해와 시의 창작」이라는 글에서는 시적 주제의 당파성과 제재의 계급성에 대해 논의하면서 좌익적 편향과 우익적 편향의 글들을 비판하였다.

백철의 동경 유학 시절의 문학활동에서 드러난 것처럼 그는 이 시기 휴머니즘에 바탕한 마르크스주의 문학을 지향했고, 이 마르크스주의의 문

학을 통해 식민지 민족모순과 계급적 모순을 극복하려 했는데, 이러한 점
은 이후 진행된 백철의 휴머니즘 문학을 이해하는 단초를 마련하게 된다.

부 록

1. 백철 연구목록

강영주, 「1930년대 휴머니즘논고」, 『관악어문연구』, 제2집, 서울대 국어국문학과, 1977.

강태근, 「백철 문학의 비평사적 의의」, 『초강 송백헌박사 화갑기념논총』, 학예인쇄사, 1995.

권성우, 「1920~1930년대 문학비평에 나타난 타자성 연구」, 서울대 박사학위논문, 1994.

권영민, 「백철과 인간탐구로서의 문학―1930년대 휴머니즘문학론 비판」, 『소설문학』, 1983. 8~10.

권영민, 「1930년대 초기의 농민문학론―백철의 「농민문학의 문제」를 중심으로」, 신경림 편, 『농민문학론』, 온누리, 1983.

_____, 「백철과 중간파의 문학논리」, 『문예중앙』, 1984. 12.

_____, 「백철의 창작방법론 비판―인간묘사론을 中心으로」, 『예술원논문집』 제26집, 1987.

_____, 「카프의 조직과 해체」, 『문예중앙』, 1988년 봄~겨울호.

_____, 『한국 민족문학론 연구』, 민음사, 1988.

_____, 「1930년대 일본 프로시단에서의 백철」, 『문학사상』 203호, 1989. 9.

_____, 「1930년대 한국 문단의 휴머니즘 문학론」, 『예술문화연구』 창간호, 서울대 인문대학 예술문화연구소, 1991.

_____, 「비평가 백철과 일본 동경의 〈지상낙원〉시대」, 『문학사상』 304호, 1998. 2.

_____, 『한국 계급문학 운동사』, 문예출판사, 1998.

김기한, 「백철의 30년대 비평연구」, 건국대 석사학위논문, 1988.

_____, 「백철의 창작시 연구 : 창작방법론과의 관계를 중심으로」, 『학술논문집』 48권 1호, 건국대 대학원, 1999.

_____, 「『신문학사조사』연구」, 『건국어문학』 23·24, 건국대 국어국문학연구회, 1999.

김명수, 「문학비평의 대중적 기초 : 백철씨의 비평태도와 관련하여」, 『신천지』, 서울신문사, 1948. 10.

김미진, 「해방기 문예비평의 전개양상 연구」, 전북대 교육대학원 석사학위논문,

1992.

김상선, 「전후 문학론 서설」, 『어문논집』 27, 중앙어문학회, 1999.

김수정, 「1930년대 휴머니즘론 연구 : 백철·임화를 중심으로」, 고려대 석사학위논
　　　문, 1992.

김영민, 『한국문학비평논쟁사』, 한길사, 1992.

＿＿＿, 『한국현대문학비평사』, 소명출판, 2000.

김영진, 「해방기 중간파 문학론의 위치 : 백철의 관점을 중심으로」, 『목포어문학』 1,
　　　목포대 국어국문학과, 1998.

＿＿＿, 「해방기의 문학비평 연구」, 전주우석대 박사학위논문, 1994.

김오성, 「지성인의 문제 : 백철의 지식계급론을 읽고」, 『사해공론』 제4권 제9호,
　　　1938. 9.

김외곤, 「1930년대 후반 한국문학과 반파시즘 인민전선」, 『외국문학』, 1991년 가
　　　을호.

김용직, 「한국휴머니즘문학론ㅡ그 식민지 시대의 양상」, 『문학과 지성』, 제3권 제2
　　　호, 1972년 여름호.

김　윤, 「백철의 문학사 기술방법 비판을 위한 시론」, 『한신어문연구』 1, 1985.

김윤식, 「백철 연구를 위한 하나의 각서」, 『청파문학』 제7집, 숙명여대 국어국문학
　　　회, 1967.

＿＿＿, 「뉴크리티시즘에 대하여ㅡ한국문학연구방법과 관련하여」, 『논문집』 9집, 숙
　　　명여대, 1969.

＿＿＿, 『한국 근대문예비평사 연구』, 한얼문고, 1973.

＿＿＿, 『한국근대문학사상사』, 한길사, 1985.

＿＿＿, 「임화와 백철(상) : 거울화의 두 표정」, 『한국문학』 185호, 1985년 3월.

＿＿＿, 「임화와 백철(하) : 거울화의 두 표정」, 『한국문학』 187호, 1985년 5월.

＿＿＿, 「비평의 자립적 근거에 대하여 : 한국문학사와 비평의 관련양상」, 『한국학보』
　　　25권 2호, 일지사, 1999.

＿＿＿, 「백철 비평의 특질과 그 변모 과정 연구」, 『한국학보』 27권 1호, 일지사,
　　　2001.

＿＿＿, 「베이징, 1945년 초여름 : 김사량, 백철 그리고 노천명」, 『문예중앙』 93호,
　　　2001. 2.

김재홍, 「백철의 생애와 문학」, 『문학사상』 제157호, 1985. 11.

＿＿＿, 「백철문학론 서설」, 『동천 조건상선생 고희기념논총』, 형설출판사, 1986.

김정자, 「백철의 프로 문학론과 휴머니즘론의 대비적 연구」, 동덕여대 석사학위논문, 1995.

김종대, 「1930년대 휴머니즘논쟁에 대한 일고찰」, 『어문논집』 19집, 중앙대 국어국문학과, 1985.

김종석, 「백철의 인간주의론 연구」, 홍익대 교육대학원 석사학위논문, 1992.

김종욱, 「백철의 초기문학론에 대한 비판적 고찰」, 『목원어문학』 제11집, 목원대 국어교육과, 1992.

김주일, 「백철문학론 연구」, 『목원어문학』 12집, 목원대 국어교육과, 1993.

김진석, 「심리소설론의 전개 양상」, 『인문과학연구』 7, 서원대 인문과학연구소, 1998.

김 철, 「친일문학론 : 근대적 주체의 형성과 관련하여」, 『민족문학사연구』 제8권 1호, 민족문학사학회, 1995.

김현정, 「1930년대 후반 임화의 휴머니즘론 고찰」, 『대전어문학』 16집, 대전대학교 국어국문학회, 1999.

_____, 「백철의 휴머니즘론에 나타난 주체의 욕망과 변모과정 연구」, 『한국언어문학』 제43집, 한국언어문학회, 1999.

_____, 「백철의 휴머니즘문학 연구」, 대전대 박사학위논문, 2000.

김현주, 「1930년대 후반 휴머니즘 논쟁 연구 : 구카프계를 중심으로」, 연세대 석사학위논문, 1991.

김혜영, 「카프 농민문학론의 비판적 검토」, 『강릉어문학』 8, 강릉대학 국어국문학과, 1993.

남송우, 「1930년대 백철 비평의 해석학적 연구」, 『한국문학논총』 제16집, 한국문학회, 1995.

류은랑, 「백철의 문예비평 연구」, 전북대 교육대학원 석사학위논문, 1990.

박경수, 「백철의 일본에서의 문학활동 연구」, 『실헌 이동영교수 정년퇴임기념논문집』, 부산대학교 출판부, 1998.

_____, 「일제하 재일 한국인의 문학비평 연구-김희명과 백철의 문학론을 중심으로-」, 『일본어문학』 제9권, 일본어문학회, 1999.

_____, 「일제 강점기 재일 한국인의 일어시에 나타난 민족적 정체성」, 『우리말글』 21권, 우리말글학회, 2001.

_____, 「1930년대 재일 한국인의 일어시 연구」, 『외대어문논집』 제16권, 부산외국어대 어학연구소, 2001.

_____, 「일제 강점기 재일 한국인의 일어시와 근대성」, 『한국문학논총』 30, 한국문 학회, 2002.

박광현, 「'전후'와 '센고전후' : 식민지역사에 관한 기억/망각」, 『국제언어문학』 제10 호, 국제언어문학회, 2004.

박명용, 『한국 프롤레타리아문학연구』, 글벗사, 1992.

박미령, 「백철론」, 『비평문학』 11호, 비평문학회, 1997.

_____, 「비평의 휴머니즘과 인간탐구」, 『어문연구』 29, 한국어문교육연구회, 1997.

박영준, 『조선신문학사조사』, 「백철 서평」, 『개벽』 80, 개벽사, 1948. 12.

박용찬, 「1930년대 백철문학론 연구」, 경북대 석사학위논문, 1984.

박천화, 「채만식 비평사 연구」, 중앙대 석사학위논문, 1987.

박호영, 「휴머니즘론 연구」, 『운당 구인환선생 화갑기념 논문집』, 한샘출판사, 1989.

서영식, 「백철의 장편소설론에 대한 비교문학적 고찰 : 橫光利一과의 영향관계를 중 심으로」, 『육사논문집』 53권, 육군사관학교, 1997.

서준섭, 『한국 근대문학과 사회』, 월인, 2000.

석 진, 「일제말 친일문학의 논리 연구 : 최재서·이광수·백철·서인석을 중심으로」, 홍익대 석사학위논문, 2004.

성기조, 「한국근대문학의 전통논의에 관한 연구」, 단국대 박사학위논문, 1985.

손우성, 「비평의 창작성 : 백철씨와의 사담을 중심으로」, 『사상계』 3, 사상계사, 1955. 7.

손재호, 「초기 한국문학사론 연구」, 대구대 석사학위논문, 1993.

손종업, 「백철 후기 비평의 본질 : 평론집 『문학의 개조』를 중심으로」, 『어문논집』 24권 1호, 중앙대 중앙어문학회, 1995.

_____, 『한국 근대문학과 식민지 근대성』, 월인, 2000.

송왕섭, 「전후 「신비평」의 수용과 그 의미」, 『성균어문연구』 32, 성균관대 성균어문 학회, 1997.

송희복, 「해방기문학비평연구」, 동국대 박사학위논문, 1992.

신형기, 「해방직후의 문학운동 연구」, 연세대 박사학위논문, 1987.

_____, 『해방직후의 문학운동론』, 화다, 1988.

안한상, 「해방기의 문단 조직과 문학론 연구 : 소위 '중간파'의 입장과 문학론을 중심 으로」, 『전농어문연구』 8, 서울시립대 국어국문학과, 1996.

양문규, 「한국 프로소설 연구사」, 『인문학보』 29, 강릉대학교 인문과학연구소,

2000.

양영길, 「백철의 한국 근대문학사 인식 방법」, 『영주어문』 제4집, 영주어문학회, 2002.

연은순, 「백철 비평 연구」, 청주대 석사학위논문, 1997.

오세영, 「1930년대 휴머니즘 비평과 생명파」, 『동양학』 제15집, 단국대 동양학연구소, 1985.

오인숙, 「1930년대 리얼리즘론 연구」, 숙명여대 석사학위논문, 1988.

유문선, 「1930년대 초반 '유물변증법적 창작방법' 논의에 관하여」, 『관악어문연구』 15, 서울대 국어국문학과, 1990.

유보선, 「1930년대 후반기 문학비평 연구」, 서울대 박사학위논문, 1996.

윤순재, 「해방이후 근현대문학사 비교 연구 : 백철의 『조선신문학사조사』와 조연현의 『한국현대문학사』를 중심으로」, 홍익대 석사학위논문, 2000.

윤여탁, 「1930년대 서술시에 대한 연구-백철과 김용제를 중심으로」, 『국어국문학』 제101호, 국어국문학회, 1989.

이경재, 「백철 비평과 천도교 관련양상 연구」, 『육사논문집』 제59집 제3권, 육군사관학교 화랑대연구소, 2003.

이경훈, 「백철의 친일문학론 연구」, 『연세대 원우논집』 제21집, 연세대 대학원, 1994.

이남수, 「문학이론의 빈곤성 : 백철·김기림양씨의 문학개론에 대하여」, 『신천지』 서울신문사, 1949. 4.

이명재, 「백철문학연구서설」, 『어문논집』 제19집, 중앙대 국문과, 1985.

_____, 「백철 저, 인간탐구의 문학」, 『국어국문학』 제95권, 1986.

_____, 『변혁기의 한국문학』, 한국학술정보(주), 2004.

이미영, 「1930년대 후반 소설론 양상 연구 : 리얼리즘론, 본격소설론, 로만개조론, 종합문학론을 중심으로」, 서강대 교육대학원 석사학위논문, 1999.

이병순, 「해방기 중간파 문학론 연구」, 『어문논집』 5, 숙명여대 한국어문학연구소, 1995.

이선영·강은교·최유찬·김영민, 『한국근대문학비평사연구』, 세계, 1989

이선영 편, 『1930년대 민족문학의 인식』, 한길사, 1990.

이주형, 「백철론-새로움을 향한 모색의 도정」, 『한국현대비평가연구』, 강, 1996.

이해년, 「1930년대 한국행동주의 문학론 연구」, 부산대 박사학위논문, 1994.

_____, 「말기의 행동주의 문학론 연구 : 순수 문학자의 절충적 평가」, 『어문교육논

집』15, 부산대 국어교육과, 1996.

이현식, 「1930년대 후반 한국 문예비평이론 연구」, 연세대 박사학위논문, 1995.

임긍재, 「제3문학관의 정체 : 백철론」, 『해동공론』, 해동공론사, 1948. 3 · 4.

임명진, 「한국 근대소설론의 유형별 사적 연구」, 전북대 박사학위논문, 1988

임영봉, 「1960년대 한국문학비평 연구 : 비평세대와 문학인식의 분화양상을 중심으로」, 중앙대 박사학위논문, 1999.

임종수, 「백철 연구」, 충남대 박사학위논문, 1991.

_____, 「백철의 1930년대 문학비평론 고찰 : 전향이후의 비평을 중심으로」, 『관동어문학』 7, 관동대 관동어문학회, 1991.

_____, 「전형기의 문학론 연구－백철의 문학론을 중심으로」, 『어문연구』 24집, 어문연구학회, 1993.

장경택, 「카프계 농민문학론의 재조명」, 『반교어문연구』 3권, 반교어문학회, 1991.

전기철, 『한국근대문학비평의 기능』, 살림터, 1997.

전홍남, 「해방직후 '중간파' 문학론에 관한 고찰」, 『국어문학』 제28집, 전북어문학회, 1993.

정명호, 「백철문학론 연구 : 1930년대를 중심으로」, 『명지어문학』 제22집, 명지대학교 명지어문학회, 1995.

_____, 「백철의 초기문학론 연구 : 농민문학론과 유물변증법적 창작방법론에 한하여」, 『명지어문학』 제23집, 명지대 명지어문학회, 1996.

_____, 「광복 전후의 백철 문학론」, 『새국어교육』 제52권 1호, 한국국어교육학회, 1996.

_____, 「항일시대 말기 백철의 문학론」, 『새국어교육』 제53권 1호, 한국국어교육학회, 1997.

_____, 「백철 비평문학론 연구」, 명지대 박사학위논문, 1997.

_____, 「백철의 문학사 기술방법론 연구」, 『새국어교육』 제54권 1호, 한국국어교육학회, 1998.

_____, 「1930년대 문예비평관 연구」, 동아대 박사학위논문, 1992.

정재찬, 「백철의 신비평 수용에 관한 연구」, 『논문집』 57, 한국국어교육연구회, 1996.

_____, 「백철의 신비평 수용에 관한 연구」, 『한국 근대문학연구의 반성과 새로운 모색』, 새미, 1997.

조계숙, 「현대문학비평에 나타난 소설의 묘사론」, 『어문논집』 37, 안암어문학회,

1998.

조남철, 「일제하 한국 농민소설 연구」, 연세대 박사학위논문, 1985.

조연현, 「개념의 공허와 그 모호성 : 백철씨의 『조선신문학사조사』를 중심으로」, 『문예』, 1949. 8.

조연현 편, 『작가수업 : 문단인의 걸어온 길』, 수도문화사, 1951.

진영백, 「백철 문학론 연구 : 1930년대 비평담론을 중심으로」, 『우암어문논집』 제8호, 부산외대 국어국문학과, 1997.

_____, 「백철 초기비평의 연구 : 일본 프롤레타리아 문학론을 중심으로」, 『우암어문논집』 제9호, 부산외대 국어국문학과, 1999.

_____, 「백철 비평 연구 : 1960년대 전통론을 중심으로」, 『우암어문논집』 제10호, 부산외대 우암어문학회, 2000.

_____, 「백철의 비평담론 연구」, 부산대 박사학위논문, 2002.

진영복, 「한국 근대소설과 사소설 양식」, 『현대문학의 연구』 제15집, 국학자료원, 2000.

최상암, 「문단 인물론」, 『신세기』, 신세기사, 1939. 9.

최유찬, 「1930년대 한국 리얼리즘론 연구」, 연세대 박사학위논문, 1986.

하정일, 「30년대 후반 휴머니즘논쟁과 민족문학의 구도」, 『1930년대 민족문학의 인식』, 한길사, 1990.

한형구, 「30년대 휴머니즘 비평의 속성과 그 파장-백철 비평의 원징과 그 지속의 성격을 이해하기 위한 연구」, 『논문집』 28집, 안성산업대, 1996.

홍성암, 「백철 비평 연구」, 『동대논총』 25집, 1995.

홍재범, 「1930년대 휴머니즘론 연구(1)-백철의 '인간'개념을 중심으로-」, 『한국현대문학연구』 제10집, 한국현대문학회, 2001.

홍종욱, 「한국 현대문학사 연구」, 건국대 교육대학원 석사학위논문, 1991.

2. 백철 작품목록

(1) 시

작품명	발표지	발표연도	비고
우박이 내리던 날	地上樂園	1929.11	
누이여	地上樂園	1929.12	
그들 또한……	地上樂園	1930.1	
추도(追悼)	地上樂園	1930.3	
반역과 키스	農民	1930.3	
나는 알았다, 삐라의 의미를	前衛詩人	1930.4	
스미다가와(隅田川), 석양	地上樂園	1930.5	
X당한 동무에게	地上樂園	1930.5	
갈매기떼	地上樂園	1930.5	
봄과 X당한 동지	地上樂園	1930.6	
송림(松林)	地上樂園	1930.6	
9월 1일	前衛詩人	1930.9	
다시 봉기하라	프롤레타리아詩	1931.1	
3월 1일을 위하여	프롤레타리아詩	1931.3	
국경을 넘어서	프롤레타리아詩	1931.4	
피크니크	프롤레타리아단가	1931.5	
공판의 아침	프롤레타리아시집(중외서방)	1932.8	
남가의 비별	婦人公論	1936.7	

(2) 소설

작품명	발표지	발표연도	비고
展望	人文評論	1940.1	

희곡

작품명	발표지	발표연도	비고
재건대	第一線	1933.1	
隧道를 것는 무리	第一線	1933.3	
逆風에 부친 편지	四海公論	1937.1	
생일 招待 편지	女性	1938.7	
晴天을 기리는 心情	四海公論	1938.9	
希望	博文	1940.1	
聖地 扶蘇山城	文章	1941.3	
多島海抄	白民	1947.7	
空想少年과 却說文學	白民	1948.10	
彼岸	新天地	1952.5	
나의 處世와 그 모랄	新天地	1953.11	
두 개의 얼굴	徽文出版社	1964	
人間이 서 있는 곳	春秋閣	1965	

(3) 평론

작품명	발표지	발표연도	비고
프롤레타리아시의 현실문제에 대하여	地上樂園	1930.5	
프롤레타리아시론의 구체적 검토	地上樂園	1930.6	
시에 있어서 문화사파란?	宣言	1930.7	
프롤레타리아시인과 실천문제	前衛詩人	1930.8	
당의 당면문제와 예술의 임무	동학지광	1930.9	
現階段의 日本-프로文學運動	東亞日報	1931.8.29~30	
유물변증법적 이해와 시의 창작	프롤레타리아詩	1931.10	
農民文學問題	朝鮮日報	1931.10.1~20	
文藝時評	慧星	1931.12	
農民詩人 에세닌 六週忌에 際하야	朝鮮日報	1931.12.25~ 1932.1.27	
朝鮮文壇의 新展望	慧星	1932.1	
五個年計劃의 達成과 쏘베트 文學	慧星	1932.2	
『批判』誌의 安在左君의 所論을 읽고…	中央日報	1932.3.2~12	
創作方法問題	朝鮮日報	1932.3.6~20	
文藝時評	第一線	1932.9	
滅亡하는 文學과 優越性있는 문학	第一線	1932.10	

작품명	발표지	발표연도	비고
文藝時評-讀書와 創作, 創作의 不振	新階段	1932.11	
創作界 總評	新東亞	1932.11	
文藝時評	第一線	1932.11	
一九三二年度 프롤레타리아 詩의 成果	文學建設	1932.12	
一九三二年 노벨受賞者 골스워지-란 어쩌한 作家인가?	新階段	1932.12	
一九三二年度 旣成新興兩文壇의 動向	朝鮮日報	1932.12.21~25	
一九三二年度 文藝評論界 回顧	朝鮮日報	1932.12.27	
一九三三年度 朝鮮文壇의 展望	東光	1933.1	
朝鮮文壇에 對한 希望	新東亞	1933.1	
文學運動에 對한 斷想 二三	朝鮮日報	1933.1.5	
文化時評	新女性	1933.2	
新春文壇의 新動向	第一線	1933.2	
最近의 雜感 二三	朝鮮日報	1933.2.10	
小林多喜二의 夭折을 弔함	朝鮮日報	1933.2.25	
新春文藝評	新東亞	1933.3	
朝鮮의 文學을 救하라	第一線	1933.3	
文藝時評	朝鮮中央日報	1933.3.2~8	
인테리의 名譽	朝鮮日報	1933.3.3	
文學에 對한 맑스의 遺話와 敎訓	東亞日報	1933.3.14~22	
總括的으로 본 解體期의 日本文學	朝鮮日報	1933.5.5~12	
히틀러와 獨逸文學의 慘禍	朝鮮日報	1933.5.17~23	
現代文學의 新傾向	每日新報	1933.7.12	
演劇은 어대로?	朝鮮日報	1933.7.30	
「투르게넵흐」의 文學史的 地位의 再吟味	朝鮮日報	1933.8.22	
「투르게넵흐」의 文學遺産과 그 評價	朝鮮日報	1933.8.22~26	
文壇時評-人間描寫時代	朝鮮日報	1933.8.29~9.1	
文藝時評	朝鮮日報	1933.9.16~19	
批評의 擁護	朝鮮中央日報	1933.9.29	
邪惡한 藝苑의 雰圍氣	東亞日報	1933.9.29~10.1	

작품명	발표지	발표연도	비고
現代女學生과 文學	朝鮮文學	1933.10	
文藝時評	朝鮮中央日報	1933.10.13~21	
現代文學의 新心理主義的 傾向	中央	1933.11	
批評의 新任務	東亞日報	1933.11.15~19	
創作時評	朝鮮中央日報	1933.11.19~23	
三三年度 新聞小說界 連載小說과 新人作家時代	新東亞	1933.12	
思潮中心으로 본 三三年度 文學界	朝鮮日報	1933.12.17~26	
一九三四年 朝鮮批評界의 展望	新東亞	1934.1	
文壇天氣象報-三四年度 文壇豫想記	中央	1934.1	
一九三三年 創作界 總決算	朝鮮中央日報	1934.1.1~10	
作家와 現實과 作品	朝鮮日報	1934.1.24	
조이스에 關한 노트	形象	1934.2	
人間探求의 途程「人間描寫論 其二」	東亞日報	1934.5.24~6.2	
人間探求의 情熱과 文藝復興의 待望時代	朝鮮中央日報	1934.6.30~7.13	
人間描寫論其三	開闢復刊 11	1934.11	
出監所感-悲哀의 城舍	東亞日報	1935.12.22~27	
現代文學의 課題인 人間探求와 苦悶의 精神	朝鮮日報	1936.1.12~21	
文藝月評	朝鮮日報	1936.2.13~22	
新春創作評	四海公論	1936.3	
文藝旺盛을 期할 時代	中央	1936.3	
文藝時評	朝鮮日報	1936.3.18~28	
文化의 朝鮮的 限界性	四海公論	1936.4	
文學의 成立-人間으로 歸還하라	朝光	1936.4	
政治와 文學	中央	1936.4	
文學閑談集	朝鮮日報	1936.4.23~5.5	
創作에 있어서 個性과 普遍性	朝鮮日報	1936.5.31~6.11	

작품명	발표지	발표연도	비고
人間探求의 文學	四海公論	1936.6	
4월 創作 槪評	朝鮮日報	1936.6	
파시즘은 文學의 主流가 아니다	三千里	1936.6	
科學的 態度의 訣別하는 나의 批評體系	朝鮮日報	1936.6.28~7.3	
作家 韓雪野에게	新東亞	1936.9	
個性과 普遍性	東亞日報	1936.9.10~11	
批評과 中傷	朝鮮日報	1936.9.16~23	
文化의 擁護와 朝鮮의 問題	四海公論	1936.11	
秋窓斷想	朝鮮日報	1936.11.3~14	
今年의 女流創作界	女性	1936.12	
우리 文壇과 휴매니즘	朝鮮日報	1936.12.23~27	
文藝時感	白光	1937.1	
리얼리즘의 再考	四海公論	1937.1	
웰컴! 휴먼이즘	朝光	1937.1	
新春誌創作槪評	朝光	1937.2	
「답사리」의 健實味	朝鮮文學	1937.2	
文壇主流論	風林	1937.2	
新人探究論	白光	1937.3	
文化의 朝鮮的 限界性	四海公論	1937.3	
鬱結의 文學	朝鮮日報	1937.3.17~21	
創作時評	白光	1937.4	
批評家와 作家問題	白光	1937.5	
東洋人間과 風流性	朝光	1937.5	
知識階級의 擁護	朝鮮日報	1937.5.25~30	
藝術의 統制問題	白光	1937.6	
文人의 死와 文壇的 原因	白光	1937.6	
風流人間의 文學	朝光	1937.6	
文學者는 唯我獨尊	東亞日報	1937.6.6	
레알리즘 以後에는 浪漫主義가 擡頭?	東亞日報	1937.6.8	
倫理問題의 새 吟味	朝鮮日報	1937.9.3~9	
文化主義者가 草한 現代知識人間論	東亞日報	1937.10.13~17	
人間問題를 中心하야	朝光	1937.11	
文學의 背理·悖德	朝鮮日報	1937.12.17~23	

작품명	발표지	발표연도	비고
論爭으로 一貫한 情熱	朝鮮日報	1938.2.9	
나의 「지드」觀	東亞日報	1938.2.5~16	
文章과 思想性의 檢討	東亞日報	1938.2.15~16	
作家 李孝石論	東亞日報	1938.2.25~27	
나의 良心的인 立場, 極히 曖昧하나마 限界가 있다.	朝鮮日報	1938.3.4	
朝鮮文學全集 短篇集을 읽고	朝鮮日報	1938.3.11	
四月創作評	朝鮮日報	1938.3.29~4.1	
純粹文化의 立場	朝光	1938.4	
姜敬愛論	女性	1938.5	
人間研究의 最大作家 聖 도스도옙스키	朝光	1938.5	
朝鮮文學의 性格	東亞日報	1938.5.28	
五月創作一人一評	朝鮮日報	1938.5.1~9	
現世에 대한 理解와 愛着	朝鮮日報	1938.6.3~9	
「폭풍전야」를 읽고	朝鮮日報	1938.6.19	
七月創作一人一評	朝鮮日報	1938.6.30	
朝鮮映畵監督論	四海公論	1938.7	
時世를 不拒하는 精神	東亞日報	1938.7.1~12	
綜合文學의 建設과 長篇小說의 現在와 將來	朝光	1938.8	
휴마니즘의 本格的 傾向	靑色紙	1938.8	
十月創作評–今日의 文學的 水準	朝鮮日報	1938.9.26~10.6	
文學에 있어의 個性과 普遍性의 問題	朝光	1938.10	
道德과 文學	每日新報	1938.10.8	
文學의 新人을 待望함	每日新報	1938.10.15	
文學癖	博文	1938.11	
金末峰 「찔레꽃」	東亞日報	1938.11.29	
今年間의 創作界 槪觀	朝光	1938.12	
現文學이 가져야 할 主張과 理想	東亞日報	1938.12.11~21	
時代的 偶然의 受理	朝鮮日報	1938.12.2~7	
理想의 必要	每日新報	1938.12.18	
咸大勳의 「無風地帶」 讀後感	朝鮮日報	1938.12.27	
文學과 生의 問題	三千里	1939.1	

작품명	발표지	발표연도	비고
映畫發展策	朝光	1939.1	
戰場文學을 契機로 人道主義가 擡頭	東亞日報	1939.1.6	
解析에서 主張으로	每日新報	1939.1.6~7	
「事實」과 「神話」 뒤에 오는 理想主義의 新文學	東亞日報	1939.1.17~21	
日本文學上의 戰爭	朝光	1939.2	
金南天氏著 「大河」를 讀함	東亞日報	1939.2.8	
文學과 映畫	文章	1939.3	
湖畔의 悲歌	每日新報	1939.3.2	
時局과 文化問題의 行方	東洋之光	1939.3.4	
戰場文學 一考	人文評論	1939.10	
戰線詩集	每日新報	1939.10.4	
朴英熙의 新著 「戰線紀行」	每日新報	1939.10.15	
時代的 思想의 告白	博文	1939.12	
蔡萬植氏의 「濁流」를 읽고	每日新報	1939.12.28	
李泰俊氏의 長篇小說 「딸 삼형제」를 읽고	每日新報	1940.1.19	
知識과 創造	每日新報	1940.2.6	
二月創作評	人文評論	1940.3	
獨逸的인 意志	每日新報	1940.3.29	
朝鮮文學通信	文藝	1940.5	
文學的 饒舌	文章	1940.5	
小派全集	每日新報	1940.6.14	
今後엔 文化的 使命이 重大	人文評論	1940.7	
朝鮮 作家와 批評家	文藝	1940.7	
現實과 意味, 그리고 作者의 私世界	文章	1940.10	
新體制와 저널리즘	人文評論	1940.11	
「訣別」을 推薦함	文章	1940.12	
天皇陛下親悅特別觀覽式拜觀謹記	三千里	1940.12	
內鮮由緣이 깊은 扶蘇山城	文章	1941.3	
「德性」을 推薦함	文章	1941.3	
文化性을 尊重하라	三千里	1941.3	
生活과 文化	每日新報	1941.5.31~6.1	
朝鮮文學의 再出發을 말하는 座談會	國民文學	1941.11	

작품명	발표지	발표연도	비고
文藝動員을 말하는 座談會	國民文學	1942.1	
옛것에서 새로움으로	國民文學	1942.1	
文學의 理想性	東洋之光	1942.6~7	
國民文學의 一年	國民文學	1942.11	
文學과 政治問題	漢城時報	1945.10	
文學의 建設	朝鮮週報	1945.11	
文學運動의 再出發期	우리公論	1945.12	
過渡期와 文學建設의 方向	開闢	1946.1	
政治와 文學	大潮	1946.3	
民主主義와 近代文學	開闢	1946.4	
新人文學의 位置	中央新聞	1946.5.4	
文學作品에 있어서의 事實과 浪漫의 世界	白民	1946.5.6	
政治와 文學의 友情에 대하여	大潮	1946.7	
女性과 政治	協同	1946.8	
文學을 爲한 附議	京鄕新聞	1946.10.6	
文學以前에 오는 問題	京鄕新聞	1946.12.5	
「阿 Q 正傳」에 有感	自由新聞	1946.12.3~4	
文化와 批判精神	白民	1947.1	
朝鮮文學의 將來	漢城日報	1947.1.1~12	
文學時評	白民	1947.3	
轉形期의 作品들	京鄕新聞	1947.3.13	
文學運動의 再出發期	우리公論	1947.4	
職場文學讀本	實業朝鮮	1947.6-1948.3	
時代思潮의 文學精神	開闢	1947.8	
새 樣式의 創造	京鄕新聞	1947.10.19	
女流文學의 現狀	中央新聞	1947.10.20	
自然主義의 超克	大潮	1947.11	
作品點評-最近의 問題作 三篇	白民	1947.11	
文學界 四七年度의 動向	民主朝鮮	1947.12	
文學運動의 再出發期 〈文學〉	開闢	1948.1	
朝鮮文學의 過去와 現在	새한민보	1948.1	
惡 摘發의 文學	中央新聞	1948.1.1	
文學과 倫理	民聲	1948.2	
文學의 危機를 批判함	京鄕新聞	1948.2.8	
新倫理文學의 提唱	白民	1948.3	
三一運動後 朝鮮文藝思潮의 變遷	새한민報	1948.3	
新倫理의 開拓과 新人間의 創造	白民	1948.4	

작품명	발표지	발표연도	비고
아메리카 映畫와 아메리카的인 映畫	藝術朝鮮	1948.4	
新倫理의 開拓과 新人間의 創造	白民	1948.5	
新思潮의 主體化問題	新天地	1948.7	
空想少年과 却脫文學	白民	1948.10	
技巧와 內容의 問題	京鄕新聞	1948.10.1	
作品上 題材의 位置	自由新聞	1948.10.16	
新人과 文學態度	京鄕新聞	1948.10.28	
烈風 속의 一年	서울신문	1948.12.21	
所謂 中間派의 進出	世界日報	1949.1.1	
現狀은 打開될 것인가	京鄕新聞	1949.1.5~12	
文學批評과 基準問題	太陽新聞	1949.2.27~3.1	
善을 위한 文學	京鄕新聞	1949.5.14~16	
作品時評	朝鮮日報	1949.7.15~22	
飜譯文學과 關聯하여	文藝	1949.8	
試鍊과 苦難의 足跡	京鄕新聞	1949.8.15	
摸索의 一年間	서울신문	1949.8.17	
分散傾向과 細部의 過剩	民聲	1949.9	
「風流에 잡히는 마을」에 대하여	國都新聞	1949.9.27~28	
小市民과 文學	文藝	1949.10~11	
近代性에 대한 反省	文藝	1949.10·11	
文藝時評	國道新聞	1949.10.20	
文藝月評	國都新聞	1949.10.20~25	
原子論에의 關心	서울신문	1949.11.17	
乙丑年 文化界의 總決算	新傾向	1949.12	
一九四九年度의 우리 文學界	韓國公論	1949.12	
우리말 改造에 關하여	京鄕新聞	1949.12.15~16	
한가지의 結論	國都新聞	1949.12.23~25	
乙丑年 文藝點景	京鄕新聞	1949.12.27~29	
映畫作品의 印象	朝鮮日報	1949.12.29	
小說의 길	國都新聞	1950.2.25-3.5	

작품명	발표지	발표연도	비고
現代文學의 길	國都新聞	1950.3.21	
散文文學과 리얼리즘	國都新聞	1950.3.29~ 4.1	
文學論議의 主題	서울신문	1950.3.29~31	
新人群과 新世代(上)	文藝	1950.4	
本題로 돌아가서	國都新聞	1950.4.8	
三千萬人의 文學	文學	1950.5	
新人群과 新世代(下)	文藝	1950.5	
純小說과 正統小說	서울신문	1950.5.4~7	
民主主義와 文學	新潮	1951.7	
三一運動이 남긴 文學史上의 意識	서울신문	1952.3.8~10	
새로운 人間關係의 問題	自由世界	1952.4	
韓國現代文學의 特質	自由世界	1952.8·9	
同床異夢의 文學	서울신문	1953.3.1~2	
沈默의 文學	서울신문	1954.3.4	
外國文化를 받아들이는 態度	서울신문	1953.3.11	
摸索하는 現代文學	首都評論	1953.6	
故 金東仁先生의 人間과 藝術	新天地	1953.6	
文壇을 위한 附議	文化世界	1953.7	
現代文學과 抽象主義 : 리아리티 의 變貌에 對하여	신천지	1953.9	
文學者로서 나의 虛世와 그 모랄	신천지	1953.11	
外國文學과 그 飜譯	文藝	1953.11	
現代詩와 그 難解性	詩作	1954.4	
人間性의 擁護와 文學	朝鮮日報	1954.6.26	
文學의 後進性과 復興	새벽	1954.9	
그 環境과 우리의 民族文學	펜	1954.10	
新舊의 交替가 오는가	京鄕新聞	1954.10.21	
文學과 主體性의 問題	新太陽	1954.11	
歷史小說의 現場的 意義	서울신문	1954.11.11	
古典文學과 現代文學 : 두개의 關 聯性에 對하여	國學	1954.12	
「開闢」前後의 文壇思潮	現代公論	1955.1	
저널리즘과 文化性	現代文學	1955.1	
新世代的인 것과 文學	思想界	1955.2	
世紀批判의 視野	京鄕新聞	1955.2.13	
三一運動과 그 뒤의 文學	朝鮮日報	1955.3.1	

작품명	발표지	발표연도	비고
現代詩와 그 難解性	詩作	1955.4	
文學을 뜻하는 學生에게	思想界	1955.6	
이제부터가 創造期	京鄕新聞	1955.8.15~17	
外國文學의 導入問題	文學藝術	1955.9	
文藝	새벽	1955.9	
轉形期의 文學	思想界	1955.10	
新人과 現代意識	朝鮮日報	1955.10.18~28	
눈을 地平線으로 : 젊은 文學徒에게 주는 글	東國文學	1955.11	
金素月의 新文學史的 位置	文學藝術	1955.12	
韓國文學과 諷喩	펜	1955.12	
自然主義 뒤에 올 것	文學藝術	1956.1	
一九五五年의 韓國文壇〈對談〉	思想界	1956.1	
評論推欄	文學藝術	1956.1	
現代文學과 傳統의 問題	朝鮮日報	1956.1.6~7	
世紀末의 人間觀	思想界	1956.2	
文學과 生活 : 生活에서 오는 것, 生活을 止揚하는 것	새교육	1956.2	
文學과 創造 : 虛構의 것 그러나 眞實한 것	새교육	1956.3	
文學과 道德 : 낡은 道德을 비판하는 것 새 道德을 만들어 내는 것	새교육	1956.4	
文學과 敎育 : 感情의 純化, 人格의 陶冶	새교육	1956.5	
文學과 敎養 : 무슨 作品을 읽어야 하나?	새교육	1956.6	
農民文學을 提案-民族文學의 題材를 넓히자	自由文學	1956.6	
하나의 轉換期	한국일보	1956.7.16	
蔡萬植兄의 文學的 모습	自由文學	1956.8	
世界作家會議의 印象	朝鮮日報	1956.8.3	
世界文學과 우리文學	朝鮮日報	1956.9.14	
「疾風」과 「咏懷」	新太陽	1956.10	
放送의 大衆性과 通俗性 : 放送과 大衆文化	放送	1956.10	

작품명	발표지	발표연도	비고
뉴 크리티시즘에 對하여	文學藝術	1956.11	
危機意識과 文化의 將來	放送	1956.11	
우리傳統을 찾을 時代	文耕3	1956.12	
구라파 文藝思潮의 危機 : 世界 P.E.N 大會參加報告를 兼하여	새벽	1956.12	
「疾風」과 「詠懷」	新太陽	1956.12	
世界文學과의 共同運命을 意識	평화신문	1956.12.14~15	
今年度의 創作界	京鄕新聞	1956.12.20~27	
丙申文化의 자취	東亞日報	1956.12.22~23	
古典復活과 現代文學	現代文學	1957.1	
假像 속에서도 밀알은 자란다	新太陽	1957.1	
作家들이 構想하는 世界	평화신문	1957.1.1	
來成兄과 그 文學	京鄕新聞	1957.2.23	
國文學史 敍述方法論	思想界	1957.3	
上半期 新舊의 創作界	思想界	1957.3	
創作·批評·現實	서울신문	1957.3.20~25	
韓國現代作家論 : 金來成篇	새벽	1957.4	
上半期新舊의 創作界 : 月刊誌의 作品을 中心으로	思想界	1957.7	
現代小說의 過程	自由文學	1957.8	
어떻게 改造될것인가 : 가야할것 와야할것의 問題	文耕4	1957.8	
韓國雜誌 盛衰期	新太陽	1957.9	
한자철폐에 영단 내리라	東亞日報	1957.10.27.	
感情과 理性과 文壇	朝鮮日報	1957.11.5~6	
韓國新文學上에 끼친 近代 自然主義의 影響	論文集2(中央大)	1957.12	
文藝思潮의 새로운 方向	한국일보	1958.1.4~6	
우리 古典藝術品의 價値	京鄕新聞	1958.1.16~20	
웰렉교수 회견기	한국일보	1958.2.9~23	
現代批評의 새 領域	朝鮮日報	1958.2.25~28	
I.A 리챠즈氏의 文學對話	思想界	1958.5	
韓國文壇에서 본 美國文學의 活動	自由文學	1958.5	

작품명	발표지	발표연도	비고
韓國現代作品에 反映된 基督敎 精神	基督敎思想	1958.5	
批評家의 資格과 할 일	東亞日報	1958.6.24〜7.1	
바로잡는 20世紀 後半期의 文學觀 : 美國의 文化·文壇瞥見	文耕6	1958.8	
小說의 만네리즘史	京鄕新聞	1958.8.8〜12	
誤認된 美國文化 : 美國이 韓國에 끼친 功過	新太陽	1958.9	
在美留學生에 對한 辯護와 批判	思潮	1958.9	
文學作品의 商品性	서울신문	1958.9.25〜26	
韓國文壇性에서 본 美國文學界의 活動相	自由文學	1958.10	
뉴크리티시즘의 諸問題 : 그現代性에 대한 評價와 攝取를 중심으로	思想界	1958.11	
世代의 對決, 反抗과 共同의 意識 : 親愛하는 李御寧君에게	自由文學	1958.12	
文化時感	現代文學	1958.12	
또 하나의 로스트·제너文學	東亞日報	1958.12.13	
文學과 自由의 問題	自由公論	1959.1	
表現의 自由를 지키련다	東亞日報	1959.1.1	
停滯性을 克服하자	한국일보	1959.1.6	
意思表示와 話術敎育	京鄕新聞	1959.1.30	
二月의 小說과 戲曲	東亞日報	1959.2.2〜4	
專門家的 批評을	서울신문	1959.2.13	
現代文學과 니힐리즘	新太陽	1959.3	
小說의 만네리즘史(五)	京鄕新聞	1959.3.3	
長篇小說과 短篇小說	東亞日報	1959.3.10〜13	
英美의 젊은 世代와 韓國의 젊은 세대	朝鮮日報	1959.3.15〜17	
作品選定에 異議 있다	京鄕新聞	1959.3.24	
「落書族」을 읽고	思想界	1959.4	
美國文化와 그 影響의 問題	國際評論	1959.5	
韓國現代作品에 反映된 基督敎精神	基督敎思想	1959.5	
美國文化와 그 影響의 問題	國際評論	1959.5	

작품명	발표지	발표연도	비고
기성作家의 抗辯 北間島	東亞日報	1959.5.22~24	
文章과 이메지의 間隔	東亞日報	1959.5.30~31	
「想像文學」을 위한 解明	서울신문	1959.6.4~5	
新進作家의 飛	東亞日報	1959.6.20~23	
文學을 爲한 課外活動 : 校內文藝 活動의 方向	新文藝	1959.7	
國産映畵 特惠作品 심사의 經緯	서울신문	1959.7.10	
背信당한 로빈슨크루소	東亞日報	1959.7.21~24	
現代文學의 諸流派	朝鮮日報	1959.7.28~29	
知的인 것과 情的인 것	東亞日報	1959.8.26~29	
大膽한 着眼과 實驗	自由公論	1959.9	
先位를 다투는 新人들	東亞日報	1959.9.20~23	
文學上에 反影된 "네오 휴머니즘" 의 問題	새벽	1959.10	
小市民的 現代悲劇	東亞日報	1959.10.28~ 30	
春園의 文學과 그 背景	自由文學	1959.11	
「네오휴매니즘」의 問題	새벽	1959.11	
映畵, 文學時感	朝鮮日報	1959.11.2~11	
人生미니의 意義	京鄕新聞	1959.11.16	
新文學아래 收穫의 해	東亞日報	1959.12.26~ 29	
「앵그리멘」에 대하여-새로운 文 學의 硏究者들	새벽	1960.1	
英美의 젊은 世代文學	思想界	1960.1	
出場中의 現役作家들 : 1960年 의 創作界를 展望하여	文藝	1960.1	
韓國文學十年-50年代 文學의 總 決算	思想界	1960.2	
現代悲劇과 휴머니즘	自由文學	1960.2	
二十世紀의 文藝思潮	文耕9	1960.6	
學生과 政治	自由文學	1960.6	
變貌하는 散文世界 : 近代的인 것 과 現代的인것, 한국소설의 變成 課程을 더듬어서	文藝	1960.6	
濁流속의 文學 十五年 : 너무 病 的인 否定性은 克服되어야 할 것 이다	世界	1960.8	

작품명	발표지	발표연도	비고
젊은 世代는 왜 反抗하는가	女苑	1960.8	
革命 뒤에 오는 文學課題들	새벽	1960.9	
韓國 新世代의 怒한 作品世界	現代文學	1960.10	
다시 行動的 휴머니즘의 時代－61年度 文學을 展望하며	새벽	1960.12	
庚子와 作品 캘린더(소설)－1960년 文化界 總決算	自由文學	1960.12	
日本文化輸入과 그 方法論	해군	1960.12	
傳統論을 爲한 序說	論文集6(中央大)	1961	
문학에 있어서의 世界性과 地方性	國語國文學(23)	1961	
時代와 文學	國語國文學(24)	1961	
農村題材의 作品意味 : 文學世界의 擴大를 위하여	文耕11(中央大)	1961.6	
르네상스의 現代的 鑑賞	思想界	1961.11	
戰後의 文藝思潮	文耕12(中央大)	1961.12	
휴매니티의 擁護	미사일	1962	
評論을 쓰는 要領	文耕13(中央大)	1962.6	
가난한 대로의 우리 遺産－新文學 50年	思想界	1962.5	
現代文學史의 崩壞	新思潮	1962.5	
文學에 있어서의 地方性	自由文學	1962.5	
近代初期作品과 新女性型	文耕13(中央大)	1962.6	
가난한 대로의 우리 遺産-小說	思想界	1962.9	
世界文學과 韓國文學	思想界	1962.12	
寡作과 沈默의 桂鎔默	現代文學	1962.12	
現代文學에 있어서 페시미즘과 오프티미즘	文耕14(中央大)	1962.12	
韓國文學과 佛教思想	佛教思想	1963	
韓國批評史를 위하여	論文集(中央大)	1963	
文明의 보헤미안	世代	1963.1	
文化·藝術을 過小視한 傾向	世代	1963.2	
九人會時代와 朴泰遠의 「모더니티」	東亞春秋	1963.3	
現代理論을 향해서 半世紀	思想界	1963.3	
인다스江의 瞑想	世代	1963.4	
歷史事實과 現代作品	自由文學	1963.5	
廉想涉의 文學史的 位置	現代文學	1963.5	
인더스강의 瞑想	世代	1963.9	

작품명	발표지	발표연도	비고
그래도 人生은 즐거워라	世代	1964.1	
民族文學의 行方		1964.3	
春園 文學과 基督教	基督教思想	1964.3	
思想性의 깊이를	現代文學	1964.4	
創作의 原動力은 무엇인가	文學春秋	1964.5	
戰爭文學의 槪念과 그 構想	世代	1964.6	
亞流意識은 禁物	現代文學	1964.7	
大衆藝術과 健全性의 問題	思想界	1964.8	
農民小說과 啓蒙主義	世代	1964.9	
現實과 理論	現代文學	1964.10	
現代作品과 그 理解法	새교육	1964.12	
東西文學의 古代理論	藝術院論文集	1964.12	
文藝復興의 時代	世代	1965.3	
苦難 속에 빚은 웃음의 像	文學春秋	1965.5	
바다와 山과 古蹟	世代	1965.7	
現代文學의 思潮	檀苑	1965.7	
讀書하는 民族이 되자	出版文化	1965.10	
現代文學에의 理解	새교육	1965.11	
韓國新文化와 近代化論	政經硏究	1965.11	
뉴 크리티즘의 行方	世代	1966.2	
宗教와 文學	宗教界	1966.4	
作家와 現實과 文學	文學	1966.7	
自由亞細亞 諸國의 文化交流를 爲한 理解增進方案	國會報	1966.8	
古典의 發掘과 整理	藝術院報	1966.10	
批評精神의 擴大를 위하여	世代	1967.1	
文化와 民族과 人類	時事	1967.1	
水泳의 재미	新東亞	1967.7	
기독교와 韓國의 現代小說	東西文化	1967.7	
民族文學論을 위한 序說	藝術院論文集	1967.9	
自然主義와 理想의 葛藤	文學思想	1967.11	
이데올로기의 出入韓國記	政經硏究	1967.12	
저널리즘의 近況	藝術院報	1967.12	
韓國文學誌 60年	世代	1968.5	
아카데미즘과 저널리즘	中央文化	1968.8	
文學은 問題에 敏感했다	政經硏究	1968.8	
新文學 60년의 발자취	月刊文學	1968.11	
人物·典型의 창조	月刊文學	1969.3	
評論에 있어서의 漢字問題	現代文學	1969.3	

작품명	발표지	발표연도	비고
解放文壇의 暗轉舞臺	月刊中央	1969.8	
諧謔의 이것과 저것	月刊文學	1970.5	
한국 P.E.N 어떻게 임할까	時事	1970.5	
세계 작가대회의 수확	국회보	1970.7·8	
眞理와 現實	月刊文學	1970.9	
眞理와 現實	月刊文學	1970.10	
現實과 藝術	藝術界	1970.10	
비평에 대한 이해	常綠	1970.11	
오늘의 批評職能	新東亞	1970.12	
37次 國際P.E.N. 會議의 成果	藝術院報	1970.12	
眞理와 現實	月刊文學	1970.12	
眞理와 現實	月刊文學	1971.1	
眞理와 現實	月刊文學	1971.2	
20년대 新文學의 特徵	月刊文學	1971.3	
眞理와 現實	月刊文學	1971.4	
眞理와 現實	月刊文學	1971.5	
眞理와 現實	月刊文學	1971.6	
眞理와 現實	月刊文學	1971.7	
眞理와 現實	月刊文學	1971.8	
眞理와 現實	月刊文學	1971.9	
1972年의 韓國文學	知性	1972.1	
眞理와 現實	月刊文學	1972.1	
眞理와 現實	月刊文學	1972.2	
眞理와 現實	月刊文學	1972.3	
眞理와 現實	月刊文學	1972.4	
眞理와 現實	月刊文學	1972.5	
民族文學의 오늘과 내일	狀況	1972.6	
民族文學의 오늘과 내일－韓國文學의 構圖와 檢證	世代	1972.6	
眞理와 現實	月刊文學	1972.6	
眞理와 現實	月刊文學	1972.7	
眞理와 現實	月刊文學	1972.8	
眞理와 現實	月刊文學	1972.9	
開化女傑 新風記	月刊中央	1972.10	
南行한 「北行列車」	月刊中央	1972.10	
眞理와 現實	月刊文學	1972.10	
自然主義와 理想의 葛藤	文學思想	1972.11	
眞理와 現實	月刊文學	1972.11	

작품명	발표지	발표연도	비고
文化部長과 女人들	月刊中央	1972.12	
眞理와 現實	月刊文學	1973.7	
批評史에 남은 懷月의 功過	文學思想	1973.8	
新文學史 近代化過程의 再認識	狀況	1973.8	
北京記의 序章	世代	1973.9	
나의 特派員時節	世代	1973.10	
北京 여름의 夜話	世代	1973.11	
敍述方法 및 指向點	西江	1973.12	
北京의 早春, 黃塵萬丈	世代	1973.12	
北京의 朝鮮人들	世代	1974.1	
走馬看山, 大陸的 파노라마	世代	1974.2	
民族文學에의 大浪漫	世代	1974.3	
歷史속의 背信	世代	1974.4	
眞實擁護와 抗拒의 精神	自由公論	1974.4	
政治의 季節	世代	1974.5	
民族文學과 世界性	月刊文學	1974.6	
「社會主義的 寫實主義」란 무엇인가	北韓	1974.6	
作別辭없이 北行한 文人들	世代	1974.6	
뉴크리티시즘의 기수들	韓國文學	1974.7	
文學藝術에 있어서 時事性과 永遠性	圓光文化	1974.7	
文壇의 整備-團合하는 新氣運	世代	1974.7	
扁桃腺과 六·二五	世代	1974.8	
어두운 風土, 彷徨의 季節	月刊中央	1974.9	
한발 앞선 孤獨의 意味	文學思想	1974.11	
混濁의 바다, 港都의 現實	世代	1974.12	
哲學不在·平面文學	韓國文學	1975.3	
現實批判과 文學의 新風	世代	1975.3	
文學은 平和에 寄與할 수 있는가	廣場	1975.10	
韓國文學의 文脈 考察	韓國文學	1976.6	
正統民族文學의 定立과 社會主義 리얼리즘에의 虛評	統一政策	1976.7	
朴榮濬兄의 生涯와 그 文學	藝術院	1976.12	
平和論과 文學論	아카데미論叢	1976.12	
國籍있는 敎育과 民族文化의 창달, 繁榮의 80年代를 향한 첫 걸음	時事	1977.2	

작품명	발표지	발표연도	비고
民族文化의 形成, 그 資源으로서의 傳統問題, 資源民族主義	廣場	1977.8	
文學思想과 共産主義, 共産主義와 現代思想	北韓	1977.9	
人本主義가 文學의 本山	韓國文學	1979.9	
繼承과 새것과 質의 向上	文藝振興	1980.2	
發掘과 深化의 年代	기러기	1980.4	
傳統文學의 繼承과 發展	文藝振興	1981.1	
藝術에 대한 學問的 接近	廣場	1981.5	
노산이 남긴 祈願	小說文學	1982.11	
감상적인 報道文	小說文學	1982.11	
民族文學史와 言語條件	藝術院報	1982.12	
變身의 人生과 金午星	北韓	1983.7	
8·15일은 우리말의 復活節	文學思想	1983.8	
문예사조와 작가	文學思想	1985.11	

(4) 단행본

작품명	발표지	발표연도	비고
朝鮮新文學思潮史	首善社	1948	
朝鮮新文學思潮史(現代篇)	白楊堂	1949	
新文學思潮史	民衆書館	1953	
文學槪論	新丘文化社	1954	
恩寵의 選擇	기민사	1954	
現代評論隨筆選集	漢城圖書株式會社	1955	
文學의 改造 : 評論集	新丘文化社	1958	
文學 A.B.C	글벗집	1958	
韓國文學의 理論	正音社	1964	
20世紀의 文藝	博友社	1964	
두 개의 얼굴 : 隨想集	徽文出版社	1964	
文學史話	東西出版社	1965	
批評의 理解	民衆書館	1968	
韓國文學의 길	新丘文化社	1968	
批評家의 遍歷	新丘文化社	1972	
白鐵文學全集(4권)	新丘文化社	1972	
文學槪論	新丘文化社	1973	
眞理와 現實(上·下)	博英社	1975	

작품명	발표지	발표연도	비고
韓國新文學發達史	博英社	1975	
晚秋의 思索	瑞文堂	1977	
新文學思潮史	新丘文化社	1980	
文學의 理論	新丘文化社	1984	
나의 人生觀 : 거북의 知慧	徽文出版社	1984	
人間探求의 文學	創美社	1985	

3. 백철 연보

1908년 3월 18일 평북 의주군 월화면 정산동에서 소지주인 백무근(白茂根)의 아들
　　　　로 태어남. 본명은 세철(世哲). 향리 서당에서 12세까지 한학을 수학.
1921년 신의주공립보통학교에 6학년으로 편입.
1922년 신의주공립보통학교 졸업. 신의주고등보통학교 입학. 5년동안 줄곧 수석을
　　　　차지함.
1927년 신의주고보 졸업. 일본 동경고등사범학교 영문과에 입학. 교지에 습작시 「입
　　　　술」, 「K양에게」 등을 발표. 동인시지 『지상낙원』동인으로 활동.
1929년 마르크스주의에 경도되어 각종 좌익집회에 가담하면서 『전위시인』동인으로
　　　　활약. 김용제(金龍齊) 등과 교류.
1930년 NAPF(일본프롤레타리아예술동맹)의 맹원으로 가입.
1931년 동경고등사범학교 졸업. '개벽사(開闢社)'기자로 근무. KAPF(조선프롤레타
　　　　리아예술동맹)으로 해외문학파의 논쟁에 참여. 논문 「농민문학의 문제」(조
　　　　선일보)를 발표.
1934년 제2차 KAPF 검거 사건에 연루되어 전주형무소에 수감.
1935년 12월에 석방. 「비애의 성사」(동아일보)를 발표하여 전향함. 이후 인간탐구
　　　　의 문학에 관련된 글을 발표.
1939년 매일신보의 문화부장에 취임.
1940년 중편소설 「전망(展望)」(『인문평론』)을 발표.
1942년 북경특파원 근무.
1945년 중앙신문사 편집국 차장으로 근무. 10월에 서울여자사범대학 교수로 취임.
　　　　계급문학과 민족문학이 극단적으로 대립해 있는 상황에서 중간파의 입장의
　　　　평론을 발표.
1948년 서울대 사범대학 교수로 취임.
1949년 동국대 교수로 취임.
1952년 서울대 문리대 및 동 대학원 강사 역임.
1955년 중앙대학교 문리대 학장 취임.
1956년 국제 펜클럽 대회 한국 대표로 참가.

1957년 미국의 예일대학 및 스탠포드대학의 교환교수로 재직. 이후 뉴크리티시즘 이론을 발표. 신비평이론을 국내에 처음으로 소개.

1960년 4·19학생운동을 보고 「전환의 미학」을 발표하여 문단의 자각을 촉구.

1963년 국제 펜클럽 한국본부 위원장 역임. 서울시 문화상 수상.

1966년 예술원 회원으로 선임.

1968년 문학평론집 『백철문학전집』(4권)을 출간.

1971년 대한민국 예술원상 수상.

1972년 중앙대 대학원장, 문리대학장 역임. 공로훈장 모란장 수상.

1973년 중앙대 정년퇴임.

1975년 문학자서전 『진리와 현실』(2권) 발간.

1985년 10월 13일 서울시 동작구 흑석동 자택에서 별세. 유족은 부인 최정숙(崔貞淑) 여사와 4남 3녀가 있으며, 15일 문인협회장으로 장례식 거행. 충남 예산군 덕산면 낙산리에 안장.

찾아보기